El Nuevo Papa

ALFONSO G. ALBACETE

Diseño de cubierta:
Pintura: La Búsqueda 2005 de Yoyo Albacete
Diseño: Jeni Tedesco

Esta novela es una obra de ficción. Los nombres, personajes,
lugares e incidentes o son producto de la imaginación
del autor o se usan en forma ficticia.
Cualquier parecido con personas, vivas o muertas, eventos
o escenarios, son puramente casuales.

Tercera Edición Revisada.

ISBN-IO: 0615785522
ISBN-I3:978-0615785523

Para y por Yoyo.

AGRADECIMIENTOS

Un Libro no se escribe generalmente, sin la ayuda y el apoyo de mucha gente. Quiero agradecer especialmente a mi esposa Yoyo por su paciente dedicación, sus consejos y confianza en mí. También le agradezco a mis hijas Eileen y Cristina su excelente ayuda en todo momento a la edición del libro y montaje para la publicación del mismo. También a mis nietecitos Andrea y Ricky que fueron fuente de inspiración en todo momento y que espero que cuando lleguen a la edad en que puedan leerlo, les guste.

Mi agradecimiento a mis buenos amigos entre los cuales quiero mencionar los siguientes: Maryosi Hernández Calderón, Pelusa Fernández, Laura Nicolaidis, Luis Rolando, Andrés Espinosa, Tania Espina, Helen García, María Cristina Finlay, Jeni Tedesco y muchos más, los cuales me estimularon en base a la confianza que me dieron.

Sobre todo les agradezco a mis padres, quienes fueron los que me sembraron los principios que me permitieron escribir esta novela.

Capítulo I Pio XIII

El Papa ha muerto... Durante una noche fría y llena de estrellas expiró el Sumo Pontífice. Desde antes de ese momento, la Plaza San Pedro había estado repleta de fieles sin importar la hora. El clamor general era de tristeza por la pérdida de Pio XIII, pero al mismo tiempo de esperanza, por la posible elección de un nuevo Papa que fuese capaz de renovar y fortalecer a la Iglesia Católica.

Pio XIII fue un papa muy bondadoso. Realizó una gran labor reorganizando y publicando libros religiosos de gran importancia, más que nada, como lectura particular para todos los sacerdotes y fieles de gran religiosidad. Pudo viajar a muchos países con los cuales no se llegaron a acuerdos o compromisos muy importantes. Vivió una vida muy pía y santa. Para evadir el conflicto prefirió mantener en las posiciones más altas a los cardenales que sirvieron al Papa anterior. No pudo lograr cambios importantes o de cierto impacto, aunque muchos de ellos eran muy deseados por él; todo eso debido al control que ejercían sus cardenales más allegados, quienes manejaban la agenda Papal a su más plena voluntad...

Usualmente, el Papa Pio XIII estaba dedicado, primordialmente, a reunirse periódicamente con el Prefecto de la Congregación para la Doctrina de la Fe. No surgían muchos asuntos nuevos como consecuencia de esas reuniones, pero Pio XIII sentía que era parte importante del proceso y eso lo hacía sentirse más involucrado. También se reunía con cierta frecuencia con algunos jefes de estado, sobre todo los de los países más católicos. Se destacaba muchísimo en las audiencias semanales con los fieles que lograban estar ahí y su discurso era proverbial. A esas reuniones tan importantes asistían personas y personajes, algunos de ellos muy influyentes en el medio religioso católico.

Muchos cardenales sentían que no se estaba adelantando en los asuntos necesarios y más urgentes. Así pensaban los cardenales que eran considerados, por los más cercanos al Papa, como ultraliberales. Cada vez que se proponía alguna iniciativa de algún valor tangible que podía significar un avance hacia una posición más liberal que la actual, era muy bien recibida por el Papa y sus colaboradores y era enseguida, magistralmente engavetada, como si a ese lugar hubiese pertenecido toda la vida.

Particularmente insistente era el Cardenal Roland Nowak quien en incontables ocasiones trataba de acercarse al Papa. Le ofrecía su ayuda y casi siempre era para sacarlo o por lo menos destrabarlo de la agobiante prisión a la cual estaba condenado y sometido por sus colaboradores. Al parecer casi a régimen de cadena perpetua.

Por esa razón había ese clamor general en la plaza San Pedro y las oraciones de muchos fieles eran para que el nuevo Papa fuera capaz de cambiar, lo que los fieles llevaban ya varias décadas deseando.

Capítulo II El Cónclave

Los Cardenales de todo el mundo han venido llegando desde todos los rincones de la tierra. El clima que se cierne sobre el Vaticano es de gran tensión. El mundo y los fieles en particular, esperan o más bien exigen, que por esta vez, El Colegio Cardenalicio elija a un Papa capaz de dar los pasos necesarios para renovar y unificar nuevamente a la Iglesia Católica.

El Camarlengo ha ido agrupando a los Cardenales y se dispone a dirigirlos hacia la capilla Sixtina, donde estarán reunidos hasta que con dos tercios de sus votos, puedan elegir nuevamente al sucesor de San Pedro en la tierra.

Se percibe en el ambiente una elección muy difícil, ya que en esta ocasión no existe ningún *Papabili*, (cardenales estos favoritos para ser electos papa) que destaque sobre los demás cardenales, esto debido a la repentina e inesperada muerte del Papa, quien asombrosamente tenía una salud de roble.

Los cardenales están divididos entre, conservadores y liberales; aun cuando un buen número de cardenales no milita en forma exclusiva en alguna de esas tendencias y son más bien centristas. Estos señores de temperamento más independiente están muy dispuestos a participar en un diálogo que sea constructivo y a promover un Papa cuya opción sea la que tenga más mérito.

A pesar del frío excesivo e inesperado en Roma, sobre todo para el mes de abril, los cardenales conversan en grupos pequeños. Expresan sus opiniones y esperan que el Cónclave no dure demasiado tiempo.

En un rincón se agruparon, entre otros, Roland Nowak, Cardenal italiano de padre polaco, que gozaba de mucha simpatía y popularidad entre los cardenales de Estados Unidos, América Latina y Europa del Este. Durante años trató de lograr que Pío XIII se liberara del yugo cardenalicio al que estaba sometido, pero la inercia y el control hacían la labor casi imposible. Con él también estaban el Cardenal Silvio Ponti, quien era el responsable de las relaciones internacionales y políticas del Vaticano con otros países; el Cardenal Gianni Rizzo quien se desempeñaba como Presidente de la Comisión Pontificia para la América Latina y el Cardenal Giorgio Bergonzi, Presidente de la Comisión Interreligiosa y asesor para asuntos relacionados con la renovación de la Iglesia. Los cuatro cardenales habían sido compañeros de estudio desde que comenzaron en el seminario, localizado muy cerca de Assisi. Se tenían mucha confianza al mismo tiempo que compartían una gran amistad y respeto.

El Cardenal Roland expresó que esperaba que esta vez se eligiera a un Papa que tuviera el valor de dar los pasos necesarios para actualizar a la Iglesia y evitar así la fuga de sacerdotes y fieles. No sabía todavía quién era ese líder pero esperaba, con la ayuda del Espíritu Santo, poder reconocerlo.

Lo último fue dicho en tono de broma que traslucía una gran picardía, a lo cual el Cardenal Gianni Rizzo respondió que quizás no lo veía, por qué el candidato *Papabile* del grupo era él. Los otros tres cardenales comentaron que para poder actuar en forma decisiva se requería alguien, no tan viejo, dentro del grupo de Cardenales y entre los no tan viejos, y con mente más amplia se hallaban ellos cuatro. El Cardenal Silvio Ponti recordó con bastante tristeza que ellos cuatro tuvieron que mantener un perfil bastante bajo durante el pontificado de Pío XIII, para evitar el riesgo que los sacaran de sus posiciones en el Vaticano, a otro lugar de Italia u otro país.

El Cardenal Roland admitió que a él le costaría ser Papa, ya que su fe, en general, no era a toda prueba como parecía ser la del *Summo Pontífice* anterior. Se consideraba a sí mismo como un buen líder, con el carisma necesario para ser un papa efectivo, pero estaba lejos de ser un gran doctrinario como los papas anteriores. Había cosas en la Iglesia que no eran de su agrado.

—No seamos hipócritas Roland, dijo Silvio. Ya hemos hablado de este tema hasta la saciedad y la única forma de hacer los cambios necesarios es que sea electo uno de nosotros cuatro. Roland, yo por mi parte pienso que el que tiene más oportunidades entre nosotros, eres tú. Y aunque el comentario parezca electoral, esta puede ser nuestra última oportunidad ya que estamos todos casi rondando los setenta.

Los cuatro cardenales se tenían mucha confianza y sentían que podían hablar con libertad entre ellos.

—Roland, tu sabes que la fe no es un don gratis, todos rezamos para tenerla pero a veces es muy resistente. —No te la des de exclusivo que por ahí pasamos todos, continuó el Cardenal Gianni Rizzo. —Lo que está realmente bajo consideración es la velocidad con que deben ser hechos estos cambios. Siempre habrá que tener cuidado en no ir demasiado rápido. Podría ser peor el remedio que la enfermedad.

—Bueno, dijo el Cardenal Rizzo, es importante elegir bien y rápido y poder estar pronto frente a una botella de buen vino y un buen cordero, como el que prepara Luciano, el hermano de Roland, y así celebrar, como debe ser, el nombramiento del nuevo papa.

—Roland creo que tu no podrás venir con nosotros ya que el Papa no puede salir y entrar del Vaticano sin cumplir con todo el protocolo. —Rizzo no hagas bromas pesadas que me las voy a creer y podría enviarlos a todos fuera de Italia, en represalia.

—Nosotros los cardenales estamos aburguesados, dijo Roland. A veces pienso que el papa no debe ser electo de entre nosotros los cardenales. Los obispos del mundo tienen que luchar mucho más para poder mantener la operación con presupuestos cada vez más menguantes.

—Vean, el Camarlengo nos hace señas para que vayamos subiendo las escaleras hacia la capilla Sixtina. —Dijo el Cardenal Bergonzi. Nos esperan por lo menos cinco o seis días de silencio, rezos y comida escasa. ¡Recemos para que sea rápido!

Hay que decir que los cuatro cardenales con frecuencia bromeaban, pero lo más significativo era que gozaban de gran respeto dentro de la comunidad cardenalicia de la Iglesia. Todos tenían cargos de gran importancia y su peso específico se hacía sentir. A veces funcionaban como un grupo, lo cual podía irritar a algunos, aunque por su buen carácter y modestia personal eran apreciados en la comunidad. Durante el pontificado de Pio XIII, que duró apenas tres años, tuvieron que apoyarse mucho los unos a los otros para poder mantener sus posiciones en el Vaticano.

—Me estoy poniendo viejo, exclamo Ponti. Estas escaleras me están matando.—Miren a Roland Nowak parece que subiera flotando. —¿Será por qué corre cinco kilómetros diarios? "Por eso está flaco". —Qué suerte, no engorda. —Será también porque no reza tanto como el Papa. ¡El cielo es injusto!

Todos los cardenales hicieron su entrada solemne en la Capilla Sixtina y se ampliaron los grupos de conversación, mientras el Camarlengo y los asistentes se encargaban de todos los preparativos finales. Para comenzar, la ausencia de un "Papabili" presagiaba un cónclave largo y difícil. El Cardenal encargado de conducir el cónclave estaba moviéndose entre varios grupos de cardenales para tratar de ver si había algunos que gozaban de mayor preferencia. Resignado al no oír nada que lo orientara, inmediatamente confió en que todo comenzaría a aclararse después que las primeras votaciones fueran efectuadas.

Poco a poco los cardenales fueron ocupando sus puestos. El proceso tomó unos cuarenta y cinco minutos. Algunos de los cardenales se movían lentamente a pesar de no haber ninguno de más de ochenta años, tal como está establecido por las reglas del Cónclave.

Tradicionalmente, la elección del nuevo Papa podía realizarse de tres formas: Compromiso, Aclamación y Escrutinio. Compromiso era para salir de situaciones de bloqueo. Aclamación era cuando los cardenales elegían al candidato en forma unánime, como inspirados por el Espíritu Santo y el Escrutinio se realizaba mediante el voto secreto.

Tras una breve explicación de las reglas difundidas por el Camarlengo, comenzó la primera votación. El proceso fluía lentamente ya que cada cardenal debía tomar una papeleta con la frase impresa *Eligo in Summum Pontificem* y escribir con claridad y con letra no identificable el nombre de su candidato. Luego, debían proceder caminando a depositar su voto en el copón gigante y a su vez pronunciar las palabras "Pongo por testigo a Cristo Señor, el cual me juzgará, que doy mi voto, a quien, en presencia de Dios creo debe ser elegido", finalmente debían de regresar a su puesto. De esa forma tenían que votar cada uno de los cardenales aptos para hacerlo. El grupo de cardenales en la capilla Sixtina constaba de 120 electores, tres más que en la elección anterior.

Por fortuna en 1970 Pablo VI había reservado la condición de electores a los menores de 80 años, eso dejaba fuera del conclave nada menos que a 75 cardenales mayores de 80 años. En este caso no había cardenales enfermos así que no habría votos ausentes, que de haberlos, tenderían a complicar un poco más el proceso de la votación.

Posterior a la votación individual, uno de los tres cardenales asignados para ayudar en el escrutinio, sacaba cada boleta de votación, la pasaba a los otros dos para verificación, y se procedía al conteo. Proceso éste más que largo, y a lo cual Roland, como siempre bromeando, comentó a su vecino Rizzo.
—¿Qué pasa? ¿No hay presupuesto para votar por computadoras en este lugar?

La primera votación se prolongó por toda la mañana. El cardenal que sacó más votos fue un cardenal español y tan solo sacó cinco votos. Hubo cincuenta cardenales que sacaron votos pero no se percibía dirección alguna.

Este proceso se prolongó por tres días más, a cuatro votaciones por día. El Cardenal Nowak estaba meditando por cuál de sus amigos votar, para que fuera por alguien que pareciera como una revelación y que motivara e indicara a los demás cardenales por quien debían votar. Roland daba por descontado que debía ser por uno de sus tres amigos. En eso estaban sus pensamientos cuando Rizzo le comentó a Roland que los tres cardenales amigos ya estaban votando por él y tratarían en forma disimulada de hacer campaña a su favor, entre los demás cardenales.

—¿Cuánto es el sueldo del Papa? Preguntó el Cardenal Roland, a lo mejor vale la pena. "Este comentario fue seguido por la risa de sus amigos".

—Tómatelo en serio le comentó Rizzo. Bromas aparte, tú eres el mejor candidato: eres relativamente joven, el más inteligente de nosotros y tienes muy buena relación con casi todos los cardenales; además te conocen bastante bien los cardenales europeos y americanos. Los italianos te aprecian mucho aunque te ven un poco polaco y poco teólogo. Además si sirve para algo, eres el más buenmozo de los cardenales así que te tomarán muy buenas fotos. De paso no disimules ni digas mentiras ya que desde antes de nacer, en el vientre de tu madre, deseabas con locura llegar a sentarte en la silla de San Pedro.

El Cardenal Roland Nowak era uno de esos seres

excepcionales y privilegiados que tenía un magnetismo especial y lograba que tanto, sus amigos como adversarios, lo respetaran y disfrutaran de su compañía. También era muy querido entre los jóvenes. Su porte erguido y su andar ágil y seguro le daba un carácter especial que lo hacía lucir un líder innato. Su notable sentido del humor era proverbial. Cuando existían situaciones de conflicto siempre tenía una frase que distendía la conversación. Además, cuando alguien le hablaba, podía sentir que tenía su total atención, sin importar lo que ocurriera a su alrededor.

—Su Santidad Nowak, ya estoy viendo una paloma acercarse con tu nombre en el pico. ¿Qué te parece? —comentó Rizzo. Todos rieron…

Capítulo III La Elección

En la siguiente votación Roland sacó treinta y cinco votos, diez más que el cardenal español. El número de cardenales que sacaron más de tres votos se había reducido al español, un cardenal norteamericano, dos italianos, otros tres europeos y a él. Evidentemente el predominio de los italianos estaba de capa caída.

Roland se puso muy serio y pensó que finalmente se acercaba el momento por el cual había esperado toda su vida y por el cual había hecho innumerables sacrificios, quizás más allá de lo que pudiera haber pensado jamás.

Lo lograría fundamentalmente gracias al pacto efectuado con sus tres amigos hace casi cincuenta años. Roland sabía, modestia aparte, que él era el candidato de más valor y cualidades personales para hacer los cambios necesarios en la Iglesia Católica. Su fuerte no era la doctrina, a la cual le daba menor importancia que al amor al prójimo. Para eso mal que bien habían estado los papas anteriores, que se fijaban tanto en esos aspectos que olvidaban, lo que en su opinión, era lo más importante.

Consideraba fundamental el ejemplo de Jesús, que se reflejaba en él, manifestándose en un gran deseo de ayudar al prójimo. En su criterio, no se podía amar a un desconocido si primero no se procuraba ayudarlo.

El trabajo más importante que tenía el Cardenal Roland en el Vaticano consistía en promover proyectos económicos en el tercer mundo, que permitieran sacar de la pobreza a gran cantidad de personas. También mantenía contacto periódico con muchos sacerdotes y jóvenes de todas partes, los cuales le transmitían sus inquietudes acerca del mundo y la Iglesia. Esa experiencia era muy importante para él. En ocasiones se reunía con Pio XIII y sus asistentes para hacerles llegar esas opiniones que él consideraba prioritarias. El Papa lo escuchaba con mucho entusiasmo pero rara vez hacia algo al respecto. Sentía que no podía.

Aunque en su vida personal practicaba la caridad, prefería que la gente tuviera más oportunidad de canalizar su vida de una manera independiente. Era fiel creyente del proverbio chino que decía: "que era mejor enseñar a pescar a un hombre que regalarle un pescado a alguien", o algo parecido. Creía que había que promover una economía de mercado y establecer los mecanismos para que el pueblo se beneficiase de ello.

Según Roland, las instituciones benéficas del mundo deberían estar mucho más enfocadas a enseñar un oficio a la gente que en practicar la caridad. La caridad solo la consideraba aceptable cuando era para sacar a alguien de la verdadera miseria, de forma tal, que eso le diera un empujón para ayudarlo a canalizarse dignamente y productivamente hacia un futuro mejor.

Los cardenales veían en él a un posible Papa con vocación de cambio, pero influenciable hasta cierto punto, para que los mismos fueran de forma gradual. En esto último se equivocaban.

Al cuarto día por la mañana comenzó de nuevo la votación. Se notaba el cansancio general que causa el tedio y a lo cual, el encierro, lo hacía más desagradable.

El conteo se inició, y los votos a favor del Cardenal Nowak comenzaron lentamente a sumar. Se podía percibir la tensión en el ambiente acompañada de una gran emoción dentro de las paredes de la Capilla Sixtina. Todo parecía indicar que Roland Nowak sería el nuevo sucesor de San Pedro en la tierra. Observándolos desde lo alto, como testigos mudos, estaban Dios y el hombre en la gran obra de Miguel Ángel, *La Creación*. La votación concluyó y era obvio que Roland tenía más de dos tercios de la votación. La capilla Sixtina casi se cae a fuerza de aplausos. El entusiasmo rodeó el lugar, el tedio se había marchado y lo que quedaba era orar para que el nuevo Papa recibiera la iluminación del Espíritu Santo y guiara a la Iglesia por el buen camino.

Capítulo IV Pío XIV

Se le ocurrió darse el nombre de Pío XIV, ¡qué falta de imaginación tenía Roland! La verdad es que le concedía muy poca importancia a esas cosas, un nombre era solo un nombre y lo importante era el hombre que llevaba adentro.

El Papa comenzó repentinamente a hablar frente a sus electores. Agradeció la confianza puesta en él y subiendo la mirada, se preguntó en voz alta, si el Espíritu Santo se habría quedado dormido durante esta última votación. Las risas y los aplausos llenaron el cónclave. Esas expresiones no eran usuales en una ceremonia tan solemne y un lugar tan santo, pero el efecto de sus comentarios no causaba escándalo ni disgusto alguno; siendo la única explicación, la simpatía y buena disposición que el ya papa Pío XIV causaba entre sus colegas, aparte que el tedio y el agotamiento de tantos días de encierro, se había marchado.

—Gracias por este honor que no merezco, haré todo lo posible por asumir con dedicación y valentía, la responsabilidad que me otorgan. Lejos estaba de imaginarme los resultados de estas dos últimas votaciones, continuó, y por supuesto no tengo un discurso preparado. —Juntos tendremos que forjar el camino que deberá recorrer la Iglesia durante estos próximos años. Pienso que independientemente de lo que hagamos, nuestra institución es la más fuerte y antigua del mundo y no puede sino salir fortalecida. Debemos erradicar el miedo. Nuestro Señor Jesucristo vivió hace dos mil años y podemos ver, que aunque su ejemplo y evangelio permanecen intactos, Él en su momento no andaba con "lap tops", ni móviles….¡Muchas Risas y carcajadas! Y algunas caras, pocas, que reflejaban preocupación.

—Hay que preservar lo fundamental de la doctrina y modificar lo accesorio para actualizarlo a nuestros días, dijo Pio XIV.

Yo seré un papa ejecutivo y contrario a la reciente tradición; me dedicaré a participar activamente en la solución de problemas y en crear una base de discusión que nos permita modernizarnos y ser más efectivos. Sé que a algunos de Uds. podrá no gustarle y es natural, ya que venimos arrastrando desde hace mucho tiempo un lastre muy pesado. Quisiera que juntos colaboremos para lograr alcanzar los objetivos que tenemos primero que definir. Para eso tenemos que ser sinceros y reconocer que no vamos por el camino acertado. Las cifras no mienten. Si seguimos por el camino actual en poco tiempo no podremos ya recuperarnos. Todas las tendencias son negativas y como ejemplo, entre muchos, quisiera cortésmente comenzar por las mujeres.

En los Estados Unidos, país ese que cuenta con un número muy alto de católicos practicantes, habían 180.000 monjas en 1965. De acuerdo con las estadísticas, en el 2009 solo quedaban 59.000. O sea, perdimos dos tercios de las monjas y el promedio de edad de las religiosas que quedaban era de 75 años. Aun cuando dichas cifras daten de hace unos años, pienso que no deben haber mejorado para hoy en día.

Ese ejemplo, por sí solo, nos ilustra que por donde vamos terminaremos por desaparecer en poco tiempo. No porque digan que tenemos 2.000 años de existencia y hemos perdurado, a pesar de innumerables situaciones adversas, significa que podremos seguir por ese camino. El mundo de hoy en día se parece muy poco al que nos tocó vivir en el pasado y cada vez se parecerá menos. Esa tendencia es irreversible y no tenemos que temerle a ella sino, todo lo contrario. Debemos verla como una oportunidad y así lo podremos hacer si actuamos inteligentemente y con la ayuda de Dios, con quien creo que debemos contar en todo momento.

El silencio invadió el cónclave. Palabras expresadas con tanta claridad no habían sido escuchadas en ese recinto. Los Cardenales fueron invadidos por un peso estomacal que estaba ubicado a medio camino entre el temor y la alegría.

El sector ultraconservador de la Iglesia estaba mudo. La mayoría no había votado por el nuevo Papa. Hubieran preferido al cardenal español, a pesar de no ser italiano, por parecer más temeroso y en cierta forma más afín al grupo de los cardenales más conservadores.

El humo blanco se pudo ver desde la plaza San Pedro, donde miles de fieles estaban esperando la noticia que anunciaba que tenían un nuevo papa. Algunos minutos después comenzaron a sonar las campanas de la Basílica de San Pedro. Pasaron a penas unos pocos segundos cuando a la misma se le unieron, una tras otra, las campanadas de cada una de las iglesias de Roma. Ya toda la ciudad y el mundo sabían que la cristiandad tenía un nuevo Papa.

Tras haber aceptado su elección, el nuevo Papa fue

conducido por el Camarlengo a la sacristía de la Capilla Sixtina, llamada comúnmente sala de las lágrimas. Al parecer todos los elegidos, sin excepción, lloraban en ese lugar ante la magnitud de la responsabilidad que acababan de asumir.

La responsabilidad que asumiría Pio XIV sería colosal, ya que tendría que luchar con todas sus fuerzas contra el sector más conservador de la Iglesia. Para comenzar debía remover de sus cargos a los cuatro cardenales ultraconservadores que asesoraban al Papa anterior, a quien prácticamente no le dejaban moverse. Como pieza fundamental de ese grupo estaba el Cardenal Cognotti. Entre nosotros, nos referíamos a ellos como el cuadrilátero ya que mantenían al Papa en el medio y no lo dejaban moverse.

Una hora después de su elección se asomaba Pio XIV al balcón del Vaticano, precedido por la cruz procesional, y desde allí saludó al pueblo con las primeras palabras de su pontificado. Debajo, en la plaza San Pedro, la intensidad del ruido y aplausos iba "in crescendo". Los fieles querían saber quién era el Papa, escuchar su voz y saber a quién deberían dirigir sus plegarias.

—Queridos hermanos, Dios ha escuchado nuestras oraciones y ya tenemos un nuevo Papa. El Colegio Cardenalicio me ha hecho el honor de escogerme y ahora solo resta rezar para que Dios me de la fuerza y la sabiduría para llevar a cabo la tarea que tendré por delante. Mis esfuerzos estarán centrados en ser un papa universal, para que cada uno de Uds. sienta que es a él a quien me dirijo, tratando de interpretar sus angustias y alegrías.

El mundo está convulsionado y a veces nos pareciera

que va a pasar algo grave. Interpreto lo que sucede como una manifestación de los tiempos modernos, donde el aumento de expectativas ha ido creciendo sin que se sienta una mejoría en los resultados. La ciencia y la tecnología han estado ayudando a mejorar la calidad de vida de las personas, pero dicha mejora no ha llegado aún a todos. Estaremos enfocados en lograrlo, tratando de llenar el vacío espiritual que el cambio y él sentimiento de soledad genera. Solo con Dios podremos ayudarnos. Solo con la fe tendremos la esperanza de llegar a sentir que podemos lograr la tarea que tenemos por delante.

Mi mensaje de hoy será que debemos unir nuestras oraciones y esfuerzo para lograr nuestra felicidad y ayudar, con lo que esté en nuestras manos, a alcanzar el bienestar de nuestro prójimo. La vida es un don de Dios y debemos vivirla como lo que es, aun cuando siempre tendremos momentos difíciles que deberemos superar.

Ahora solo me resta pedirle a Dios que me ilumine para llevar a cabo estas aspiraciones. Para ello nos encomendaremos a Él. —Recemos juntos.

Padre Nuestro que estás...

A continuación el Papa impartió la Bendición Apostólica *Urbi et Orbi.*

Los aplausos colmaron La Plaza de San Pedro, nadie podía escuchar lo que decían los demás. Más tarde el fervor inundó la Plaza, donde permanecieron los fieles buena parte de la tarde y de la noche.

Capítulo V La Oficina Papal

Lo que quedaba de ese día transcurrió entre la familiarización del Papa con las oficinas privadas, su personal, la residencia papal y su ayudante de cámara Giuseppe. Ellos lo ayudaron a conocer los usos y costumbres de esa parte del Vaticano. Se reunió por un largo rato con sus dos secretarios, tratando de elaborar, aunque fuera un esbozo de agenda para los próximos días.

Ya tenía en la agenda la misa solemne de la inauguración del Pontificado, o misa de Coronación, que se celebraría en la explanada de la Basílica de San Pedro el siguiente domingo después de la elección. Otra actividad bien larga que tenía, era el recibimiento y presentación de las delegaciones internacionales ubicadas en Roma y que tenían representación ante la Santa Sede. Además también programó, con la ayuda de sus asistentes, la reunión individual y personal con cada uno de los presidentes y prefectos de las Congregaciones que estaban bajo el Papa anterior.

Le pidió a su secretario que arreglara para el día siguiente una reunión de unas dos horas con sus tres compañeros de seminario, ideólogos y ejecutores de su designación para la oficina de mayor jerarquía de la Iglesia Católica en el mundo.

Poco antes de dormir se preguntó cómo sería su cama. Tenía un sueño muy ligero y por eso necesitaba una cama bien cómoda a su medida. Cuál sería su sorpresa y alegría cuando Giuseppe le dijo que se había tomado la libertad de mudar su viejo colchón a sus nuevos aposentos.

Ya estaba claro que Giuseppe se había convertido en su mejor amigo en esa zona del Vaticano. Su sorpresa no terminó ahí. En su guardarropa estaba toda su ropa, incluyendo todo el equipo para correr. Al día siguiente no lo haría, pero sus secretarios debían conseguirle el tiempo para poder correr al menos tres o cuatro días a la semana. Lo necesitaba, el ejercicio era lo único que lo ayudaba realmente a mantener la calma, su nivel de energía y a mejorar la calidad de sus pensamientos.

Capítulo VI El Nuevo Cuadrilátero

A las once de la mañana del día siguiente ya estaban Rizzo, Bergonzi y Ponti esperando para reunirse conmigo. Cuando entró Pío XIV, se pararon inmediatamente y cada uno de ellos me besó la mano en un ritual que parecía interminable. Les dije, —Por favor, en privado no es necesario. Me tendré que lavar las manos de nuevo. No resisto esa "besadera" de manos, operación esta, muy abundante en gérmenes y más propia de señoritas de postín. Así que ya lo saben.

—En fin, bromas aparte tengo que decidir qué haremos y en esto estamos juntos, ya que Uds. son la causa y el efecto que esté sentado aquí.

Los tres amigos se miraron y por primera vez cayeron en cuenta, que a pesar del gran liderazgo y suficiencia de Roland, él les exigiría su cuota de responsabilidad papal.

—Primero lo formal. Tengo que escoger a los cardenales que serán presidentes y prefectos de congregaciones. Todos, absolutamente todos son conservadores. Tendré que dejar unos tres o cuatro para que luzca muy democrático. Este país es un estado absoluto cuyo jefe supremo es el Papa, y no tendría por qué hacerlo, pero es esencial que el personal del Vaticano se sienta bien representado para que así se pueda reflejar en todo el mundo.

—Rizzo, quisiera que estuvieras conmigo en las reuniones individuales con los prefectos y presidentes de congregación. Creo que hay que darle una oportunidad a cada uno de ellos. Me consta que algunos están haciendo un buen trabajo y son muy competentes. Debo explicarles cual es, si se quiere, mi programa de gobierno para la Iglesia, a corto y largo plazo y ver cuál es su reacción. Si concuerdan con nuestra visión y están dispuestos a que todos trabajemos juntos en esa dirección, los ratificaré en sus cargos. Es importante que vean que lo que queremos implantar es una nueva visión y que para eso necesitaremos sus ideas y sugerencias.

A mí me parece, que al estar el cuadrilátero de cardenales, integrado por ultraconservadores y siendo ellos los que rodeaban y ejercían su influencia sobre los papas anteriores, los cardenales prefectos y presidentes de congregaciones se sentían obligados a seguir esa dirección ultraconservadora, sin tener mucho margen de maniobra.

No me extrañaría, que después de hablar con esos cardenales prefectos y presidentes, ratifique a muchos de ellos en sus posiciones, pero ahora trabajando bajo una nueva filosofía. Es necesario que hagamos eso para asegurar que tengamos éxito.

El cuadrilátero ultraconservador que tenía asfixiado al papa anterior, será remplazado por Uds. tres. Ahora veamos que más harán Uds. aparte de ser miembros ilustres del nuevo cuadrilátero, ahora degradado a triángulo.

—Rizzo, tu eres muy hábil, excelente diplomático y

ejecutivo. Entiendes muy bien las finanzas y por eso nadie podrá ser tan buen Secretario de Estado como tú. Me preocupa que parte de nuestros activos, mejor conocidos como "El Tesoro de la Iglesia", no se emplee en mejorar las condiciones de vida de nuestro prójimo. Algo de eso hacemos, pero no es suficiente ante tanta pobreza.

Según hemos hablado *ad nauseam*, la forma de hacerlo no es dándole dinero o comida a los pobres, sino educándolos en oficios que les permita vivir una vida útil y digna. Inclusive propondría que los recursos empleados en educar a los necesitados sean en forma de préstamo, de fácil pago, que permita extender los beneficios a otras personas. Sería como una diáspora.

Todo esto es teoría y sabemos que lograrlo no es nada fácil, pero ya hay algo de eso hecho en diferentes partes del mundo. Lo que hay que hacer es impulsarlo y diversificarlo aún más.

—Ponti, siempre te has destacado por tus conocimientos doctrinales, aunque no sé qué tanto los aplicas. Risas... —Te quiero tener junto a mí para que dirijas la Congregación para la Doctrina de la Fe. Ahí serás un factor esencial para la elaboración y discusión de la nueva encíclica. Entre los dos podremos poner en cintura a Cognotti, que como todos sabemos es el cabecilla de los cardenales ultraconservadores, y a sus otros "secuaces", perdón, quise decir sus cardenales amigos.

Bergonzi, a ti te nombraré Camarlengo, prefiero tenerte con pocas responsabilidades para que me ayudes directamente. Te tendré cerca y te podrás comunicar rápido con Gianni

Rizzo y Silvio Ponti.

Mi deseo es haber implementado los primeros cambios de la Iglesia este mismo año. Los estudios para efectuar los cambios ya han sido prácticamente hechos, lo que ha faltado es el deseo, el valor y la voluntad para implementarlos.

Los cuatro primeros son: darle la potestad a los párrocos de anular matrimonios. Que no se hable de divorcio. La Iglesia viene desde hace muchos años haciendo anulaciones, casi siempre a personas privilegiadas. Claro, el trámite es todavía engorroso. Debemos facilitarlo. Como todos sabemos, no es darle facilidad a las parejas para que se divorcien. Hoy en día lo hacen independiente de lo que piense la Iglesia. Lo que queremos lograr es que esas personas no se separen de la Iglesia que de hecho, al menos en teoría, los separa.

Tendremos que lidiar con el evangelio de San Mateo 19 que menciona que lo que "Dios une en la tierra no lo desuna el hombre." El comité que ha estudiado estos asuntos estima que este cambio nos dará al menos cien mil fieles activos más en la Iglesia. ¿Por qué no hacerlo?

Existen una serie de sacerdotes que se han tomado lo del divorcio muy a pecho, indicando en ocasiones durante la misa y en sus sermones, que dichos feligreses, o lo que resta de ellos, no son aceptables en la Santa Madre Iglesia. ¡Qué clase de madre es esa! que repudia de esa manera a sus hijos, los cuales han caído en esa condición por circunstancias de la vida. De que tanto se pueden culpar a unos jóvenes, que enamorados, ven a su futuro cónyuge como el compañero para toda su vida, y al final, por diversas circunstancias no resulta ser así.

El mismo San Mateo excluye en su evangelio, aquellos casos en los cuales haya habido fornicación por parte de la mujer. Un concepto bastante machista hoy en día, el cual sin lugar a dudas no sería más aceptable e invalidaría todo lo demás.

El control de la natalidad es fácil y difícil. Fácil, porque en la época de Cristo ni se conocía, ni se hablaba de esto, luego no hay nada en los evangelios que lo prohíba implícitamente, ni nos obligue a reinterpretar nada. Difícil, por la posición de prohibición que hemos mantenido a lo largo de los años. Debemos trabajar para obtener una respuesta honorable para este asunto y podamos así salvar cara a futuro. Aunque les digo, los fieles se van a alegrar mucho y ni siquiera se van a ocupar de lo anterior. El comité que ha estudiado la relajación del control de la natalidad opina, que aun cuando más del 80% de los católicos la práctica, sin pensar que es pecado, los fieles, en general, percibirán una Iglesia más moderna y más cerca del ser humano.

Pienso que si hemos aceptado la evolución de los animales hasta llegar al hombre y la mujer, todo esto debería ser mucho más fácil, ya que como dije anteriormente, nada de eso se dice en la Biblia.

Ahora vamos con la tercera, que es el celibato voluntario. Parece ser más compleja que las dos anteriores, pero es la más importante ya que nos pone en igualdad de condiciones con las demás iglesias cristianas. Se ha estudiado más que los otros puntos anteriores juntos y nunca se ha querido implantar. Además el celibato es una moda moderna, por decirlo así, ya que en los años que lleva la Iglesia, en numerosos períodos de su historia, los sacerdotes, obispos, cardenales y hasta papas, eran casados.

Habiendo vivido nosotros cuatro una vida célibe, sabemos lo difícil que es. Pocos de nosotros podría decir que la observación del voto de castidad se ha cumplido en todo momento. Ya hoy en día nosotros somos más viejos, al igual que la mayoría de los cardenales y muchos obispos, *Ergo* las tentaciones son mucho menores. Todos hemos pasado por eso y no podemos engañarnos. El amor de una mujer para un hombre y viceversa, es fundamental para el balance emocional de cualquier persona.

Aun, sin guardar una relación directa con lo dicho anteriormente, es mi deber recordarles de las recientes desgracias de abusos sexuales que han sucedido por parte de sacerdotes, de las cuales todos nos avergonzamos. Creo que la única explicación sincera que se puede dar es que han ocurrido como consecuencia de una represión enorme, lo que ha llevado a muchos sacerdotes hasta la maldad y aberración más impensable.

Casi igual o peor ha sido la actitud de sus superiores para ocultarlo, o ser complacientes por temor, lo cual los ha hecho cómplices. Se han sabido de cientos de casos de pederastia en todo el mundo, muchos de ellos han sido reportados en los Estados Unidos. Sabemos que esa desgracia no se limita a ese país. Parece que hubiese más casos ahí, quizás porque Estados Unidos es menos liberal desde un punto de vista religioso, que por ejemplo, Europa y debido también a la gran libertad de expresión, bajo la cual es difícil esconder algo por mucho tiempo.

Tenemos el caso de Marcial Maciel, fundador de los

Legionarios de Cristo, que está en todo el mundo y fue fundada en México. Este sacerdote fue acusado durante más de cincuenta años de una infinidad de delitos y solo mencionaré algunos tales como: abuso sexual a sacerdotes y miembros de su congregación; abusos sexuales a niños, violaciones a muchachas con las que tuvo hijos; expropiación de bienes de la congregación y de la Iglesia, etc…

A los ochenta y tantos años y después de múltiples acusaciones hechas por privados, por la Iglesia y por sus propios legionarios, el Papa en función, lo retiró de sus responsabilidades sacerdotales para que se dedicara a rezar y hacer penitencia. Le quedaban apenas tres años de vida y finalmente murió a los 86 años. Durante toda su vida cometió crímenes horribles por los cuales obtuvo impunidad prácticamente hasta el final, cuando recibió un castigo desproporcionado por sus fechorías, según parece debido a su avanzada edad y a la laxitud del sistema. Eso sí, siempre tuvo una gran habilidad personal que lo hacía parecer un santo, lo que le permitió granjearse el cariño y respeto de muchas personas en determinado momento.

Volviendo al tema del celibato, creo que el problema no es una situación general, por eso no ser célibe, debe de ser aceptado como una condición voluntaria. El amor a Dios no está reñido con el de un hombre y una mujer. Si filosofamos un poco, más bien pienso que es complementario.

Creo que debemos legislar algo sencillo para los sacerdotes regulares y dejar a las diferentes congregaciones, para que según sus circunstancias específicas, nos propongan la mejor forma en que eso se pueda implementar.

La Iglesia ha visto el celibato voluntario como algo complejo por razones de autoridad y finanzas. Nada de eso es tan importante y menos hoy en día.

Jesucristo predicó el amor al prójimo y aunque no lo dijo tácitamente, el más puro es entre un hombre y una mujer. Le da vigencia a la creación en su significado más profundo. Claro, que si pensamos en nuestra posición particular de cardenales en el Vaticano, nos parece más complicado. ¿Imagínense por un segundo al Vaticano repleto de esposas y niños correteando por todas partes? Las cosas no podemos verlas así, porque hay que empezar por lo más sencillo e ir poco a poco, y después de ahí, a lo más complejo.

El cuarto punto es también delicado, ya que se trata de tomar las acciones necesarias para nivelar a la mujer con el hombre en la jerarquía y funciones de la Iglesia Católica. Las mujeres, por ser propio de su sexo, tienen una gran vocación de servicio y sensibilidad. Teniendo la posibilidad de alcanzar posiciones más relevantes en la Iglesia podrían ayudar mucho más. La ayuda de la mujer dentro de la Iglesia ha sido invalorable y existen muchas áreas en las cuales, por tener mejor disposición y criterio, son de mayor contribución que nosotros. Hace apenas unos cincuenta años no había mujeres en posiciones relevantes, tanto en política como en las empresas. Hoy en día se ven por todas partes.

Debemos incorporar a la mujer a las actividades que hoy en día están reservadas para los hombres. El mundo ha venido evolucionando desde ser una sociedad totalmente machista a ser mucho más igualitaria. Si no lo hacemos o anunciamos que lo vamos a hacer, la figura de las monjas quedará en unos años como curiosidades de museos, más que nada debido a sus vestidos tan exóticos.

Lo que está sucediendo es un signo de los tiempos. La Iglesia por más que sea una institución milenaria, tiene que seguir o quizás hasta liderar los avances necesarios dentro de la sociedad. Que no se confunda esto con que vamos a hacer cambios que puedan resultar peligrosos. Tenemos que hacer todos los estudios correspondientes e implementar los cambios tan pronto estén muy bien analizadas sus consecuencias. Eso es diferente a que nos paralicemos por temor a lo nuevo.

La semana próxima me reuniré con el Presidente de la Congregación para la Doctrina de la Fe y le informaré que será remplazado en su puesto por nuestro amigo Silvio Ponti, aquí presente. La circunstancia que el Presidente esté muy viejo y sobretodo enfermo, lo hará más fácil. Silvio llevará, en gran parte, el peso de lidiar con los cardenales, sobre todo los ultraconservadores de la Congregación. Nuevamente, mi objetivo es tener preparada la nueva encíclica antes que finalice este año.

Me gustaría saber lo que piensan, discutir sus diferentes opiniones para después ver el plan de acción que permita tener estos puntos totalmente aprobados, y por un consenso mayoritario. Debemos lograr que los cardenales se sientan identificados con los mismos.

Ya estos temas habían sido conversados con mis amigos antes y no había discrepancia en lo fundamental. La preocupación estaba más en la implementación. —Mi opinión, dijo el Papa, es que esto es como una inyección. Es preferible poner una fuerte que tres veces una menos dolorosa. Creo que debemos proponer las cuatro reformas a la vez. Será de un gran efecto y reducirá las expectativas de más cambios posteriores, ya que habremos atendido los cuatro asuntos más discutidos entre los católicos.

Bueno, parece que hemos aprovechado el tiempo. Pasemos a almorzar y podremos hablar algo más de esto sobre la mesa. Mañana está pautado que reciba a los dignatarios de todos los países que tienen relación diplomática con el Vaticano. Será un acto largo y tendré que estar sentado por lo menos dos horas. Espero que a la mayoría de los dignatarios no se les ocurra besarme la mano.

—Gracias su Santidad… dijeron los tres cardenales al unísono. —A lo cual adelantó Silvio. "Espero que nos permitas conversar durante el almuerzo ya que por lo que podemos ver estás más aceleradillo que nunca". —Discúlpenme, mis queridos colegas, creo que tenía que soltarles ese discurso para sacarlo de una vez del medio. Les prometo que mañana muy temprano voy a correr y bajará mi nivel de "stress"—Amen, dijo Silvio.

Capítulo VII Los Recuerdos

Esa noche, después de un día intenso, el Papa cayó dormido casi al acostarse como si lo hubiera fulminado un rayo. Tan profundo durmió, que se encontró a las dos de la mañana con los ojos abiertos y sin poder cerrarlos. Poco a poco sus pensamientos lo fueron llevando a su niñez y recordó a su padre, también Roland Nowak, quien nació en Polonia poco antes del inicio de la primera guerra mundial.

Su papá vivió una infancia feliz hasta que Polonia fue invadida por los Nazis. De un día para otro se vio abandonado junto a su hermano Tomasz, dos años más joven que él.

Huyeron desde Polonia y durante casi dos meses vivieron cantidad de penurias. Estaban solos ellos dos, el uno para el otro y acompañados de una desolación que los destrozaba por dentro. Los bombardeos y los disparos se oían ensordecedores por todas partes y lo peor era que no estaban totalmente seguros si estaban huyendo por el camino correcto.

Poco antes que ocurriese la separación de sus padres, estos les habían dicho, que si a ellos les pasaba algo huyeran lo más lejos que pudieran y si era posible que fueran a América, donde la maldad organizada todavía no había penetrado y podrían labrar un futuro estable y lleno de oportunidades.

En Europa no se le veía el final a la guerra y lo peor vendría cuando comenzaran a escasear, aún más, los alimentos.

Por suerte para ellos, no eran judíos y quizás eso les evitó más problemas. La persecución contra los judíos fue uno de los actos más horribles sucedidos en esa época. Familias enteras fueron llevadas a los campos de concentración. Una pesadilla totalmente inhumana que asemejaba los invasores Nazis a los animales más sangrientos de la naturaleza, y aún mucho peores, ya que esos animales cazaban por asegurarse algún alimento.

Gracias a la previsión de sus padres, Roland y Tomasz Nowak viajaban con toda la identificación y documentación Polaca, además de las partidas de bautismo las cuales daban fe que eran cristianos. Para la huida los ayudó el ser muchachos jóvenes muy deportistas. Caminarían de noche y dormirían de día.

Después de muchos días llegaron a Trieste, en el norte de Italia. Esa misma noche partía un barco hacia Las Islas Canarias, Puerto Rico y Cuba. Solo tenían una plaza disponible en el barco y Roland le dijo a su hermano Tomasz que la tomara y que cuando llegara a Cuba, tratarían de comunicarse nuevamente. Todo eso parecía muy duro y la sensación que ambos sentían era como si se estuvieran muriendo por dentro. Roland le dijo a Tomasz que la guerra no podría durar mucho más tiempo, ya que Alemania era un solo país y aunque contaba con el apoyo de Italia, estaba enfrentándose prácticamente sola a casi toda Europa.

Se pensaba que eventualmente Inglaterra y los Estados Unidos tendrían que participar y ese sería el final de los Nazis y los Fascistas. "Tristemente pasarían todavía seis años para que terminara la guerra".

Finalmente Roland, después de tanto recorrer llegó a un pueblo en Umbria, en el centro de Italia. Había pasado hambre y necesidades y sintió el deseo de establecerse en algún lugar cuanto antes. Se enteró que el carpintero del pueblo había fallecido hacía poco y como tenía experiencia en esa artesanía, debido a que era su pasatiempo preferido desde pequeño, se le ofreció al dueño del negocio, quien no viendo una opción mejor, aceptó a Roland como el carpintero oficial del pueblo.

Poco tiempo pasó cuando conoció a Claudia Dominici, mi madre, quien vivía en las afueras del pueblo. Se enamoraron y casaron al poco tiempo. No hubo oposición por parte de los padres de Claudia, que aunque sabían muy poco de él, les parecía que Roland era un muchacho serio. La crudeza de la guerra, aunada a la escasez general, les terminó de convencer para no negarle la felicidad a Claudia, ya que nadie podría decir lo que les depararía el futuro.

De ese matrimonio nacimos mi hermano gemelo Luciano y yo. Recuerdo que nuestro papa nos decía siempre que teníamos que prepararnos muy bien para la vida. Aprender sobre todo las matemáticas y los idiomas. Mi papá aprendió inglés bastante bien cuando vivían en Cracovia. Desde que éramos pequeños nos hablaba en ese idioma y de vez en cuando, y más que nada cuando nos quería llamar la atención, nos hablaba en polaco.

Pasaron varios años y lejos de mejorar las cosas, Italia, como país perdedor de la guerra, se mantuvo pobre por muchos años más. Miles de italianos estaban emigrando, principalmente a Sur América, donde había más oportunidades. Buenos Aires se había convertido, prácticamente, en una ciudad de italianos. Sin embargo, mis padres decidieron que debían de permanecer en Orvieto debido a que la salud de mis abuelos estaba muy deteriorada.

Una vez que Luciano y yo cumplimos los nueve años, nuestros padres pensaron que lo mejor para nosotros era que entráramos a estudiar en un seminario que estaba ubicado en las afueras de Assisi, donde podríamos tener una esmerada y completa educación, no accesible, en esos momentos a los Nowak. Fue una decisión muy difícil ya que constituíamos una familia muy unida entre nosotros.

Los años transcurrieron y los hermanos Nowak entablaron una especial amistad con los seminaristas: Rizzo, Ponti y Bergonzi. Estaban en el mismo nivel y eran todos muy inteligentes. Simpatizaban entre ellos y se hacían bromas que exasperaban a sus profesores, pero los cinco gozaban de la simpatía y hasta consentimiento de los mismos y sus compañeros.

Una noche de diciembre, poco antes de las Navidades, Roland y Luciano fueron llamados a casa de sus padres. Al llegar vieron que su padre estaba muy grave como consecuencia de un tumor en el páncreas. Los médicos le daban como máximo dos días de vida. Su padre no quería morir sin contarle a los gemelos y a Claudia sobre su hermano Tomasz, quien suponía estaba aún en Cuba. Le había perdido totalmente la pista desde que se vieron la última vez en Trieste, hacía ya unos dieciséis años. Les contó que había tratado de localizarlo después de terminada la guerra, pero ningún esfuerzo lo condujo a dar con él.

Roland le pidió a sus hijos que trataran de ubicarlo y así reunificarlo con ellos y su mamá, ya que no tenían más familiares conocidos que pudieran estar vivos. Esa misma tarde el padre de los gemelos expiró y fue enterrado al día siguiente. Los Nowak estaban totalmente desolados por la pérdida tan súbita del patriarca de la familia, a quien todos adoraban. Sobre la tumba de su padre, Roland le dijo a Luciano, con lágrimas en los ojos, que una vez terminaran en el seminario buscaría una asignación como sacerdote en Cuba para tratar de localizar al tío Tomasz y cumplir así con el último deseo de su padre.

Durante sus años en el seminario, Roland había estudiado inglés y español. Este último Roland lo dominaba muy bien, en parte, gracias a su interés de ir a Cuba y al gran parecido que tenía con el italiano.

Capítulo VIII La Ordenación

Terminaron sus años de estudio que culminaron con la consagración de los seminaristas de su promoción. En esa época se ordenaban muchos sacerdotes y conseguir un buen trabajo no era fácil. Roland había solicitado al Obispo de Orvieto, a quien conocía bastante, que lo asignara a cualquier parroquia en la Habana. La mayoría de los seminaristas deseaban permanecer en Italia, luego la asignación de un cura italiano en Cuba no era algo muy complicado. Los españoles dominaban esa plaza y un italiano sería bien recibido. O así lo esperaba Roland.

Mientras tanto, Silvio Ponti había sido asignado a Módena, Gianni Rizzo a Verona, Giorgio Bergonzi a Mantua y Luciano Nowak, para la tranquilidad de Roland y queriendo estar cerca de mamá, se había empleado como ayudante del párroco de la Catedral de Orvieto.

Pasó poco tiempo para que el Obispo le confirmara a Roland su asignación como asistente al párroco de la Iglesia del Vedado, en la Habana. Le dejó claro que él estaría mucho tiempo fuera de Italia y sin ver a su mamá, hermano y amigos. El comentario del Obispo le encogió su corazón, pero tenía que cumplir la promesa hecha a su padre. Ya vería que hacer después, de forma que su estadía fuera de Italia, no fuera tan larga como se la anunció el Obispo.

Organizaron un almuerzo de despedida para Roland en la finca de su mamá a la cual pudieron asistir, además de su hermano, sus tres amigos del seminario. Luciano preparó el tradicional cordero y destaparon un par de botellas de vino de Montepulciano. Rieron como nunca, sobre todo con los cuentos y chistes de Silvio. Hacia el final de la tarde se pusieron más serios y la conversación giró hacia los asuntos eclesiásticos.

Todos estaban de acuerdo en que la Iglesia necesitaba de reformas, entre ellas el establecimiento del celibato voluntario. Sentían que el voto de castidad pesaba demasiado sobre ellos y para qué, si al fin y al cabo, Dios había creado a la mujer de la costilla del hombre para que vivieran juntos, procrearan hijos y poblaran el mundo.

Tristemente no lo podrían hacer ellos, los cuales estaban prácticamente destinados a ser unos eunucos cualesquiera.

Roland expresó que cuando regresara de Cuba, Dios sabría cuándo, trataría de ser asignado al Vaticano para estar cerca de la toma de decisiones y ayudar a hacer los cambios dentro de la Iglesia, que ya se necesitaban urgentemente, desde hacía varias décadas atrás.

Ponti, Bergonzi y Rizzo brindaron por eso y de manera informal quedó implícito que todos tratarían de lograr lo mismo. La excepción fue Luciano, quien con un temperamento más sosegado, se sentía más a gusto en un área más rural y cerca de su madre, para poder así cuidarla.

Todo transcurrió según los deseos de cada quien. Ese día sería el último en el que se verían todos juntos, hasta después que pasaran muchos años. Solo ese gran propósito de unión en su objetivo común, lograría mermar la tristeza que les produciría la separación.

El propósito de ir todos juntos, excepto Luciano, al Vaticano, los mantuvo unidos a través de los años. La correspondencia constante entre ellos los ayudó a preservar ese objetivo. Las cartas enviadas eran colectivas ya que la misma era enviada a los otros cuatro destinatarios. El propósito y la misión que algún día tendrían que llevar a cabo, se mantenía en su integridad y se podría decir, que más bien, se reforzaba con el tiempo.

Capítulo IX El Viaje a Cuba

Apenas dos semanas después del almuerzo, partió un avión de Alitalia del aeropuerto de Fiumicino, muy cerca de Roma. El avión estaba repleto y supuse, por los temas que conversaban, que la mayoría de los viajeros eran emigrantes italianos que querían buscar un mejor destino en América. Casi todos eran hombres jóvenes o de mediana edad, lo que me hizo suponer que estaban viajando dejando atrás a su familia hasta que tuvieran un trabajo estable que les permitiera traerla, si no en pleno, por lo menos a sus esposas e hijos.

Se podía leer en la cara de los pasajeros la angustia que expresaban. Este era un viaje en el cual lo estaban arriesgando todo. No podrían fracasar; tendrían que triunfar. Para un italiano de honor no había retorno. Muchos de ellos leían libros para aprender español y otros, los menos, inglés, lo cual me hacía suponer que de la Habana o de las Islas Azores, seguirían hacia los Estados Unidos.

El ser humano es una de las especies más adaptables que existe. A un animal se le saca de su hábitat y la mayoría sucumbe. Solo unos pocos son los que triunfan y evolucionan lentamente, logrando adaptarse a las nuevas condiciones. El ser humano es capaz de reinventarse basado en la realidad del momento.

Tan solo después de tres horas de vuelo y faltando menos de una hora para aterrizar en Punta Delgada, capital de las Islas Azores, mis compañeros italianos del avión, por llamarlos de alguna manera, comenzaron muy lentamente a conversar entre ellos. Más allá en primera clase me pareció escuchar hasta risas, seguramente debido a que gozando de mejor posición económica, que los de la clase turística, quemaban las etapas un poco más rápido.

Es curioso como el ser humano evoluciona, en gran parte, debido a su destacado y sofisticado cerebro. Casi todos los problemas de adaptación los resuelve haciendo uso de la maquinaria que tiene dentro de la cabeza, mientras que a los animales el cerebro no les ayuda tanto.

La escala en las Azores duró un poco más de las dos horas previstas, debido a un pequeño desperfecto en el avión. Nos avisaron que podríamos hacer un poco de turismo en la Isla, ya que la tripulación preveía que despegaríamos en unas seis horas. Un chofer de autobús se puso a nuestra disposición para llevarnos hasta una localidad llamada las Siete Ciudades. Un sitio cuyo origen es volcánico, con varios lagos en el centro a los cuales rodea la caldera del volcán. Toda la Isla era preciosa: sembradíos de un verde intenso por todas partes, exuberancia de flores, ovejas, carneros, reses, etc.

Ya para cuando habíamos regresado al aeropuerto, los que viajábamos en el autobús, nos habíamos hecho amigos y reíamos entre nosotros. ¡Darwin en acción!

Despegamos al poco tiempo y continué la charla con mis vecinos en el avión y casi sin darme cuenta, comenzaron a anunciar que nos aproximábamos al aeropuerto de Rancho

Boyeros en la Habana. De ese momento en adelante me puse serio y me di cuenta que por primera vez me empezaba a preocupar, por saber, que iba a suceder en mi vida futura.

Como si tuviera muy buena puntería llegué a Cuba en pleno gobierno de Fulgencio Batista. Se sentía el peso de la Dictadura pero también había bastante libertad de acción para todo lo que no fuera político. Como en casi todas las dictaduras, había bastante seguridad para transitar por toda la ciudad. La seguridad iba de la mano de la alta corrupción del gobierno. Tal parecía que esa pareja tan dispareja era como dos líneas paralelas las cuales podían estar muy cerca pero que nunca se tocarían. La seguridad era más bien una aliada de la corrupción cuando se trataba de proteger a funcionarios del gobierno.

La Iglesia del Vedado quedaba en un área muy bonita de La Habana, rodeada de árboles muy altos. Estaba localizada apenas a unos quinientos metros del Malecón, así que para ver el mar, era solamente una caminata de apenas diez minutos desde la Iglesia. Yo había vivido toda mi vida entre montañas y solo había tenido la oportunidad de ver el mar en dos ocasiones anteriores. El poder hacerlo frecuentemente era un regalo para mis sentidos que me haría algo más fácil y llevadera mi nueva vida.

La Iglesia a donde fui asignado quedaba a unos pasos del colegio de La Salle e incluía en sus dependencias el llamado colegio parroquial, que era para niños pequeños y de familias de menos recursos.

No me tomó mucho tiempo ser cautivado por la Isla: la Iglesia, los colegios, los lugares cercanos, los niños y en general, con el carácter y simpatía del cubano. Todo eso contribuyó a llenarme el corazón del vacío que había dejado mi salida de Italia. Mi carácter sociable me ayudó muchísimo y pronto me sentí como uno más de ese lugar. En poco tiempo dominaba el español y la opinión general era que ya lo hablaba con acento cubano. Yo no me creía esas exageraciones pero la verdad es que me esforzaba bastante para que mi acento ítalo español, pareciese más habanero.

En ocasiones era capaz de decir palabras y expresiones en el más puro y depurado habanero. Hay que destacar para el lector poco familiarizado con el argot cubano, que ese acento y forma de pronunciar las palabras, pertenece más a la región occidental del país, donde están ubicadas las provincias de La Habana, Pinar del Rio y Matanzas. En la medida que se va avanzando hacia el oriente del país, el idioma se va endulzando y apegando mucho más a las normas de pronunciación de la Real Academia de la Lengua Española.

No perdí el tiempo, y desde un principio me aboqué a la búsqueda de mi tío Tomasz. Mis averiguaciones no me condujeron a pista alguna y al poco tiempo ya había preguntado en todas las oficinas públicas, además de los feligreses, colegios y clubes sociales.

Podría ser que mi tío viviera en el interior de Cuba. Eso haría mi búsqueda más complicada. Ya había preguntado en el registro público para averiguar de su paradero en cualquier parte de la Isla, sin ningún resultado.

Existía la posibilidad que Cuba hubiera sido una parada momentánea para mi tío Tomasz, pudiendo él haber establecido residencia en cualquier otro país. También podía haber sucedido que se hubiese bajado del barco en Puerto Rico, u otro puerto. Ninguna de esas hipótesis era muy probable. Según mi padre me contó poco antes de morir, el tema familiar había sido que en caso que Tomasz y él tuviesen que escapar de Polonia, Cuba era el lugar recomendado por mi familia ya que lucía un país de gran porvenir.

Afortunadamente mi carácter particular y mi posición, me habían permitido relacionarme con los miembros de la sociedad cubana de todos los niveles. Desde los padres de los niños de muy bajos recursos, hasta las figuras más prominentes del gobierno y las industrias cubanas. Cada vez más gente me conocía y me di cuenta que la única forma de dar con tío Tomasz, si estaba en Cuba, no era tratando de dar con él, sino que él diera conmigo. Desde ese momento me dedique a preguntar por él a todos los polacos y personas relacionadas, dejándoles siempre saber que era yo quien lo buscaba.

La situación en Cuba se fue volviendo cada vez más preocupante. Se escuchaban bombazos casi todas las noches y la angustia de la gente fue *in crescendo*, por el riesgo que significaba y la incertidumbre de lo que podría pasar. Cuba había sido tradicionalmente un país muy pacífico y los cubanos eran personas muy alegres. La última guerra fue la de independencia de los españoles, el último año del siglo XIX. Durante las primeras décadas del siglo XX los cubanos solo habían visto revoluciones y movimientos caudillistas con poco impacto en bajas humanas, sobre todo si hacemos la comparación con las guerras sangrientas europeas del siglo veinte.

Fidel Castro ya llevaba cerca de seis meses dirigiendo el movimiento guerrillero desde la Sierra Maestra, cadena montañosa esta, enclavada en el sur de la provincia más oriental de Cuba. A su vez el Che Guevara, médico argentino, conjuntamente con Camilo Cienfuegos, estaban haciendo lo mismo desde la Sierra del Escambray, en la más cercana provincia de Las Villas. Toda esta actividad era vista con ojos de esperanza para la mayoría y de preocupación para otros pocos.

El párroco de la Iglesia del Vedado se había estado sintiendo mal y el Obispo me había ya dicho que muy pronto lo mandaría de regreso a su natal Soria en España. Aunque mejorara algo su salud, ya estaba muy mayor para estar al frente de una parroquia en un país en que las cosas se visualizaban muy complicadas.

El Obispo también me indicó que tratara de aprender lo que me faltaba en relación con la operación de la parroquia, ya que estaba destinado a sustituir al párroco. Él prefería tener a un párroco, que aunque muy joven, conociese bien toda la operación y sobre todo que fuese del gusto de la feligresía. Pensaba que poniendo a uno más veterano, que no conociese bien su trabajo ni su entorno, no sería lo más deseable. El Obispo me manifestó también que no tenía ninguna duda que sería aceptado con beneplácito por todos los feligreses y la curia cubana.

Mencionó también que había informado ampliamente sobre este cambio a la oficina central del Vaticano, la cual se ocupa de todos los sacerdotes expatriados asignados a los distintos países. Mencionó que no tenía por qué haberlo hecho, ya que la decisión de promoverlo como párroco caía totalmente bajo su jurisdicción.

Me confesó que me veía como a un sacerdote llamado a ocupar las posiciones más altas en la Iglesia y que así se lo había hecho saber a sus superiores en el Vaticano. Ese comentario me llenó de orgullo y le agradecí mucho su gestión, aun cuando hice todo lo posible por mostrar humildad, así como decir que no merecía sus elogiosos comentarios y todas esas boberías.

Andaba por esos días pensando en que dicha asignación me podría obligar a estar en Cuba durante unos cinco años más, lo cual cambiaba mis planes de llegar al Vaticano lo antes posible. En eso estaba, cuando sin darme cuenta, pasé caminando por frente a uno de los confesionarios y me senté ahí, en la oscuridad, creo que con el propósito de poder concentrar mis pensamientos. Ya estábamos en pleno verano y el confesionario, por ser muy oscuro, parecía ser un sitio bastante fresco. Al sentarme en él me di cuenta que había cometido un error de apreciación. Si eso fuera verdad, el infierno debía de ser un sitio caracterizado, entre otras cosas, por su claridad.

De repente sentí una voz que me dijo "Ave María Purísima" a la cual le respondí en seguida "Sin Pecado Concebida". Yo trataba de entrar lo menos posible a un confesionario, ya que de solo pensar que alguien me contara, lo que creía eran sus pecados, no me hacía sentir cómodo.

Capítulo X El Tío Tomasz

De repente la voz comenzó a hablar en lo que me pareció que era Polaco, y yo le respondí en ese idioma. No me tomó del todo por sorpresa, debido a que había hecho muy buenas relaciones entre los muchos polacos que vivían en La Habana. Los que podían, asistían al Casino Deportivo, que era un gran Club y que con un poco de imaginación podía darle envidia a las instalaciones de las Termas de Caracalla, en la vieja Roma.

La voz del otro lado del confesionario me dijo: —que bueno que tu padre te enseñó polaco y aun, cuando lo hablas con un cierto acento italiano, lo haces correctamente. De todas formas me da la impresión que en español nos comunicaremos mejor. Mis amigos polacos del Casino Deportivo me dijeron que andas buscando a un tal Tomasz Nowak, personaje este bastante escurridizo. No sé por qué lo buscas, pero si te sirve de algo, no creo que lo vayas a encontrar. —Tomasz Nowak murió al llegar a Cuba hace casi veinte años, lo sé de muy buena fuente.

La tristeza me invadió y salí inmediatamente hacia afuera del confesionario para poder ver a este personaje quien era portador de noticias tan desagradables. Cuál sería mi sorpresa cuando al verlo me pareció ver de nuevo a mi padre.

Enseguida nos abrazamos y le dije, —Tío, ¿por qué te has hecho esperar tanto? —Es una larga historia Roland, pero una Iglesia no me parece el lugar apropiado para contártela. Mejor nos vemos donde vivo, que es muy cerca de aquí, en la calle 9 entre E y F. Qué te parece esta noche a 8:00 pm. —Ahí nos veremos, respondí rápidamente y muy emocionado.

El tiempo pasó lento ese día y no hice mucho más que pensar. Como si fueran pocas emociones para una sola jornada, encima de todo, el Obispo se apareció con el párroco en la Iglesia, sin previo aviso. Su propósito era anunciarme oficialmente qué el párroco, quien lo acompañaba, partiría para España la semana siguiente y no deberían esperar más para hacer los anuncios respectivos. Estaba confiado que su decisión era la correcta y estaba muy seguro que yo no lo defraudaría.

Pues bien, esa noche dejé al sacristán encargado de cerrar la Iglesia y tomé a buen paso el camino hacia la casa donde vivía mi tío Tomasz. No pasaron cinco minutos cuando estaba frente a la reja imponente de la casa, que más bien se me antojaba como de mansión. Al tocar el timbre me abrió el mismo tío Tomasz, quien me condujo hacia la sala de la casa. Me dio un abrazo muy fuerte que casi me rompe la espalda y sin saber que decirle, le comente de inmediato que lo felicitaba por lo cómodo y atractivo de sus instalaciones y lo conveniente del lugar, tan cerca de la Iglesia donde yo me desempeñaba. No tenía palabras para decir nada más, ya que a mí también la emoción me embargaba.

El tío Tomasz me dijo que me debía una explicación. Fue a buscar una botella de un buen Chianti y me sirvió un vaso generoso de ese caldo rojo brillante, e hizo lo mismo para él . —¿Por dónde empezar?, dijo mi tío. —Por el principio, le pedí, pero cuéntalo todo. No tengo hora de regreso a la parroquia.

—¿Hasta dónde sabes mi querido sobrino? —Conozco por mi padre algo de lo sucedido en Polonia: la escapatoria de ese país, la llegada a Trieste y por fin, tu partida hacia el Caribe. Lo cierto es que a mi papá nunca le gustó hablar de esa parte de su vida. —¿Por qué será que a mí tampoco me gusta contarla, y más allá, ni siquiera pensarla? —Lo entiendo tío, después que termines tu historia procederé a contarte la mía, aunque seguramente te va a aburrir ya que no será tan emocionante como la tuya.

—Bueno comencemos. La noche es larga y cálida. Si te da hambre más tarde te traigo unas croquetas que hizo la señora para la cena. Primero beber y después comer para que la digestión no perturbe los efluvios del vino ni el ánimo de la conversación, afirmó el Tío Tomasz, pletórico de alegría. Empezaré por mi cuento.

—Llegué finalmente a La Habana después de una travesía de cuarenta y cinco días, incluyendo las escalas en: Tenerife, Puerto Rico y Santo Domingo. El capitán del barco me había contratado para que lo ayudara en la contabilidad, ya que aparte de haber unos cien pasajeros, la carga era lo que reportaba la mayor ganancia al barco. En los puertos intermedios de Tenerife, Puerto Rico y Santo Domingo había descarga y carga posterior así que el barco no tenía prácticamente peso muerto en ningún momento. El negocio del flete era muy bueno y en época de guerra el mercado aceptaba una prima sustancial, por lo que llamaban riesgo.

En ese momento no tenía todavía un conocimiento fluido del idioma español, así que entablé una conversación en inglés, con un empresario de Cuba que tenía algunos años de establecido en ese país y manejaba la parte comercial de uno de los ingenios azucareros de la Isla. En Polonia, tanto tu padre como yo, habíamos estudiado en el colegio, alemán e inglés. El alemán no me gustaba mucho, pero me había afanado mucho en el inglés, sin saber, en ese momento, lo útil que me iba a ser en mi vida.

Al entablar una relación de suficiente confianza, tanto como se puede hacer cuando existe una guerra, le manifesté al inglés mi deseo de permanecer en Cuba trabajando, y si era posible en su oficina comercial, como ayudante de contador. Harry Burns se llamaba el inglés, tenía unas patillas imponentes y un acento inglés suave, el cual me hacía suponer que había vivido unos cuantos años en el noreste de los Estados Unidos. Estaba casado con una cubana y se sentía feliz de regresar después de cinco meses de una estadía muy desagradable en Europa.

Todo se le había hecho difícil por motivo de la guerra. La salida de Trieste había sido traumática, los fascistas estaban apretando cada vez más y ese último día, antes de la partida, un asociado del inglés había sido asesinado en una escaramuza callejera.

Él no había contado con el tiempo necesario para poder reclamar el cadáver, pero si había logrado sacar su pasaporte de la chaqueta con el propósito de avisar a su familia en el momento que pudiera. —¿Supongo que si te escapaste de Polonia no debes tener papeles ni identidad alguna?, preguntó Harry Burns. A lo cual yo no respondí nada. —Veamos el pasaporte a ver si tienes algún parecido con mi amigo fallecido. Tal como lo recuerdo, el aspecto de ambas caras, era al menos, bastante similar. Lo anterior había sido corroborado por la foto en la cual se podía ver también unas patillas frondosas, tan de moda en Europa desde antes de la guerra.

—Tendrás que dejártelas crecer y tienes tiempo ya que no llegaremos a la Habana hasta dentro de veinte días. Estando en la Isla con tu nueva identidad podrás trabajar con nosotros y posiblemente vivir con algún empleado de la empresa, al menos para empezar. Bueno Mr. Paul Frazer, ya tienes un nombre, papeles de identidad, trabajo, un sueldo que te permitirá vivir con relativa holgura, y vivienda, aunque sea temporal, mientras te puedas procurar una independiente. Solo te falta saber hablar bien español, que a tu edad y con el conocimiento que tienes de idiomas, estamos hablando de tres meses máximo para que puedas y te puedan comprender. Yo no podía dar crédito a esas palabras que sonaban a pura magia.

El inglés descartó de su mente la idea de reportar la muerte de Paul Frazer a su familia ya que dándole la identidad a Tomasz, servía en su opinión, a una causa más noble.

Al llegar a La Habana todo sucedió tal y como Harry me había dicho. Ya para ese momento ese salvador se estaba convirtiendo muy rápidamente en mi protector y mejor amigo.

Como jefe lo respetaba y admiraba por sus conocimientos administrativos y gerenciales. Como persona, no podía haber mejor. Casi todas las semanas me invitaba a cenar en su casa donde me hacían sentir como el mayor de sus hijos. Conversábamos pasando del inglés al español y viceversa. Su esposa era muy simpática y dulce, aún más importante, una gran cocinera.

Al cabo de un año ya me había mudado al Vedado a un pequeño apartamento frente al Parque José Martí, allí podía practicar varios deportes que tanto me gustaban y socializar con los compañeros y vecinos. Para ese momento hablaba el español muy bien pero con algo de acento. Había simplificado un tanto la gramática usando algunos tiempos para los verbos e ignorando otros.

La belleza de la mujer cubana me había cautivado. Hice particular amistad con una muchacha llamada Isolina Torres, la cual me ayudó a mejorar el español, profundizar mis conocimientos de la cultura cubana y darme amor, del cual había carecido durante tanto tiempo. No creía que algún ser humano podía ser capaz de estar mejor y de haber logrado tanto en tan corto tiempo. Solo me quedaba la tristeza de no poder saber lo sucedido con mi hermano Roland, mis padres y el resto de la familia.

Sentía a veces que mi hermano Roland me había despachado en el barco, lo cual me había herido profundamente, pero fuimos educados por nuestros padres en la cultura que cada cual labraba su destino y por lo que él podía pensar, en ese momento y con Europa en guerra, era lo mejor que él podía hacer por mí. También yo había perdido mis documentos y podía ser un peligro para los dos y en caso que fuéramos detenidos podríamos terminar siendo deportados ambos, o algo peor. Haber permanecido en Italia no me hubiera ofrecido nada nuevo, más que la continuación de la guerra. Al ser el futuro de los dos similar, no habría una oportunidad sustancial de mejora para la familia, vista como un todo.

Han pasado muchos años de eso y en muchas ocasiones he pensado en regresar a Europa y tratar de localizar a tu padre.

—¿Cómo está él?

Roland, como fulminado por un rayo, pareció encogerse gradualmente en la butaca en que estaba sentado. Hizo un gran esfuerzo e incorporándose le contó que su padre había fallecido hacía ya unos cinco años. —Murió tranquilo junto a mi madre a la cual adoraba, mi hermano gemelo y yo. Nos pidió en su lecho de muerte que tratáramos de localizarte y eso me trajo a Cuba. Cuando mi padre llegó a Italia, como debes recordar, la situación era caótica, apenas había puestos de trabajo pero tuvo la suerte de encontrar a mi madre, con quien tuvo una existencia muy feliz hasta que le sobrevino la muerte.

Mi hermano Luciano y yo entramos a estudiar en el seminario, más por poder obtener una buena educación, que por vocación. Él está en Italia, cerca de Orvieto. Es párroco de una Iglesia pequeña, vive muy cerca de mi madre y por lo que se, es totalmente feliz. Para decirte la verdad tío, yo me encuentro muy contento en Cuba, más ahora que voy a ser párroco. Esa posición me permitirá ayudar más al necesitado. Pues bien, te digo, que teniéndote a ti, también tengo familia, que más se puede pedir.

Me marché al poco rato de la casa donde vivía mi tío Tomasz para dejarlo solo con sus pensamientos y su dolor y que así pudiese llorar en soledad la muerte de su hermano. Los sentimientos generados en época de guerra son muchos, y el de culpa, aunque muchas veces injustificado, es uno de los que está más presente y no es fácil sanar.

Quedamos en tratar de vernos todas las semanas en su casa y poder así conocernos mejor. Trataríamos de recuperar el tiempo perdido compartiendo en familia, aunque fuera solo de dos. De esta manera comenzaron una serie de reuniones que ampliarían mi visión del mundo y terminarían de forjar mi carácter.

Muchas veces nos reuníamos nosotros solos y otras, con amigos de él; todos ellos personajes de la política, medicina, diplomacia y hasta filósofos. Con frecuencia iba también Harry Burns a quien le fascinaban las tertulias en casa de mi tío. Uno de los temas que tocábamos con frecuencia era el de Dios y la religión. Me gustaban esas discusiones porque yo era prácticamente el único que realmente defendía los conceptos y posiciones de la Iglesia Católica. Mi tío y sus amigos eran en su mayoría ateos o, cuando mejor, escépticos. El otro tema que siempre estaba en la agenda invisible, era la política. Al cabo de unos dos años de asistir semanalmente a la casa de mi tío, conocí personas muy interesantes y con puntos de vista muy diferentes.

Las reglas en la casa de mi tío era la ausencia de reglas. Cada cual decía lo que le venía en gana y no importaba. Había un acuerdo implícito de privacidad y nada de lo que se discutía ahí trascendía fuera de la casa de mi tío. Conocí a defensores del Régimen actual de Batista, otros que se sentían inspirados por la revolución que se estaba forjando en las montañas de Cuba. Otros los menos, como Gerardo, el cual siendo diplomático de profesión, se guardaba sus pensamientos más profundos y navegaba perfectamente entre las dos aguas de la ideología.

Había incluso algunos días en que nos dedicábamos al buen humor y hablábamos de viajes, se hacían chistes, etc. El campeón de este último segmento era invariablemente Gerardo, sobre todo cuando comenzaba con los chistes picantes.

Las tertulias que más disfrutaba eran cuando mi tío y yo estábamos solos y a veces hablando, nos daban hasta las dos o tres de la mañana.

Mi tío conservaba su puesto, ahora como gerente de administración del ingenio, en el cual devengaba un sueldo que le sobraba para vivir como él quería, que era viviendo en un sitio agradable y teniendo siempre un buen surtido de libros, alimentos, el reglamentario ron y algunas botellas de buen vino. Su amiga y enamorada Isolina Torres terminó casándose con el candidato de sus padres. Tío Tomasz me dijo que nunca dejó de quererla, ni ella a él, pero el destino les jugó una trampa a traición que nunca podría ninguno de los dos olvidar.

Fue mi tío, sin pensarlo, quien reafirmó mi propósito de llegar, cuando fuese posible, al Vaticano y trabajar para hacer los cambios que se requerían en la Iglesia. Según él veía las cosas, el pilar fundamental de las religiones está basado en la fe, concepto y práctica esta muy difícil para él, por haberse dedicado a las matemáticas en su trabajo y a la física como pasatiempo.

Estábamos en cordial desacuerdo en que la fe era un don, que con cierta disciplina se podía lograr, tal como lo veía yo; o una necesidad de creer para facilitar el tránsito por la vida y no tener que pensar en las preguntas fundamentales, como lo veía el Tío Tomasz.

De todas formas, yo tenía una facilidad extraordinaria para poder conversar y discutir con los escépticos sin que ellos o yo perdiéramos la calma ni el don de escuchar. Entre los personajes que más asistían a casa del tío Tomasz estaba Gerardo. Nos hicimos muy amigos: primero, porque volví a jugar de nuevo al ajedrez y su nivel era similar al mío y segundo porque denotaba una gran capacidad para alternar con diversas tendencias. Él era diplomático de carrera y bajo el gobierno actual de Fulgencio Batista se desempeñaba como viceministro de relaciones exteriores. Tenía amigos simpatizantes de la revolución y se veía con ellos con cierta frecuencia. Su arte consistía en que cada una de las tendencias políticas creía que él era agente encubierto trabajando para su lado. Nunca pasaba información importante de un lado a otro. Era más bien como chismes que satisfacían el deseo de curiosidad de cada lado. Personalmente, la democracia era el sistema político que prefería. No estaba de acuerdo con la Dictadura, pero esto no lo sabía ni su almohada. Las actividades de La Sierra Maestra y el Escambray le preocupaban aún mucho más. La trayectoria de Fidel y el Che no era de humanistas, como ellos solían decir en algunos de sus comunicados clandestinos, sino de comunistas.

Fidel había participado en el Bogotazo, que fue una protesta general por el asesinato de un candidato liberal para la presidencia de la república de Colombia. Más tarde lideró el ataque fallido al cuartel Moncada, cerca de la segunda ciudad de Cuba, Santiago, el cual le costó una condena a la cárcel por ocho años. Equivocadamente, la pena le fue conmutada para que la cumpliera en un período de tiempo menor.

"Muchos años después algo parecido ocurriría con el teniente coronel Hugo Chávez en Venezuela. "En política pareciera que no funcionara la Evolución, la historia siempre se repite". ¡Y cambia muy poco!"

Yo había seguido el desarrollo del comunismo en La Unión Soviética y en la Polonia de mi padre. Esta religión se había apoderado de Europa del Este a la fuerza, en Rusia desde

1917 y en Polonia desde 1945, y no parecía aflojar. Doce países de Europa del Este se convirtieron en satélites soviéticos, manteniendo algunos de ellos, muy pocos, su estilo personal. El gobierno de Stalin había asesinado a miles de personas y el terror se había extendido a toda la población. Tanto Gerardo como yo pensábamos que, en máximo un año, Fidel estaría sentado en el Palacio Presidencial. Adivinamos el tiempo, pero nos equivocamos en el lugar. Se sentaría en el cuartel Columbia.

Yo mantenía correspondencia regular con mi hermano y mis tres amigos seminaristas. Silvio Ponti ya se encontraba en el Vaticano, como asistente de un cardenal. También me escribía frecuentemente con un par de Cardenales que había conocido en una de esas visitas que hicieran recientemente a la Isla. Ellos pensaban que yo sería valioso en el Vaticano, por ser un buen conocedor de la Iglesia latinoamericana y por mi temperamento. Para ese momento yo había estado en diferentes congresos en México y Argentina y mantenía una buena relación con los prelados de los países del Sur.

En fin, me fui volviendo cada vez más respetado y reconocido. Eso me permitió ir dejando huella y siendo noticia en el Vaticano, que era donde yo quería estar. Siempre tuve que lograr un equilibrio entre mi labor parroquial y las actividades que me condujeran a una mayor presencia en el Vaticano. Modestamente, creo que tuve éxito.

Finalmente triunfó la Revolución. Fidel, el Che, Camilo y otros hicieron la entrada triunfal en la Habana encaramados en tanques de guerra. Eso nos produjo, sobre todo al Tío Tomasz y a mí, un mal sabor en la boca.

El discurso inicial de Fidel solo duró siete horas y él y

sus lugartenientes tenían rosarios pasados por el cuello a modo de collar. Estaba en casa de tío Tomasz cuando todo eso sucedía y lo veíamos por televisión. Nos miramos y me di cuenta que pensábamos igual. Tanto despliegue de rosarios presagiaba un gobierno ateo y su alusión a que él era humanista, hacía que lo viéramos comunista. Ya las cartas estaban echadas y sabíamos que era cuestión de tiempo para que se quitara el antifaz. ¡Sinvergüenza!

Por esos días en la calle se sentía una mezcla de alegría con cautela y temor. La gente esperaba ansiosa para saber a qué atenerse, sobre todo los que tenían más que perder.

Capítulo XI La Noticia

Por ese entonces fui llamado a la oficina del Obispo quien me informó que ya todo estaba dispuesto para que fuera a Washington, principalmente con tres propósitos: primero para colaborar en la dirección de la Iglesia de uno de los países con más fieles Católicos en el mundo; ayudar a posicionarnos para poder actuar desde Estados Unidos como enlace entre ese país y Cuba y por último estudiar un Doctorado en Teología en la Universidad Católica de Washington. No quise preguntarle al Obispo por esto último pero quería suponer que era que la Iglesia me había escogido como candidato potencial para posiciones superiores. Le pregunté al Obispo para cuando tendría que estar en los Estados Unidos, a lo cual me contestó. —Tan pronto como hayas entrenado a tu remplazo y hayas tenido la oportunidad de resolver los asuntos pendientes. —Te quiero ver en Washington lo antes posible. No debes sentirte mal por irte de Cuba en estos momentos. Tarde o temprano, me temo, que tendremos que hacerlo casi todos.

La noticia fue de impacto ambivalente. La oportunidad estaba de acuerdo con mis deseos, sin embargo dejar mi Iglesia en Cuba, a mi tío Tomasz y a la multitud de amigos que había hecho en la Isla, me dolía profundamente. Me preocupaba todo lo que estaba pasando y podría pasar en Cuba, visto a la luz de lo que vendría con la Revolución, que por lo que ya se podía ver, estaba en puertas.

Extrañaría mucho a la mujer cubana con ese gran encanto, alegría y "sex-appeal" que le daba sentido a la vida. Tengo que decir, que a través de mis años en Cuba no había sucumbido a la tentación carnal. Había sido muy difícil y lo había logrado gracias a las múltiples empresas que había acometido, que no me dejaban tiempo ni para poder pensar. El peor trabajo era la confesión y me da pena admitirlo; pero cuando una joven venía a confesarse sus pecados conmigo y me decía "Ave María Purísima" a mi casi no se me oía la voz cuando le respondía "sin pecado concebida". Por eso, entre otras cosas, siempre evitaba estar dentro de un confesionario.

Tío Tomasz me decía riendo que no sabía lo que me perdía y yo siempre le decía que me lo podía imaginar todo el tiempo, pero tal como estaban las cosas actualmente en el Vaticano, prefería abandonar la Iglesia antes de vivir una doble vida. De llegar a pecar, rompiendo mi voto, siempre lo podría confesar, pero temía que la relación carnal con una mujer sería como una droga y cómo confesarlo, con un muy dudoso propósito de enmienda.

Siempre he pensado que el amor conyugal es como un ancla en la vida y sin él, somos como un barco a la deriva y sin destino cierto. Los hijos le dan significado a todo y en cierta forma nos da el sentido de perpetuidad y de vida eterna, al menos en la tierra. —¡Hay Dios que duro es el celibato! —Cuando esté en Roma lucharé para cambiarlo.

Pensaba que la ida a Washington sería un escape que me facilitaría cumplir con mayor facilidad, el voto de castidad.

Equivocadamente creía que la sociedad norteamericana, más anglosajona, sería más calmada y fría. Bueno, todo eso estaría por verse. Más que nada me preocupaba mi tío Tomasz que andaba solo por la vida y hasta con un nombre que no le pertenecía. Después de la desilusión de Isolina Torres había tenido salidas con varias damas pero ninguna había cuajado en una relación más estable. En ocasiones me presentaba alguna amiga, pero generalmente esas relaciones duraban poco y eran remplazadas en poco tiempo, por alguna distinta. Por suerte mantenía sus famosas tertulias, a las cuales seguían asistiendo muchos de sus amigos, con un fiel cumplimiento de una vez por semana. Mi tío sabía que dichas reuniones no podrían durar mucho ya que estábamos viviendo en un sistema que prometía con gran seguridad, avanzar o debería decir retroceder, hacia una sociedad totalitaria.

Faltando apenas un mes para mí partida a Washington, mi tío Tomasz me organizó varias tertulias con sus amigos para conversar, como él decía, temas de interés. Aparte de mi tío, iba a extrañar a Gerardo, sobre todo nuestras legendarias partidas de ajedrez y su carisma para lograr la aceptación de todos sin distingo de ideología, religión o raza. Por lo que me dijo parecía que ya estaba medio enchufado en el nuevo gobierno revolucionario, a pesar que tres meses antes, lucía discretamente las condecoraciones recibidas por el Régimen anterior. Confieso que su forma de ser podía sentirla en ocasiones como repugnante, pero admiraba que independiente de los fines de cualquier gobierno, él podía adaptarse y aplicar los medios para sacar una buena tajada. Tanto trabajando de funcionario en el gobierno de Batista, como en el de Fidel, su propósito era también ayudar a reducir el mal que los regímenes podían infligir a las personas más perseguidas o necesitadas. Era por esto último que lo admiraba más, pero nuestra excelente relación se debía más a la buena química que a cualquier otro factor. Gerardo era apenas unos pocos años mayor que yo pero se sentía mi tío, o por lo menos mi hermano mayor.

Le pedí a mi tío que las últimas dos semanas las quería pasar con Tomasz Nowak y no con Paul Frazer del que ya tenía bastante. Salvo mi hermano Luciano y mi mamá, él era el único familiar que me quedaba. Esperaba que mi padre allá en el cielo estuviese orgulloso de mí por haberlo encontrado. Mi ida a Washington y posteriormente a Italia debería mantenernos unidos aunque fuera por correspondencia, de forma tal de no perder la pista el uno del otro.

Así fue que pasamos las dos últimas semanas, conversando de lo humano y lo divino.

—¿Por qué estudiaste para cura me preguntó mi tío? —Creo que ya te he dicho Tío Tomasz, que era la mejor opción de educación que tenían nuestros padres, tanto para Luciano como para mí. —¿Y por qué no te dedicas a otra cosa? —Porque esa es mi profesión. Me gusta poder ayudar a los demás y me siento cómodo en la Iglesia, aun cuando difiera de ella en muchas cosas. —¿Es eso del celibato lo que te molesta? Ya decía yo que no eras tan insensible a las mujeres. Al parecer el tío Tomasz había caído en uno de esos interrogatorios sin fin y que solo tenían como objeto poder entrar en mi mente e intentar comprenderme, tal vez mejor de lo que yo me comprendía a mí mismo.

—Eso del celibato obligatorio me molesta terriblemente, ya que aparte de lo absurdo y lo difícil que lo veo, me afecta directamente. También me molestan algunas posturas dogmáticas que mantiene la Iglesia ya que a fin de cuentas es una institución humana, y como tal comete errores o si se quiere, debe al menos actualizarse. Todo eso lo sabemos tú y yo así como buena parte de la gente.

—Tío Tomasz, Dios es otro tema y lo veo como algo separado de la Iglesia ya que cada una de las personas lo visualiza diferente. Para mí eso no tiene nada de malo. Todas las religiones tienen sus ritos porque es la forma de mantener la unidad y la fe. Al ser humano le gusta creer, o como hemos hablado antes, necesita creer y pareciera que mientras mayor, o más complicado sea el objeto de la creencia, mayor es la fe. Mi posición personal *in pectore* es que existen una serie de mitos tales como: la inmaculada concepción, la santísima trinidad, los misterios en general, que deben ser tratados como lo que son "Misterios" y es algo personal la posición de fe que tenga cada uno de nosotros en ellos.

Todos sabemos que aun cuando las indulgencias tenían como fin construir nuevas iglesias y enriquecer los bolsillos de los curas y otros; la Iglesia no debió haberse fragmentado por eso. —Tío Tomasz yo creo, en mi último análisis, que el principal objetivo de la Iglesia Católica debe ser la unificación de todas las iglesias. Entiendo que eso parece una utopía, pero poquito a poco se podría lograr. La unificación de las iglesias no significa para mí, que todos seamos católicos, si no que reconozcamos que el objetivo de todas las Iglesias es común y podremos trabajar y estar unidos para lograr la verdadera justicia social, el bienestar de los pueblos y la paz en el mundo —¿Has llevado la cuenta de la cantidad de guerras que supuestamente se han hecho en nombre del Dios, tal o cual? Además pienso que en los momentos actuales el enemigo a vencer es el materialismo, fíjate que no me refiero al agnosticismo o el escepticismo, los cuales considero que proponen la búsqueda de la verdad. El Agnóstico o Escéptico no es un individuo que necesariamente carece de espiritualidad.

—Me gusta que me hayas dicho lo anterior aun cuando lo podía suponer, dijo mi tío Tomasz. No en balde tú eres mi sobrino. Después de saborear un jerez claro y seco tío Tomasz dijo. —La intención del noventa y cinco por ciento de todas las religiones persiguen el fin de hacer el bien al prójimo y por ende a toda la humanidad, un principio este inobjetable hasta para mentes anticlericales como la mía. —Sabes querido sobrino, lo que tú piensas se llama Utopía. Eso era así en la época de Tomas Moro, pero recuerda que había un Enrique VIII, también hubo en su época un Carlos Marx, otro ideólogo, pero había un Joseph Stalin, gran asesino, el cual decía que mataran a 10.000 personas y si eran inocentes, mucho mejor. Fíjate que ahora tenemos hasta un Fidel Castro y ya está empezando por aquí muy cerca de nosotros. La Utopía está bien en el sentido que puede marcar la dirección a seguir a largo plazo. Nunca se llega a ella, a menos que se tenga un gran propósito y sobre todo un buen plan de acción.

—Roland, tú debes saber que ese es el propósito de prácticamente cualquier ideología o religión, que viene a ser prácticamente lo mismo. Hacer el bien y todas esas "tonterías" que conocemos bien y llenan nuestro corazón de alegría. Ahora bien, el propósito interno de casi todas las iglesias, y fíjate que aquí no excluyo prácticamente a ninguna, es mantener la jerarquía y su cuota de poder. Si es posible tratar de aumentarla y si fuera necesario hasta por medio de las armas, tal como ha sido en el pasado. Lo vemos aún en el presente y quizás tristemente será así en el futuro.

—Vale la pena intentarlo, que es lo que me gusta de ti, con razón eres un Nowak, dijo mi tío. Si Galileo no hubiera hecho lo que hizo, donde estaríamos? Aventuras más difíciles han cosechado sus frutos en el pasado. Fíjate por ejemplo en la teoría cuántica. Nadie la entendía y por ende casi nadie creía en ella. Eso no desalentó a Niels Bohr quien luchó, hasta en contra de Albert Einstein para establecer la teoría entre los físicos. ¿Que hubiera sido de Charles Darwin si no hubiera publicado su Origen de las Especies? Habría pasado a la historia como un naturalista más. Sobrino, hablando de Evolución, el ser humano avanza en pequeños pasos y las teorías se van consolidando. Si Bohr, Einstein y Darwin no hubieran logrado proponer sus teorías, alguien lo hubiera hecho, algo más tarde. Nada quita que corramos el riesgo de retrasar tanto el progreso, que pueda pasar lo que sucedió en la Edad Media. Aún nos estamos sacudiendo el lastre y los perjuicios que resultaron de esa oscura época. Pero en realidad veo difícil que eso pueda volver a ocurrir en estos tiempos modernos.

Yo creo Roland, que si es cierto que Dios nos creó directa o indirectamente a través de hacer evolucionar un lagarto, fue porque quiso. Siendo Dios, nadie lo podía obligar. Para mí las preguntas fundamentales son: ¿por qué y para qué? Cualquiera de las dos respuestas son misterios al menos que nos metamos en los diferentes libros sagrados. Ahí remplazamos el intelecto, por la fe. De todas formas no me gustan las cosas sin explicación, sobre todo las acompañadas de un aire absurdo. Pienso que los diez mandamientos fue lo mejor que se inventó, y precisamente porque eran tres leyes relacionadas con los aspectos de Dios y las siete restantes leyes naturales para la buena moral. Eso es suficiente para establecer un código ético para toda la humanidad, lo demás es pura sazón y propio de mentes que persiguen algo adicional a los diez mandamientos.

Creo al igual que tú que cada uno de nosotros tiene que hacer el bien para uno, los suyos y el prójimo. Haciendo eso sería suficiente para tener un mundo muchísimo mejor.

—Ya es hora que terminemos esta charla, sobrino. Estamos de acuerdo que a la vuelta de tres años serás obispo, ocho cardenal y más tarde Papa. Ahí podrás lograr lo que quieras y puedas, —¡Ojalá puedas, aunque sea algo! Es más, estoy seguro que lo harás.

Capítulo XII Mis Últimos Días en Cuba

Cuando me sobraba tiempo trataba de practicar inglés. Gerardo y yo desde hacía ya un tiempo, habíamos acordado, que entre los dos solos, hablaríamos en dicho idioma. Gerardo ya estaba bien posicionado en el gobierno de los Castro y en esa época la práctica del inglés era la casi manifestación de gusano y traidor, pero no por eso dejaba de ser bien útil y con los conocimientos y modales de Gerardo, el gobierno lo utilizaba en todo lo que necesitaba.

La noche antes de partir de Cuba le pedí a mi tío que camináramos juntos por el Malecón. La brisa y el olor del mar serían algo que nunca podría olvidar, pero sobre todo a mi tío, por lo mucho que nos habíamos dado el uno al otro.

Al día siguiente me fui al aeropuerto en compañía del Obispo. Íbamos sentados detrás del chofer y de pronto interrumpió el silencio. —Sabes Roland, me vas a hacer mucha falta. No existen muchos curas por aquí con quien me sienta en confianza como para conversar de lo que sea. Tienes ese gran don de agradar a las personas y de hacerlas sentir cómodas y seguras dentro de su piel.

No sé si sabrás, pero yo fui el que sugerí que te asignaran a Washington con la idea de que pudieras ayudar, en lo posible, a las relaciones entre Cuba y los Estados Unidos. Más pronto de lo que pensamos vendrán momentos políticos muy difíciles en la Isla que afectarán al punto más débil de la cadena, como siempre es… Al pueblo cubano.

Es favorable que en estos momentos esté sentado en la Casa Blanca el presidente Kennedy, que es Católico y al parecer conoce bastante bien la problemática. La Iglesia Católica debe ayudar al gobierno de los Estados Unidos para que pueda influir en mejorar las relaciones entre los dos países. Si Cuba se aísla totalmente de los Estados Unidos vendrán años muy difíciles y no podremos ni siquiera adivinar lo que pudiera pasar. Nuestro Cardenal en Washington, John Mills es un hombre bueno, pero es de los que piensan que la Iglesia es para las cosas de Dios y la política no es de su incumbencia directa. Lamentablemente muchas cosas están en juego hoy en día y lo que pudiera suceder en el mundo, depende en estos momentos de factores políticos, mucho más que de los religiosos.

Tú y yo somos de los que pensamos que a Dios rogando y con el mazo dando, dijo el Obispo. El estilo *laissez-faire* solo me gusta algo, como teoría económica no como política. El Cardenal John Mills también es un hombre bastante mayor, ronda los ochenta años y todavía no quiere saber nada de retiro. Si todo marcha de acuerdo a mis planes, una vez que termines el doctorado de teología te propondremos para obispo de la diócesis de Washington, donde al obispo actual ya le queda también poco para el retiro. Nos podemos dar el lujo de tener un cardenal viejo pero no un obispo, el cual tiene que dirigir a personas y organizaciones. —No vaya tan rápido, su eminencia. Sé que me aprecia mucho y por eso, quizás a veces, no se da cuenta de mi edad. Estoy apenas entrando en el primer lustro de los veinte… "El Obispo sonrió".

Sentía cierta confianza con el Obispo de la Habana y le di las gracias por su apoyo. Le dije además que trataría de no defraudarlo.

Lo que menos me gustaba de la asignación a Washington era tener que estudiar de nuevo, sobre todo temas tan conocidos por mi durante mi estadía en el seminario.

Solté al Obispo, a modo de chiste, aún a riesgo que no le gustara, el comentario de que el curso debía llamarse "Lavado de Cerebro II". No me dijo nada por lo cual interpreté que estaba, al menos, parcialmente de acuerdo. Solo me dijo con una voz potente. —"No te olvides que es un requisito".

Capítulo XIII Washington

No hubo mayor problema en el aeropuerto, ni siquiera en la acostumbrada revisión de equipaje. Interpreté por la cara del oficial, que había habido una comunicación previa entre el gobierno y el obispado para allanar mis trámites de salida.

Mi tío Tomasz no fue a despedirse de mí, así que tan solo tuve que hacerlo del Obispo. Para mi tío, aunque no quisiera reconocerlo, el no tenerme a mi cerca le iba a ser difícil de sobrellevar. Durante los dos primeros años, desde que nos vimos por primera vez, solíamos charlar con una frecuencia mínima bisemanal. Casi siempre en esas ocasiones cenábamos juntos y charlábamos hasta bien entrada la noche. En más de una ocasión, mi tío comenzaba a hablar en polaco. Era como si mi presencia lo llevara de regreso a su pasado. A veces le respondía en un polaco muy básico pero que le hacía sonreír. Pienso que es muy doloroso perder a nuestros seres queridos, pero creo que aún es más triste tener que vivir en un mundo solo con tus recuerdos, sin tener a alguien que los pueda entender y compartir de verdad, como por ejemplo, un sobrino.

Un par de lágrimas me saltaron cuando despegó el avión y una nube cubrió mis pensamientos. La estadía en Cuba fue todo lo contrario a lo que esperaba inicialmente. Mi carácter me ayudó, modestia aparte, ya que soy una persona positiva en todo momento y disfruto mucho de la compañía de las personas, sobre todo de los niños. Extrañaría todo de Cuba, su mar, las montañas, sobre todo su gente tan alegre y abierta y por supuesto, sobre todo a mi tío Tomasz.

Pasé de Italia, donde había vivido toda mi vida, a una asignación para trabajar en un sitio, por mi desconocido, con una oscura misión, que era encontrar a mi Tío. Después de un tiempo en Cuba me sentí como una persona querida por casi todos y con una libertad de acción que no había imaginado antes, sobre todo si la comparaba con la que tenía en el Seminario. La vida es como una carrera de obstáculos, o los pasas todos, o te quedas a medio camino, desde donde es muy difícil volver a empezar.

Después del despegue los pasajeros se fueron transformando minuto a minuto, algunos en seres más alegres, pero otros arrancaron en llanto y pude suponer que estos últimos dejaban familiares muy queridos en la Isla. También dejaban atrás esa patria tan bella y tan querida y aunque casi todos querían sentirse optimistas, a ciencia cierta, nadie sabía cuándo podrían volver.

Momento a momento los pasajeros se volvieron más comunicativos al no sentir que sus conversaciones podían ser escuchadas por personas de la represión política de la Isla. Todos los que iban en el avión pensaban que la separación de sus familiares seria por poco tiempo; porque la duración del Régimen en la Isla, seria corta. Yo estaba curado de ese optimismo, no porque quería ser pesimista, sino por el ejemplo que Polonia y otros países europeos nos han enseñado. Las cosas malas se suceden en ciclos, con las buenas, y eso puede durar hasta que las personas que estaban al principio del ciclo apenas se reconozcan con las que habrían después, al final.

Llegamos a Miami a los cuarenta y cinco minutos de haber despegado. La escala en esa ciudad duró apenas una hora. Permanecí prácticamente sentado solo en mi puesto, cuando al poco tiempo de haber aterrizado, comenzó la segunda tanda a abordar. Era un cambio notable, la mayoría eran norteamericanos y pasamos de un español bullicioso a un inglés prácticamente susurrado. Me ofrecieron algo de tomar y opté por tomar dos botellitas de vino para poder soportar el sentimiento de ruptura, primero con el mundo de Italia y después con el de Cuba. Excusas...

Estando recluido en ese mundo de frustración y tristeza fue cuando nos avisaron que el aterrizaje era inminente. Apuré lo que me quedaba de vino y pasé al baño de inmediato para lavarme la cara, cepillarme los dientes para no causar una mala impresión a mi llegada.

Junto a la escalera del avión estaba quien suponía era el Cardenal Mills y un sacerdote a su lado a quien no podía verle bien la cara. Para mi sorpresa cuando me acerqué, me di cuenta que era el padre Bergonzi, compañero mío del seminario, y junto con Silvio y Rizzo uno de mis tres mejores amigos ¡Qué alegría!

La nube se me fue de la mente y me sentí de nuevo en casa. El Cardenal no pudo ser más amable y le noté un aire travieso en la mirada que me dio a entender, que mi estadía en Washington, no era obra de la casualidad.

Entramos en la ciudad cuando estaba anocheciendo. Quedé deslumbrado por la belleza de Washington. Sus monumentos me hacían sentir que estaba en una especie de Grecia y Egipto modernos.

Al llegar a la Residencia, el Cardenal Mills se despidió en seguida de nosotros. Esta gentileza nos dio a Bergonzi y a mí la oportunidad de poder conversar de muchas cosas, sobre todo las que habían sucedido durante los casi cuatro años que habíamos pasado sin vernos.

Por él me enteré que Silvio ya estaba en el Vaticano. Había ganado la primera manga de la carrera pero detrás vendríamos Bergonzi y yo. Me sorprendió esa noticia ya que no sabía nada al respecto, a pesar que sosteníamos, entre todos, correspondencia escrita, con frecuencia al menos trimestral. En fin, no era de extrañar, ya que los cambios en las cadenas jerárquicas de la Iglesia eran cuidadosamente planificados, excepto en los niveles inferiores, en los cuales quedábamos nosotros para rellenar el espacio vacío. —Me alegro por Silvio y por nosotros. —Bergonzi, cuando lleguemos tú y yo, tendremos al menos un buen amigo en el Vaticano. Debo decir que Bergonzi también me dio muy buenas noticia de mi mamá y mi hermano Luciano a quienes extrañaba como a nadie.

Hacía un poco de frío, lo cual me ayudó, en conjunto con el cansancio del viaje y la emoción de ver a mi viejo amigo, a dormir como un bendito. Habíamos quedado en reunirnos con el Cardenal a las 9:00 am y a esa hora tanto Bergonzi como yo ya estábamos en su despacho.

—Mañana comenzarán las clases en la universidad. El estudio les ocupará la mayor parte del día pero les quedará algo de tiempo libre y es de eso que les quiero hablar. El Obispo de Washington es mayor, más o menos como yo, pero a diferencia

mía a él se le va un poco la cabeza. El Cardenal Mills se nos quedó viendo fijamente para ver si percibía alguna reacción de nuestra parte. Parecía que no había nada de qué preocuparse.
—Bergonzi, ya le he hablado al Obispo de ti. Le dije que eras un cura recién llegado de Italia conocedor de aspectos organizacionales y podrías ayudarlo en lo que él necesite.
—Tendrás que tener un poco de paciencia con él, ya que a veces, le fallan un poco los tiempos.

—Nowak, yo quisiera que me ayudaras a coordinar desde Washington la operación que comienza a organizarse desde la Isla de Cuba; la cual ayuda a ubicar a niños salidos de la Isla, sin sus padres, en hogares y colegios de los Estados Unidos. Si te queda algún tiempo podrías también ayudarme a elaborar una estrategia que establezca las bases de cómo proceder con respecto a Cuba. Bueno, yo pienso que la Iglesia no debe intervenir en las cosas de política, pero en el caso actual de Cuba, tengo bastante presión para hacerlo.

—Su eminencia, adelanté, si logramos coordinar efectivamente la distribución de los niños cubanos con las mejores familias, pienso que habremos hecho una gran labor. Muchos sacerdotes están saliendo de la Isla. Otros han decidido quedarse para tratar de mantener la Iglesia a flote en contra de los deseos del Régimen, que ya se ha declarado Marxista/Leninista. —Si, si, todo esto es muy complejo y debemos tratar de ayudar con lo mejor de nuestras capacidades, dijo el Cardenal.

—Hoy tienen el día libre así que les prestaré mi chofer para que les muestre la ciudad y les enseñe las iglesias principales. Washington es en estos momentos el centro político del mundo, junto con Moscú. Su alcance es enorme. Cualquier error cometido con respecto a la Unión Soviética, podría borrar una gran parte del mundo de la faz de la tierra.

Tenemos por primera vez en la historia a un presidente católico en la Casa Blanca, eso nos da confianza y nos abre una puerta, si fuera necesario, con el mismo Presidente.

Capítulo XIV El Despertar

Poco a poco me fui despertando y tuve que hacer un esfuerzo para caer en cuenta que estaba en El Vaticano y no en Washington. Estaba en un "presente" el cual guardaba todos los recuerdos en un lugar muy exclusivo de mi mente. Ya habían pasado muchos años desde mi regreso a Italia, aunque me pareciera que fue ayer cuando dejé a Cuba y a los Estados Unidos. Ahora estaba aquí, en la cúpula del poder de la Iglesia Católica y con una tarea que se me antojaba gigantesca. —Paso a paso me dije, el mundo fue creado en siete días y yo tengo casi un año para hacer los cambios necesarios en la Iglesia. Aunque no sea Dios, esto tiene que ser más fácil.

La recepción de los dignatarios extranjeros fue muy protocolar. Cada dignatario me decía algo y, por supuesto, yo tenía que corresponderle. Cuando estaba por concluir el acto, le tocó el turno a la República de Cuba. Cuál sería mi sorpresa cuando se me acerco Gerardo. —¡No podía dejarlo solo en Roma, su Santidad, sino con quien iba a jugar Ud. el ajedrez! No pude ocultar mi sorpresa, lo cual llamo la atención de algunas personas que estaban cerca. Me alegré enormemente que Gerardo estuviera en Roma y mentalmente planee un día al mes con él, para informarme de los últimos sucesos en Cuba, jugar al ajedrez y almorzar un lechón con congrí, todo en ese orden.

Pasaron casi dos meses sin mayor novedad, sostenía una reunión semanal con Rizzo para atender todo lo relativo a la administración del Vaticano. Otro tanto hacía con Bergonzi y Silvio para estar al tanto de los progresos del Comité de Doctrina, y saber con bastante detalle como marchaban las discusiones sobre la nueva encíclica. Al cabo de haber concluido unas cuatro reuniones me informaron que se había logrado más progreso del esperado. Todo esto muy a pesar de que el Cardenal Cognotti era uno de los miembros del Comité y que siendo él tan ultraconservador, daba la impresión que si por él solo fuera, el sol estuviese todavía dándole vueltas a la tierra.

La mayoría de los cardenales, sorpresivamente, no veían mayor problema en los cambios, solo les preocupaba más la forma de anunciarlos, la velocidad y el proceso para la implementación de los mismos. Tanto Silvio como Bergonzi consideraron oportuno que en la próxima reunión del Comité estuviese yo. Era fundamental tener un consenso de todas las partes involucradas en la decisión final. Tampoco quería tomar por sorpresa a los cardenales y obispos de todos los países del mundo Católico, así que habría que formular una estrategia para informarles con alguna anticipación.

Pautaron la reunión, con mi presencia, para dentro de dos semanas lo cual daría tiempo para avanzar un poco más.

Continuaba con mis carreras de cinco kilómetros tres o cuatro veces por semana. Oficiaba una misa tres veces por semana, siempre en los días en que no corría. Las dos actividades me ayudaban a mantener la mente clara, la primera por la vía del cuerpo y la segunda por la del espíritu.

Mantenía un perfil bastante alto ya que asistía de improviso, como oyente, a las reuniones de las diferentes congregaciones. Recorría con frecuencia las diferentes dependencias del Vaticano para poder así saber de primera mano lo que sucedía tanto dentro como fuera de los muros. Procuraba almorzar por lo menos una vez por semana con diferentes cardenales, obispos y sacerdotes. Usualmente les ofrecía muy buenos vinos con la comida, la cual era insuperable. Eso los estimulaba, quitándoles su inhibición personal por verse frente al Papa, y así me ponían al tanto de todo. También de esa forma podía conocer de una manera informal cuáles eran sus preocupaciones y reclamos.

El ambiente de los almuerzos era todo lo ameno que podía ser y eso hacía que junto con el nivel de los temas conversados y la diversidad de personajes, todos quisiesen ser anotados para dichos eventos.

Pasados dos meses de haber sido nombrado el líder religioso más influyente del mundo, me di cuenta que había olvidado a mi buen amigo Gerardo. Con él prefería reunirme y almorzar solo. Lo invite a las 11:00 am, previa notificación que el programa incluiría de entrada una partida de ajedrez. La pretendía ganar con mucha dificultad y con el apoyo del Señor que esperaba estuviese de mi parte…

La partida la ganó Gerardo y encima de ser derrotado tuve que soportar sus continuas disculpas por haberle ganado a su Santidad. Me sentí como en los viejos tiempos, pero no me gusto que me ganara. Mi orgullo de buen jugador de ajedrez que estaba totalmente intacto hasta ese momento, comenzó a crujir.

Nos sentamos en el comedor y le pregunté: —¿Gerardo cuéntame que es de tu vida y como has podido sobrevivir exitosamente conviviendo con el Régimen? —Sospecho que muy bien, puesto que estás aquí. Gerardo tomó un poco de aire y lo soltó enseguida. —Su santidad, tú me conoces muy bien y aunque no tengo prácticamente enemigos en Cuba, el Régimen, como tú le dices, no me considera un comunista muy ortodoxo que digamos. Hace veinticinco años me casé con Loli, una señora encantadora, que aunque ella no es muy adepta al gobierno y eso lo saben ellos, su padre fue uno de los grandes comandantes de la Revolución y por eso la respetan y la protegen a su manera.

Me nombraron embajador en Roma porque saben que te conozco y puedo tener acceso a ti con cierta facilidad. Aunque el gobierno es tan dictatorial y comunista, sabe que está muy aislado y que si no fuera por la inmensa ayuda que le está dando Venezuela con el petróleo y las remesas en dólares que le envían los cubanos exilados a sus parientes en la Isla, ya se hubiera declarado en bancarrota. Quieren ahora lucir para el mundo, la imagen que ahora son abiertos y toleran la libertad de cultos. Quieren que organice otra visita del Papa a Cuba donde haya un buen mensaje de apertura dentro del canon revolucionario, pero quieren estar seguros de no correr riesgos contigo.

—Yo les estoy haciendo el juego y tratando de ganar tiempo. Me quedan dos de mis hermanas en Cuba y estoy tratando que puedan salir de la Isla con cualquier excusa y así poder yo desertar o más bien quedarme afuera del país, que ya lo estoy… Sería un golpe muy fuerte para el gobierno ya que en el pasado han desertado deportistas, intelectuales, etc. Pero no es frecuente en un diplomático de mi nivel. Seguramente eso lo manejará el gobierno como un retiro debido a mi avanzada edad, un anciano. Conociéndolos no habrá escándalo.

—Me han asignado en la embajada a una señora llamada Alina quien pienso que tiene como propósito espiarme. Se desempeña como agregada cultural. ¿Para qué quiere Cuba tener una persona que le cuesta dinero en la embajada, si no le reporta algún beneficio? Creo que aparte de esa misión, quizás imaginada por mí, estoy seguro que tiene otra la cual el Régimen, como tú le dices, la oculta, sobre todo a mí. Su especialidad es espiar y no veo claro que podría informar acerca de Italia, luego pienso, que tiene que ver más con el Vaticano. Sabes que Cuba mantiene esa obsesión contigo y ahora que eres Papa, me imagino que habrá aumentado.

—Te traigo el tema para que mantengan cautela. ¡La señora es peligrosa!

—Así están las cosas en este momento, pero como te dije antes, al poder salir mis hermanas, podré desertar y espero que después me puedas brindar tu ayuda. Conoces a mucha gente que estaría dispuesta a hacerte favores y a emplear a un viejo como yo. —Gerardo, haré todo lo que esté en mis manos para poderte ayudar. —Sé que es así. *Quid pro Quod.* Suena mejor en el Vaticano que en cualquier otra parte. —Oye, su Santidad, lo que dije es broma, le dijo Gerardo con esa simpatía propia de los cubanos que tanto había extrañado Roland. Tengo fuera de Cuba, en dólares, suficientes fondos para vivir como a mí y Loli nos gusta y por más tiempo de lo que nos queda de vida.

Hablamos un buen rato de mi tío Tomasz y sobre todo

de la decisión que había tomado hacía años, de permanecer en Cuba...—Ya esas eran cosas del pasado, dijo Gerardo. Ahora lo que desea tu tío es vivir en libertad. Sobre eso ya hemos hablado antes así que espero poder verlo pronto.

—Ahora te pido disculpas Gerardo, pero me siento un poco indispuesto, no sé qué habrá sido lo que me cayó mal. —Nos vemos el mes próximo para continuar esta conversación y ganarte en ajedrez. Ahora con tu permiso, me retiro.

Al dejar el comedor, el Papa cayó al piso causando una gran alarma. Giuseppe llamó para que viniera el médico, quien al verlo, lo olió de cerca. Pensó inmediatamente que podían haber tratado de envenenarlo y procedió de inmediato a hacerle un lavado estomacal y a administrarle un calmante vía intravenosa. El Papa fue llevado, con la mayor discreción a sus aposentos, donde durmió hasta el día siguiente. El médico permaneció a su lado todo el resto del día y la noche. Cuando llegó el asistente del médico con los resultados del laboratorio, se confirmó el diagnóstico inicial del médico. Había evidencia de Brucina pero en muy baja concentración. Lo anterior hacía suponer que alguien había tratado de envenenarlo o más posiblemente, asustarlo ¿pero quién podría ser? El sospechoso número uno era el embajador de Cuba, con quien había almorzado. —El Papa, quien para ese momento estaba sentado y lo acompañaban el médico y sus tres compañeros de seminario dijo —Yo conozco perfectamente bien al embajador de Cuba, y Gerardo no es capaz de hacer eso. Primero no es su estilo, segundo que siendo el primer sospechoso, hubiera sido estúpido de su parte arriesgarse a un conflicto internacional y de una manera tan tonta, haciendo algo que le reportaba a Cuba un beneficio altamente cuestionable; por último, nuestra relación ha sido *cuasi* familiar, como la que pueden tener un tío y un sobrino.

Se había analizado toda la comida, bebida, vasos, copas, platos de comida, etc. sin haber detectado rastros del veneno. No se podía permitir que el Papa corriera el riesgo de una segunda acometida ya que este primer evento parecía más una advertencia, debido a la baja concentración de Brucina. ¿Pero por qué? No se había descartado todavía la posibilidad que el atentado fuese por parte del embajador, pero cada vez esa hipótesis parecía menos razonable.

Al día siguiente el Papa se reunió con Rizzo, Bergonzi y Silvio en su despacho privado. Los tres estaban alarmados con lo sucedido el día anterior. Estaban de acuerdo con que el embajador cubano no debía de ser el culpable, ya que aparte de ser el más sospechoso, el atentado no lo favorecía. El Régimen cubano no simpatizaba para nada con el nuevo papa ya que en algunas declaraciones públicas él no disimulaba para nada su rechazo al Régimen de la Habana. Pero con todo, el que su viejo amigo Gerardo estuviese cerca, lo hacía parecer un posible sospechoso. Sus amigos cardenales respetaban la opinión del Papa en el sentido de no ver a Gerardo como culpable. ¿Pero quién o quienes podrían ser?

Rizzo se aventuró a decir que la animosidad de los cardenales ultraconservadores contra el papa era una realidad a considerar. La mayoría de cardenales, en general, había visto la discusión sobre la reforma en la Iglesia, como algo favorable y muchos de ellos como algo urgente para implementar. Habían dos o tres ultraconservadores que no veían la reforma con buenos ojos. Esto no era ningún tipo de acusación pero siempre el *Cui Prodest o Cui Bono*, (a quién beneficia el crimen), era algo para considerar, y muy seriamente. Un crimen en el Vaticano cometido, al menos intelectualmente, por uno de los nuestros, parece impensable. No estoy acusando, solo me parece que debemos mantener los ojos bien abiertos.

—La pregunta es, cómo mantener seguro a nuestro buen amigo el Papa, sin encerrarlo en un cuarto en el que no vea a nadie y que coma y beba algo que ya hubiese probado Giuseppe y quizás alguien más, dijo Rizzo.

Pasamos varios días con esos pensamientos y sin que nada raro ocurriera. Al décimo día volvió a ocurrir otro atentado de igual intensidad. En esta ocasión el Papa había comido solo y ni si quiera había habido un Gerardo de quien sospechar. Giuseppe indico que él había comido lo mismo que el Papa sin que le ocurriera nada. Tenía que ser otra cosa. El Papa mencionó, que salvo agua y sus medicinas para controlar su presión arterial, no había consumido nada más. El médico tomo el frasco de cápsulas y se lo llevo para que fuera analizado. Para sorpresa de todos el resultado arrojo que en el frasco quedaban doce cápsulas por tomar y una de ellas tenía un contenido de Brucina que parecía similar, por los efectos, a las otras dos que produjeron el envenenamiento.

Al día siguiente el Papa recibió un correo electrónico el cual dudó en abrir, porque aparte de ser dirigido a su correo privado, la dirección del mismo le era desconocida y lucía sospechosa. Defiendetufe223@gmail.com. Prácticamente las únicas personas que usaban su dirección privada eran sus tres amigos cardenales y sus dos asistentes. El Papa, desde un comienzo, le había dado su dirección privada a todos los cardenales y a más nadie. El propósito era que los cardenales sintieran y supieran que tenían una puerta abierta y directa para comunicarle cualquier tópico privado e importante.

Le pareció raro, sobre todo por el nombre. El email solo decía: Defiende tu fe, 2.000 años no han pasado en vano. Lo ocurrido fue solo un aviso. Firmado. El Defensor de la Fe.

Ya sabían que el atentado provenía de uno de los cardenales. Podría ser difícil descubrirlo. El Papa decidió que era preferible manejar la situación manteniendo un mayor perfil. Así sería más fácil descubrir al envenenador. El Cardenal Rizzo mencionó que veía un alto riesgo en la operación, que en su opinión, era esperar a que en algún momento el Papa fuese asesinado. El envenenador parecía ser un loco fanático…

Nos reunimos con los jefes de la Guardia Suiza y la Gendarmería Vaticana para ver cuáles serían los próximos pasos a seguir. Investigarían la farmacia que suple los medicamentos al Papa y si eso no resultaba en algún indicio, tendrían que investigar a los cardenales. Ese sería un proceso largo y delicado, si no se quería revelar el propósito de la investigación. No sabíamos si el cardenal implicado lo haría de nuevo pero no podíamos correr más riesgos. De los cuarenta y cinco cardenales que vivían permanentemente en el Vaticano, unos diez a lo más eran ultraconservadores. Entre ese número debía de estar el sospechoso que posiblemente había cometido el atentado. Se iban estrechando las posibilidades.

Capítulo XV La Espera

—Yo no pienso recluirme en mis habitaciones a esperar que algo ocurra. Silvio, debemos acelerar las reuniones del Comité de Doctrina para tener un resultado rápido y poder publicar la encíclica antes de fin de año. Tendremos tiempo hasta finales del mes de octubre para publicar el material y mostrarlo a los demás cardenales y obispos en todo el mundo y así poder recibir, por parte de ellos, sus comentarios.

Es difícil estimar el porcentaje de sacerdotes que se verán afectados por el celibato voluntario. Tal como estima nuestra oficina de estadísticas será un 20% inicialmente. El 50% de nosotros, incluyendo a los monjes, hermanos y religiosos católicos de toda índole son mayores de 55 años y dentro del 50% restante menos de la mitad, sería quizás la porción afectada.

Inicialmente afectará a los sacerdotes, obispos, cardenales, etc. Cada país debe escoger como manejarlo, pero cualquiera sea su escogencia deben consultar con nosotros aquí para tratar de mantener la mayor uniformidad y no se nos vaya a ir el plato de las manos.

El segundo paso será el de las órdenes religiosas, hermanos de la Salle, Dominicos, etc. Y habrá también que ver

lo que piensan hacer las monjas, que también tienen su derecho.
—Su Santidad, dijo el Cardenal Rizzo.—Debemos tener su presencia en las reuniones de dirección del Comité de Doctrina, aun cuando intervenga poco. Su liderazgo es esencial, ya que debe contribuir a acelerar el proceso. Si llegásemos a perder a su Santidad, aparte de perder a un gran amigo, se miraron todos, no sé si tendríamos una segunda oportunidad.

Capítulo XVI Santa Benedetta

Al retirarse los cardenales Bergonzi, Rizzo y Silvio fueron directamente a la oficina de este último. —Me siento incómodo manejando tanto riesgo, dijo Silvio. No podemos perder a nuestro amigo Roland. No volveremos a tener una oportunidad como esta más nunca. El escándalo sería terrible y paralizaría a la Iglesia. El Papa necesita nuestra ayuda. No podemos dejar que el destino o lo que sea, nos quite la única oportunidad que hemos tenido. Debemos hacer algo, por favor piensen en que.

—¿Alguno de Uds. ha visto a Luciano últimamente? Adelanto Rizzo. —Yo estuve con él el año pasado por esta época, dijo Bergonzi. —¿Y sigue igualito a Roland? —Si, aunque ahora tiene una barba corta, que según me dijo es para no parecerse tanto a su hermano. —Bueno, continuó Rizzo, si se la dejó crecer también se la podrá cortar. —Rizzo, dijeron los otros dos. ¿Te has vuelto loco? En esta oportunidad no. La mejor carta que tiene la Iglesia es nuestro amigo, el Papa Roland y tenemos que jugarla bien. —Una locura bien jugada es una idea formidable.

Ya que es tu idea, ¿Que propones Rizzo? —Vamos a visitar a Luciano este sábado. Le diremos al chofer que saldremos a eso de las 10:00am. A medio día estaremos en Santa Benedetta, y previamente le habré dicho a Luciano que venimos a ponerlo al tanto de las cosas en el Vaticano. No me creerá y le diremos que no podemos soportar más tiempo sin comer su proverbial cordero acompañado del vino tan bueno que producen en esa zona. Bueno ya veremos. Me encargo de todos los detalles para poder salir el sábado, afirmó Rizzo.

Para esa semana estaba pautada una reunión del Comité de Doctrina y dentro de todas las actividades programadas para esos días, habría que preparar además el viaje del sábado. Por suerte el Papa había decidido ir ese mismo sábado a Castel Gandolfo, tenía que reunirse con los Jesuitas y no estaría pendiente de sus tres amigos. El nivel de seguridad que rodeaba al Papa había aumentado considerablemente, pero para alguien que no fuera un experto, eso pasaría totalmente desapercibido.

Nuestros amigos salieron a las 10:00 am en punto y ya en dos horas habían llegado a Santa Benedetta. Luciano los esperaba con cara de asombro. No podía creer que tres cardenales, de los más influyentes del Vaticano, lo viniesen a visitar solamente para comer un cordero y tomar vino. A Luciano le produjo una gran alegría verlos, pero más bien parecía que algo no andaba bien. Tenía que haber algo más…

—Para que veas lo que te apreciamos, Luciano. Hemos venido los tres a la vez y solo para reunirnos con nuestro buen amigo del seminario y volver a disfrutar de su compañía y su cordero. —De casualidad no se han traído a mi hermano, dijo Luciano. —Más adelante ten por seguro que lo traeremos, dijo Rizzo. —Aunque tengan esa cara de angelitos ustedes están buscando algo. Adelantó Luciano. —Entiendo la amistad que nos une y todo eso, pero no creo que vengan de tan lejos a comer aquí; además la cocina del Vaticano tiene fama de ser insuperable.

Luciano sirvió vino para todos y avivó las llamas del horno de leña que contenía el preciado cordero. Después de un par de vasos de vino procedieron a relatarle todo lo acontecido desde que su hermano fue elegido Papa, hasta los eventos de esa semana. —No podemos arriesgarnos a perder a tu hermano, Luciano, significa demasiado para la Iglesia. Creemos que la probabilidad que un atentado tenga éxito es muy baja, pero no queremos correr ningún riesgo.

El comandante de la Guardia Suiza piensa que no deben pasar más de dos semanas antes de poder descubrir al autor de los atentados, pero para serte sincero, puede ser un poco más de tiempo. La instrucción de tu hermano ha sido que debemos acelerar el proceso. Eso nos permitirá trabajar para poder producir la encíclica antes, desesperar al culpable, de manera tal que salga de su madriguera, pudiendo así ser expuesto e identificado por la Guardia Suiza. Tu hermano Roland no sabe lo que nosotros estamos tramando, pero siendo tan valiente como es, no va a querer exponer a su hermano para poder salvarse él. Ahora, teniendo un cerebro que está más desarrollado que el corazón, podrá comprender la necesidad de lo que estamos haciendo y al final lo aceptará.

Bergonzi se quedara contigo aquí en Santa Benedetta y podrá comenzar de inmediato el proceso de adiestramiento para que en un plazo máximo de una semana puedas remplazar al Papa. Por lo que vemos, tú y Roland se mantienen delgados, no tienen signos exteriores diferenciables, excepto por la barba. Roland es un poco más acelerado que tú, pero eso se puede corregir. Debes tomar un poco más de café. Luciano no salía de su asombro, sentía que una nube negra se había posado sobre su querido hermano.

Luciano, tú conoces todo lo relativo a la Iglesia y lo que solo te falta son solamente las caras nuevas, nombres y las funciones de cada quien. Los más cercanos a Roland son los que quizás puedan notar algún cambio menor, pero conociendo ellos la presión que tiene el Papa por el tema de la encíclica, no les llamará demasiado la atención. Nadie podrá imaginar lo que hemos hecho ya que por suerte la mente humana no ha sido diseñada para reconocer lo que no espera.

Cuando lleguemos al Vaticano el próximo sábado, Bergonzi se tomará la tarde para mostrarte y poderte explicar el uso y costumbre de las dependencias principales del Vaticano. Limitaremos a un mínimo las misas y otros actos religiosos. Lo que si queremos es tu presencia en el Comité de Doctrina y así tal vez precipitar al asesino para que cometa algún error. Todos esperamos que no sea un error fatal, pero queremos que estés consciente de todos los peligros que conlleva esta operación. Roland, que asiste a las reuniones del Comité, usualmente no abre la boca y como los cardenales saben que él prefiere no hablar, no le preguntan nada.

La noticia sobre el atentado solo es conocida por nosotros tres, los dos asistentes del Papa, Giuseppe, el Doctor, la Guardia Suiza y por supuesto el autor de los mismos.

Luciano no comentó nada, simplemente se paró y fue a revisar el cordero y nos avisó que estaba listo. Pasamos al comedor, probamos el cordero y Silvio comento.—Luciano en los años que tengo de vida nunca he comido un cordero como el tuyo. El sabor que le da la leña con las hierbas que le pones es monumental. Yo pienso que el placer al comer este cordero con tu vino, debe de ser mayor que el violar el sexto mandamiento, por lo menos a nuestra edad. —Una risa general se apoderó del comedor.

Por lo tanto nos debemos confesar al llegar, aunque sea de un pecado producido por la gula. El clima se distendió y por un momento solo se oyeron los cubiertos.

—Uds. saben que yo soy más conservador que Uds. y desde luego que mi hermano Roland. No podría ser distinto para un cura de pueblo acostumbrado al pasar lento del tiempo y tener poca exposición a las cosas que suceden en las grandes ciudades.

—Pero no se alarmen ya que pienso que eso no sería un obstáculo, porque mi propia fe es nuestro aliado, ya que difícilmente podría oponerme a creer en la infalibilidad de mi hermano. Haré todo lo que esté en mis manos para ayudar a mi hermano Pio XIV.

Pasaron el resto de la tarde sentados contemplando la montaña, tomando algo más de vino y hablando de tiempos remotos, cuando en el seminario no había mayor preocupación que tener que aprenderse la liturgia.

—Partamos dijo Silvio, antes de que se nos haga de noche y tengamos que viajar así por estos parajes. —Miren, ya se acerca el chofer. No lo hagamos esperar. —Chao Luciano, Chao Bergonzi, hasta el sábado próximo. Gracias Luciano por preparar un almuerzo de antología. Ahora a comer la comida del Vaticano de la que tampoco nos podemos quejar. Cuando estés ahí, pásale la receta del cordero a nuestro excelente chef, a quien una receta tan buena como la tuya no lo va a perjudicar.

Luciano se quedó sumamente consternado por lo que había sucedido y estaba por suceder. Eso de suplantar al Papa le parecía, casi un pecado, pero entendía que solamente él podría llevarlo a cabo.

Hicieron el viaje de regreso en poco más de dos horas. Roma estaba atestada de turistas y un carro con el escudo del Vaticano y con dos cardenales dentro, siempre era un evento.

Al llegar el automóvil al Vaticano, Rizzo se bajó rápidamente y Silvio le dijo que estando tan animada Roma le provocaba un corto paseo por la ciudad. Se despidieron ambos amigos y Silvio le dio instrucciones al chofer para que le dejara en la Via Gulia muy cerca del Campo de Fiori.

Capítulo XVII Alina

Al llegar a aquel sitio tan bullicioso Silvio le pidió al chofer que le trajera un pequeño maletín que él había puesto en el maletero al iniciar el viaje para Umbria. Le tomó a Silvio tan solo dos minutos efectuar la transformación que lo convertiría de un solemne cardenal en un caminante cualquiera inmerso en la ciudad eterna.

Caminó unos 200 metros hacia el Palazzo Farnese y después cruzó a la izquierda. Entró en un pequeño pórtico y subió las escaleras hacia el segundo piso. Se oía música caribeña con un español irreconocible y con un ritmo atronador. Abrió la puerta una dama de figura espectacular y que parecía tener unos 50 años de edad máximo. Silvio entró rápidamente en las dependencias de la señora como aquel que estaba familiarizado con su disposición.

—Hola Alina, apresuró Silvio. Podré estar solo unos pocos minutos, pero deseaba verte aunque fuera un ratico. —¿Qué te pasa? Dijo Alina. Te ofrezco una grapa para que descanses un rato y te relajes, o más bien prefieres un traguito de ron. —Gracias, hoy prefiero un poquito de ron.—¿Que pasa Silvio, tu amigo el Papa quiere invitar a Fidel y a Raúl al Vaticano? —No, nada importante, acabo de llegar de los alrededores de Orvieto y me siento algo cansado. —¿Le sucede algo a tu amigo el Papa? —¿por qué crees que debería sucederle algo, Alina? —¡Ay Silvio, tu eres muy desconfiado! Recuerda que la semana pasada me contaste el episodio ese, en que el Papa, había estado algo mal después de almorzar con el embajador de mi querida Cuba. —Espero se encuentre bien. —Nada de importancia, replicó Silvio.

—Hoy creo que no estás de muy buen humor Silvio, ¿Qué te pasa? Insistió Alina. Te puedes ir si lo deseas. —Solo estaré un minuto más. Le dije al chofer que me esperara cerca de aquí en una media hora. —¿Nos vemos el próximo martes a esta misma hora? —Espero que estés de mejor humor y te portes bien. —Así será. Bueno, hasta el martes. —Hasta el próximo martes, dijo Alina.

Tan pronto Silvio cerró la puerta Alina se sentó en su computadora y comenzó a escribir un mensaje a una dirección ya conocida. Defiendetufe223@gmail.com. "Algo ha sucedido, el Cardenal Silvio se acaba de ir hace poco y aunque no me dijo nada, sucede algo. Estate vigilante. Mientras más rápido lo averigüemos, en mejor posición estaremos. La impresión que me causó es que está asustado por algo, y tiene que ver con el Papa. Estoy segura. Saludos".

Silvio estuvo de regreso poco antes de las 9:00 pm y se fue derecho a la oficina de Rizzo a ver si por suerte lo veía. Ahí estaba dedicado a contestar la correspondencia cuando le sorprendió la presencia de Silvio a esa hora. —¿Cómo te fue en tu paseo nocturno por Roma, querido Silvio? —¿Te preocupa algo a estas horas? —Rizzo, me quedé pensando que existe la posibilidad que Roland se oponga al cambio con Luciano y ese riesgo no lo debemos correr. —¿Qué sugieres entonces? Dijo

Rizzo. —Pienso que lo más seguro es que lo llevemos hasta la casa donde vive Luciano y para eso le diremos que es una sorpresa y que su mamá se siente ya un poco vieja y pidió verlo. Se lo diremos a última hora del viernes así que debemos dejarle la agenda libre para el sábado. Tendremos que coordinarlo con uno de sus asistentes. —Todo esto es una mentira al Sumo Pontífice, lo sé, pero guardo la esperanza que cuando entienda bien la razón por la cual lo hemos hecho, lo aceptará, aunque no esté de acuerdo. Lo más crítico es mantenerle la agenda abierta para el sábado. Ya sabemos lo creativo que es Roland haciendo planes.

Esa semana hubo dos reuniones del Comité de Doctrina a las cuales asistió el Papa. En la última de ellas hubo un acuerdo final casi unánime. De los 15 cardenales del Comité, 12 estuvieron totalmente de acuerdo, dos de ellos tuvieron objeciones más de forma que de otra cosa y el Cardenal Cognotti, ultraconservador, se opuso radicalmente a los cuatro cambios de doctrina que tendría la nueva encíclica.

Capítulo XVIII La Investigación

El jueves por la mañana se reunió el Papa con el Comandante de la Guardia Suiza, Silvio y Rizzo para examinar el progreso de la investigación sobre su atentado. Habían investigado la cadena que partía desde el farmaceuta hasta Giuseppe. El sospechoso parecía ser el motorizado que hizo la entrega de las medicinas en el Vaticano. Había un solo sitio de recepción para todas las medicinas que llegan al Vaticano, el cual atendía una sola persona que llevaba más de cinco años en ese puesto. El motorizado era otra cosa, había mencionado al dueño de la farmacia que tenía un familiar enfermo y no podría hacer sus entregas al día siguiente. Parecía obvio que el motorizado estaba implicado ya que no apareció jamás. Tienen fotografías de él pero con todo y eso no será fácil localizarlo, ya que sólo trabajó una semana y estaba cubriendo al motorizado regular en sus vacaciones. La dirección que dio era falsa, al igual que el nombre, puesto que se dio con él mediante un anuncio que puso la farmacia en el periódico. Se debe haber afeitado el bigote, cortado la barba, recortado el pelo y Dios sabe cuántas cosas más. ¡No sería fácil dar con él!

La cadena interna del Vaticano se limitaba a investigar al receptor de las medicinas, los limpiadores de esa zona y por supuesto a Giuseppe. El área donde se recibían y almacenaban las medicinas era también la oficina y depósito donde se recibía toda la correspondencia para ser distribuida en la Ciudad del Vaticano. Eso abriría otras posibilidades y más sospechosos a considerar.

En vista de los acontecimientos, el Papa habló con su médico para informarle sus intenciones de dejar de ingerir la única medicina que tomaba, que era para controlar la presión arterial. El Doctor Lombardi le indicó que su presión sin pastillas era de alrededor de 140/90, alta pero no demasiado. Le sugirió que si las pensaba dejar redujera la ingesta de sal y continuara con su ejercicio matutino. Haciendo lo anterior no debería tener mayor problema.

La semana pasó sin mayor eventualidad y el sábado partieron muy temprano, los dos cardenales con el Papa. Los escoltaba un automóvil del propio Vaticano. Ambos carros no lucían oficiales, para no llamar la atención. El Papa vestía como un sacerdote cualquiera al igual que Rizzo y Silvio. El trayecto ocurrió sin novedad y aprovecharon el tiempo para darle los últimos retoques a la redacción de la Encíclica.

Estaban a 15 de septiembre y si querían publicarla oficialmente para el veinticuatro de diciembre debían tenerla lista, para que pudiera ser distribuida a todos los obispos del mundo, antes del quince de octubre. Se había organizado todo un sistema de comunicación para poder recibir los comentarios de todos los obispos y cardenales y poder compendiarlos, analizarlos y responderlos de una manera práctica. Se les daría aproximadamente un mes para que pudieran responder por escrito y se les pediría total discreción.

La distribución se haría mediante correo electrónico

para que fuera distribuida en forma rápida y efectiva. Todos los obispos y cardenales se harían personalmente responsables por la privacidad de la información. De igual forma la comunicación incorporaría todas las protecciones electrónicas más avanzadas.

Se habían escogido diez sacerdotes para ocuparse de este proceso, a los cuales se les había instruido sobre todos los detalles. El Papa quería hacer el anuncio a todo el mundo en la víspera de Navidad para que quedara la imagen de una especie de renacimiento de la Iglesia Católica.

Capítulo XIX La Nueva Residencia Papal

Justo alcanzó el tiempo del viaje para tratar todos estos asuntos y cuando se vinieron a dar cuenta ya estaban llegando a Orvieto. El Papa manifestó que quería visitar y rezar brevemente en la Catedral por unos minutos. Entraron por la sacristía para no llamar la atención. El párroco había sido notificado de esta imprevista visita, así que había tomado todas las previsiones que tenía a su alcance, las cuales no fueron muchas, a falta de tiempo.

El Papa Roland recordó a sus padres cuando iban todos juntos a misa los domingos, junto a Luciano. La Catedral de Orvieto era sin duda de las más bellas de Italia. Roland se asomó discretamente entre las cortinas y pudo observar que la Iglesia estaba totalmente llena. Inclusive pudo reconocer algunos de sus antiguos conocidos y amistades. Concluyó para sí que la fe es mucho más fuerte en los pueblos y ciudades pequeñas, que en las grandes metrópolis. No se sintió en ese momento con las ganas de emitir un juicio de valor frente a ese descubrimiento.

No habían pasado quince minutos cuando llegaron a la casa donde vivía Luciano. Los recibió el mismo, abrazando a Roland con su cariño usual y haciendo lo mismo con Rizzo y Ponti. Aun cuando todos se habían visto entre ellos, habían pasado más de cuarenta años que no se reunían los cuatro juntos. Ahora era bajo circunstancias muy diferentes.

Luciano era de temperamento más tranquilo que Roland, pero al igual que él, ambos eran muy explícitos expresando cariño. —¿Cómo está mamá? Preguntó enseguida Roland. —Está en misa en Orvieto como de costumbre. —Pues no la vi ahí. —¿Entonces está mucho mejor dijo Roland? —Nunca estuvo mejor. La podrás ver en unas pocas semanas. —¿Qué pasa con Uds.? Dijo el Papa muy molesto, al no poder comprender lo que pasaba. ¿Qué me ocultan?

Su Santidad, dijo Rizzo, no podíamos correr el riesgo que no quisieras cooperar para tu protección, y preferimos decírtelo aquí en casa de Luciano.

—¿Qué pretenden Uds. con todo esto? Necesito una explicación veraz e inmediata. Esta vez estoy hablando como Pío XIV. Soy todo oídos.

El Cardenal Rizzo procedió a explicar su plan. Mencionó que al principio pensábamos que podríamos avisarte con antelación, pero surgió la hipótesis que te negarías a hacer el cambio temporal con Luciano y no pudiéramos así protegerte. Como sabes, tú seguridad es máxima en el Vaticano y es muy improbable que pudiera ocurrirle algo a Luciano, pero no podemos correr riesgos y sobre todo tenemos que proteger a la Iglesia Católica para que pueda actualizarse, como debe ser. —Pienso que nos perdonarás este desliz porque nos mueve la Santa Iglesia y nuestra esperanza en ti como conductor de la misma. Tú sabes que en este momento eres el único líder capaz de aglutinar a la Iglesia y poder implementar los cambios dentro de la aceptación y armonía requerida. No tenemos otra carta que jugar.

Gracias a Bergonzi, Luciano deberá estar listo para el cambio temporal. Por ese lado no vemos riesgo alguno. Espero que puedas perdonarnos por lo que hemos hecho pero creemos, conociéndote, que en nuestro lugar hubieras hecho exactamente lo mismo.

Después de una breve pausa, que debido a la seriedad del asunto pareció más bien una eternidad, Roland se dirigió a sus amigos —Los comprendo, pero todavía no los he perdonado... todo esto lo dijo con una expresión muy seria que preocupó a todos. —Roland continuó: espero que en esta nueva prisión tengan una buena computadora, un buen aparato de televisión que me imagino será de alta definición y por supuesto, una línea telefónica abierta con la oficina de alguno de Uds. ¡Tengo que estar bien comunicado! Esto no serán vacaciones para mí, sino quiero verlo como una oportunidad para reflexionar y poder actuar si es necesario. "Los cardenales sintieron un gran alivio al ver que su amigo, el Papa, los comprendía y ya los había perdonado".

Alguien me tendrá que entrenar para que sea el párroco Luciano durante unos días. Tendré que simular una gripe para permanecer en casa por un tiempo y así darle la oportunidad, a la barba, para que crezca, aunque sea un poco. No me molestará estar en contacto con la gente sencilla nuevamente. Deberé usar esta oportunidad como una buena jornada de reflexión para mí y así poder comenzar, en no mucho tiempo, la segunda fase de las reformas.

—Este es nuestro Roland, soltó Rizzo. Positivo y siempre apurado. —Quiero recibir correos electrónicos de Uds.

a diario, contándome todo lo acontecido con el tema de la investigación y el progreso de la encíclica. —Aprovecharé el tiempo y prepararé el esbozo de los cambios doctrinales que realmente harán de la Iglesia el vehículo de Dios y Jesucristo. Sueño con una Iglesia que esté dedicada a hacer, todavía más, el bien al prójimo, desde su educación hasta los consejos necesarios y así poder ayudar a los fieles a recorrer el difícil camino de la vida.

Les doy máximo un mes, después de ese tiempo, si estoy aquí, tomaré el siguiente autobús que vaya a Roma. Así que hagan rápido lo que vayan a hacer. Ahora por favor déjenme solo con Luciano para poder hablar temas familiares que a Uds. no les conciernen. Esto último lo dijo todavía gruñendo un poco.

Luciano, como buen cura de pueblo era bastante más conservador. El veía los cuatro temas que trataba la encíclica como necesarios pero con temor, aunque estaba más que dispuesto a colaborar. Lo que viniera después solo lo sabía su hermano Roland en quien confiaba plenamente y ahora más porque era infalible. De todas formas no había tiempo para pensar en eso por ahora…

El viaje de regreso al Vaticano fue rápido gracias a la escolta que discretamente se abría paso entre los vehículos y nos permitía seguirla con bastante velocidad. La primera persona de interés con la cual tuve contacto (narra Luciano) fue Giuseppe. Intercambiamos algunas palabras de cortesía y me preguntó sobre los arreglos para la cena. Le indiqué que quería cenar solo con Bergonzi. Pasaríamos unas tres horas juntos antes que me retirara a descansar. En ese tiempo podríamos también recorrer las dependencias más privadas del Vaticano y así comenzar a familiarizarme con ellas.

Ni Bergonzi ni yo notamos ningún tipo de reacción en Giuseppe. Si él no notaba nada raro pensamos que no había peligro en que alguien sospechara que Luciano no era Roland.

Transcurrió una semana sin novedad y el borrador de encíclica fue enviado, en forma anticipada, a todos los obispos y cardenales del mundo. Bergonzi revisó mi agenda cancelando aquellas citas o reuniones que pudieran dejarme más expuesto a ser descubierto. Todo parecía marchar bien, excepto por la investigación de la Guardia Suiza. No parecía que iba a progresar más allá de donde estaba a menos que el sospechoso diese otro paso. Les di permiso para que dos investigadores de los de mayor confianza tuviesen acceso a la red de computadoras del Vaticano. Todas las computadoras del Vaticano parecían operar independientes. Cada cual ponía su clave personal sin que hubiera una clave general de acceso.

Lo primero que hicieron los investigadores fue revisar el servidor del Vaticano y buscar la actividad del correo electrónico Defiendetufe223@gmail.com, identificaron rápidamente el correo que fue mandado al Papa con la amenaza. También les llamo la atención otro correo recibido en esa dirección el cual era Maria3114@hotmail.com. No parecía haber más actividad desde o a esa dirección.

Lo anterior no ayudaba mucho a los investigadores ya que cualquier persona puede abrir direcciones en los servidores gmail y hotmail. Maria4115 podría ser cualquiera. No era más que una dirección que alguien había creado y que podría estar en cualquier parte del mundo. En la ciudad de Roma había seguramente más de 5.000 Marías. Habría que investigar una por una a ver si había algo sospechoso en alguna de ellas y no necesariamente María era un nombre, podía ser un sobrenombre, o en fin, una palabra cualquiera. Además, era casi imposible poder localizar la información correspondiente a esas direcciones.

Ya habían pasado diez días desde el remplazo de Roland, el tiempo corría y no se adelantaba gran cosa en la investigación. Por suerte la información que le había llegado a Luciano era que el nuevo proyecto de encíclica había tenido muy buena acogida. Los comentarios hechos por los obispos y cardenales eran pocos y eran más bien de forma y no de fondo. El porcentaje de opositores declarados, contra la nueva encíclica, era bastante pequeño. Los cardenales conservadores habían cerrado filas con nosotros y sus comentarios se referían, más que nada, a mencionar algunas dificultades que veían para su implementación.

Capítulo XX El Cuaderno – Primera Parte

Yo hablaba a diario con mi hermano Roland, quien se alegraba mucho de la aceptación de la nueva encíclica, pero comenzaba a impacientarse por su aislamiento. Me comentó que quería que leyese un cuaderno grueso que estaba bajo llave en su escritorio. Lo había comenzado a escribir en Cuba y continuado en Washington, donde tenía más tiempo para escribir. Plasmaba en gran medida las discusiones llamadas "Filosóficas" que había tenido con nuestro tío Tomasz en Cuba. Me decía que para él eran muy importantes mis comentarios, ya que según él, mi forma de ser y mis creencias, representaban bien a la mayoría de los curas de la cristiandad. El, a pesar de ser el Papa mantenía una posición mucho más liberal, que aun siendo compartida por muchos, todavía no había salido a prueba. Según Roland decía, —yo, Luciano, sería el "Test".

Saqué con cuidado el cuaderno del escritorio en el cual se podía observar el transcurso del tiempo, y como él decía, era una de las pocas cosas que le traían aún el olor de tiempos remotos. Era un cuaderno grueso que al menos tendría unas 500 páginas, pero era de formato grande y flexible lo cual facilitaba su escritura y lectura.

En la primera página había un párrafo que parecía ser

una dedicatoria algo larga y decía:

"Para mi tío Tomasz que me abrió los ojos y me ayudó a comprender mejor el mundo. En honor a mis padres sin los cuales no hubiera recorrido el camino y llegado a donde estoy. A mi querido hermano Luciano que si todos fuéramos como él, la paz y la concordia dominarían la tierra y a mis hermanos los sacerdotes y religiosos en todo el mundo sin cuya abnegación y enseñanzas no seríamos lo que somos."

En la segunda página comenzaba el relato de la siguiente manera:

"Una tarde me sorprendió mi tío Tomasz en mi Iglesia del Vedado en Cuba. Desde que llegué a la Isla, hacía casi tres meses, había estado buscándole. Muy típico de mi tío, ahora que lo conozco, que él me encontrara a mí, y lo más curioso es que apenas vivía a dos cuadras de la parroquia del Vedado.

Desde el principio surgió una gran química entre nosotros y me sorprendía la variedad de temas que podíamos conversar con mucha facilidad. Nuestros temas favoritos eran filosóficos y teológicos. En esas discusiones era donde transcurría la mayoría de nuestro tiempo juntos. Casi siempre, las mismas, estaban amenizadas por una botella de vino que compartíamos, y alguna sorpresa que su cocinera había preparado. Recuerdo con claridad el arroz con frijoles negros y el lechón asado, ambos eran una delicia. ¡Qué tiempos tan buenos eran aquellos!

Mi tío Tomasz, al igual que mi padre, había sido educado en la religión Católica, más por los colegios a los cuales asistieron, que por el ejemplo de sus padres. Mis abuelos eran personas de muy buenos principios, pero lo difícil de la vida en esa época, los había convertido, al menos en indiferentes frente al tema religioso. Siempre me pregunté la razón por la cual algunas personas reafirmaban su fe, frente a las desgracias y otras, como mis abuelos, procedieran de forma contraria.

Esa fue una de las primeras disertaciones, si se quiere, que tuve con mi tío al comienzo de nuestros encuentros. Yo había sido educado en la fe desde muy pequeño. Luciano y yo entramos al seminario a los diez años de edad. Teníamos una base religiosa que provenía principalmente de nuestra madre y la poca de los colegios públicos donde habíamos comenzado la primaria. El seminario era otra cosa, ahí nos levantábamos y lo primero que hacíamos era ir a misa.

El día transcurría entre clases, siendo un componente importante las de religión. La educación general era fantástica; estudiábamos tres idiomas incluyendo el italiano. Yo opté por tomar el inglés y español. Se me hacían bastante fáciles los idiomas y me daba cuenta del progreso que había hecho, cuando en verano veía algunos turistas y me comunicaba, sin mayor dificultad, en cualquiera de esos idiomas. Las matemáticas y la física eran muy importantes en el seminario. Prácticamente no se veía casi nada de Biología y solo después de algunos años entendí porque.

Los libros más respetables de Biología siempre incluían la teoría, en ese momento, de la evolución y ese era un tema del cual nuestros profesores preferían no hablar en el seminario. No se explicaba ni se negaba la teoría de la evolución. De lo que si se hablaba algo, era del Génesis, pero siempre se notaba cierta falta de convencimiento o persuasión, por parte de nuestros profesores.

Para mí, lo que estaba claro era que la Iglesia no quería enfrascarse en otra pelea en contra de la ciencia. La mala experiencia que tuvo con Galileo, aún estaba fresca, a pesar de los años transcurridos. Durante esa época que pasamos en el seminario todo se sabía más rápido que en la que vivió Galileo y la Iglesia no deseaba condenar otra vez una teoría, que al pasar los años, tuvieran que aceptarla y así reconocer nuevamente su error.

El énfasis principal del seminario estaba en los estudios de la Biblia y la filosofía. En este último tema el italiano Tomás de Aquino era el principal actor y junto con él los demás filósofos de la cristiandad, tal como San Agustín, aun cuando pienso que este último influía en un grado algo menor que el primero.

La fortaleza de los argumentos de Aquino, sobretodo la parte de la demostración de la existencia de Dios era muy contundente, o al menos así lo veían mis profesores y al final de la cadena, todos los que estudiábamos ahí. Debo de reconocer que el seminario nos dio una educación sumamente completa, pero también, hay que reconocer que en el campo teológico nos dio muy pocas oportunidades para pensar por nosotros mismos. En esa época, Silvio, Bergonzi, Rizzo, Luciano y yo pensábamos que no era una falla en la educación, sino que era la forma en que debían ser hechas las cosas. Pocas preguntas y el corazón abierto frente a Dios.

Mi tío consideraba que esa era una de las circunstancias en las cuales la fe se arraigaba en los individuos. Él lo denominaba, lavado de cerebro. Con toda franqueza, no habiendo recibido yo el llamado celestial para mi vocación clerical, sino que nuestros padres nos enviaron al seminario para que Luciano y yo pudiésemos recibir una mejor y más completa educación, preferí no tener que llevarle la contraria a mi tío.

Yo también pensaba que él podía tener la razón a su manera y segundo que él me parecía un hombre muy bien preparado que argumentaba con razonamientos claros y precisos. Además es prácticamente imposible discutir sobre asuntos de fe con personas que solo quieren o pueden usar su razón. Es casi como preguntarse cuando dos líneas paralelas se van a juntar.

Otra razón para que la Fe se arraigase era, según mi tío Tomasz, el temor al dolor, la soledad y la muerte. No había una explicación sencilla que ofrecer para resolver el problema de la soledad del hombre frente a las preguntas fundamentales de la vida. De donde vengo y por qué, que debo hacer durante mi vida y que será de mi cuando muera. La opción más fácil era seguir las enseñanzas de la Iglesia Católica, que nos ofrecía un cielo o paraíso si cumplíamos con nuestro deber, o sea practicar la fe cristiana, o cualquier otra de las tantas religiones que ofrecían prácticamente, algo similar.

Había otra categoría que según mi tío la ocupaban los desgraciados como él, incrédulos consagrados que erróneamente percibían la sensación de que creer en todas esas patrañas era un símbolo de debilidad y que ese estado subsistiría hasta que se asomara la triste figura con manto, desplegando una gran guadaña y anunciando la muerte. En ese momento la espiritualidad le llenaría el corazón vacío a mi tío hasta el fin de sus días y si la triste figura demoraba un poco en completar su misión, se le podría ver, sin ninguna dificultad, todos los domingos, como un habitual, en la misa de las 9:00 am en la Iglesia del Vedado.   "Esto último mi tío lo decía un poco en tono de broma".

Otro grupo o categoría lo componían aquellas personas con una gran espiritualidad y que recibían el llamado de Dios. Cuando uno hablaba del tema con ellos, con frecuencia decían, que ellos no creían sino "sabían" que las cosas eran así.

Según mi tío esa era la clasificación. Yo realmente no veía ninguna objeción en ello, quizás debido a que esta era la primera vez en mi vida que yo discutía estas cosas. Diferente a lo que se pudiera pensar, yo disfrutaba muchísimo esas discusiones y no sentía que las mismas pudieran poner en peligro mi fe. Probablemente porque mi fe, aunque no fuera de peligro, era bastante sólida, y podía comprender perfectamente que mi tío pensara así. ¡Su lógica era impecable!

En su opinión, la moral era otra cosa y su práctica generalizada era necesaria para que el mundo marchara bien. Sus principios eran bastante sencillos y no tenían nada que ver con el tema religioso, excepto si se quiere por los diez mandamientos. El resto era música de acompañamiento. Hay diferentes tipos de moral y casi todos los filósofos, desde la época de los griegos hasta nuestros días les han dedicado una parte de su obra. La razón es muy sencilla. Sobre moral se puede discutir y razonar, sobre religión no hay un hilo lógico que seguir, sino que siempre se termina recurriendo a la fe, los misterios y los dogmas.

Si tratáramos de destilar el estudio de la Moral en su esencia, llegaríamos a un punto donde todo se resume en el refrán: No hagas a tu prójimo lo que no quieres que te hagan a ti. Los filósofos lo han llamado de diferentes maneras, Emanuel Kant y su Imperativo Categórico, Baruch de Spinoza con conceptos de tal complejidad que se escapan a mi intelecto, etc. Personalmente pienso, que si alguien no es capaz de explicar algo para que las otras personas de cierta cultura y conocimiento, lo comprendan, es que no lo entienden bien y lo explican en forma enredada para que la gente no descubra su falta de talento.

En lo que estaba de acuerdo totalmente con mi tío era que para ser una buena persona, o hacer bien a la humanidad, no se requería ser religioso, creyente o como se le quisiese llamar. La bondad hacia el prójimo parte de un principio que no parece estar relacionado en absoluto con la fe y para que exista dicha bondad, es necesario que tengamos un gran respeto integral por nosotros mismos. No hay forma de respetar al prójimo si no nos respetamos y valoramos. Al parecer todo es una cadena que comienza y termina en nosotros.

Si te pones a ver Tío, por eso es que tú y yo nos entendemos tan bien. Apartando el cariño tío – Sobrino, ante todo nos respetamos. Aunque quizás también nos ayude el compartir muchos gustos, como el buen vino y la buena comida. Pienso que nuestras reuniones filosóficas no funcionarían igual si estuviésemos sentados frente a una taza de té, en vez de una copa de vino...

Yo le confesé a mi tío que desde antes de venir a Cuba ya estaba persuadido por la idea que yo no sería lo que se llama un cura de pueblo, o un simple párroco. Pensaba que la Iglesia necesitaba bastantes cambios fundamentales y sentía que, por lo retrasado que estábamos, ya casi había pasado el momento. Cuando saliera de Cuba mi deseo era ir al Vaticano y escalar posiciones de mayor influencia donde pudiera ayudar a realizar los cambios que ya llevaban varias décadas de retraso.

Las reuniones filosóficas eran casi exclusivamente entre mi tío y yo. No porque yo lo quisiera así, sino porque muchas veces a él lo visitaban amigos y personalidades que preferían abstenerse de discutir ese tema frente a un sacerdote. Esas reuniones eran generalmente en casa de mi tío donde había un amplio espacio y era una zona tranquila y poco transcurrida del Vedado. A veces íbamos a cafés tales como: El Jardín o El Carmelo, pero eso era casi siempre la excepción. Por esa época se sentía que al Régimen de Batista le quedaba poco y que la fuerza que tenía la guerrilla en la Sierra Maestra era grande. También el Régimen de Batista se percibía corrupto y había perdido mucho favoritismo con el pueblo.

A veces éramos hasta seis personas reunidas en casa de mi tío y era un grupo muy disímil lo cual propiciaba una discusión muy interesante. Había un pacto implícito entre nosotros que establecía que los temas tratados en casa de mi tío no serían divulgados a nadie bajo pena de muerte, como solía graciosamente decir Gerardo.

Las reuniones se efectuaban una vez por semana y se había establecido que sería en días de semana corriendo un día cada vez. Por ejemplo si una semana le tocaba al lunes, la siguiente seria el martes de la siguiente semana. El sábado y domingo no contaban. Al reunirnos un viernes le tocaría al siguiente lunes, en una semana.

Cada uno llevaba lo que quería. Alguno que otro llevaba un buen termo de café cubano que prometía con toda facilidad una noche de insomnio. Otros llevaban una botella de vino o de ron. Como estas reuniones eran después de la cena, nadie llevaba nada de comer sino si acaso algún dulcito del Carmelo y ante tan dulce presencia, nadie se le podía resistir, aunque fuese tan solo un bocado.

Ninguno de nosotros era conspirador y el tema de la política se hablaba con toda libertad. El que dominaba en esas discusiones era Gerardo que para ese momento ocupaba un cargo de poca importancia en el Ministerio de Relaciones Exteriores, ya no era Viceministro. Gerardo, con su astucia natural no quería llamar la atención y que se le señalara como muy próximo al gobierno de Batista. Gerardo, como dirían los cubanos era un bicho, con una gran habilidad política para subsistir. Los demás contertulios eran profesionales en distintos campos.

Había una simpatía general por las acciones que se estaban llevando a cabo en la Sierra Maestra. Casi no cabía duda que la Revolución, como se denominaba, triunfaría a corto plazo, ya que cada vez tenía más apoyo del pueblo y de la opinión pública internacional.

La voz de cautela provenía de Gerardo y mi tío Tomasz. Fidel Castro tenía antecedentes que lo ligaban al comunismo. Participó en el llamado Bogotazo, para unirse a la protesta por el asesinato de un candidato a la presidencia y desestabilizar el Régimen de Colombia. En esa aventura estuvo con Rómulo Betancourt, quien fuera posteriormente presidente de Venezuela. Claro está, Rómulo Betancourt fue Marxista en su juventud, pero más tarde resulto ser un luchador en contra de esa ideología. Sin embargo, con Fidel no se sabía. Tenía una personalidad extremadamente hiperactiva, por decir lo mínimo y sus ansias de poder marcaban su ideología. En resumen, con Fidel todo lucía muy incierto.

Durante esa época era difícil no hablar del tema

político. Tarde o temprano se caía en él. Yo trataba de no perderme ninguna reunión, excepto cuando tenía obligaciones parroquiales o el Obispo me llamaba para hablarme de cualquier asunto. Debo confesar que el señor Obispo era una persona de mi total agrado y nuestra relación interpersonal era insuperable. Era poco lo que hablábamos de aspectos religiosos o doctrinales, sin embargo le preocupaba en gran medida la educación, sobre todo la de los sectores menos favorecidos.

En ese momento, conjuntamente con algunos hermanos del colegio de La Salle, yo era un factor clave en la dirección del colegio parroquial. Mi parroquia se había dedicado a recaudar suficientes fondos para incrementar la matrícula anual de esos niños desfavorecidos, pero en esos momentos requeríamos aumentar la planta física del colegio para darles cabida a más niños de bajos recursos. El año anterior habíamos mandado un número creciente de niños, del colegio parroquial al colegio principal de La Salle. Eso no nos había causado problemas, pero si llegábamos a negarles la matrícula, por falta de cupo, a niños que eran hermanos de otros niños, podríamos tenerlos en un futuro. En ese momento estaba dirigiendo un pequeño comité para considerar e implementar trabajar en el colegio parroquial a dos turnos. Esa parecía ser la solución adecuada a corto plazo para el problema de déficit de aulas.

Usualmente pasaba a ver a mi tío algunas noches en las que se encontraba solo, pudiendo así hablar de nuestros temas particulares. Cenábamos con gran tranquilidad y gusto. Su cocinera era excelente, pero además yo siempre le llevaba algo de comer que me regalaban mis feligreses.

Un buen día mi tío me preguntó, —¿Cuál será tu programa de gobierno cuando seas Papa? —Primero que nada tío, vas muy rápido. Segundo soy todavía muy joven y necesito prepararme. Llegar a posiciones importantes en la Iglesia es muy complicado. Además como si fuera poco también tendría que hacer muy bien el juego político, aunque con toda humildad debo de reconocer que la política se me da de lo más bien y por lo tanto lo veo como un factor a mi favor. También creo que tengo buenas condiciones para el liderazgo, que para mí funciona en forma bastante natural, pero hay que reconocer que no existe un buen líder si no tiene un conocimiento sólido de los aspectos en que quiere liderar. De no ser así, el líder que uno debe ser, se asemeja más a un agitador de multitudes.

Tengo tres amigos, muy hábiles e inteligentes, los cuales estudiamos juntos en el seminario. Somos prácticamente de la misma forma de pensar y compartimos la visión acerca de las funciones que debe tener la Iglesia. Al despedirnos, después de nuestra ordenación, llegamos al acuerdo que nos apoyaríamos los unos a los otros y haríamos un gran esfuerzo para llegar todos al Vaticano y así como grupo, tener una mayor influencia.

Uno de ellos, Silvio Ponti, quien procede de una de las familias más adineradas e influyentes de Italia, nos ofreció su apoyo personal ya que él sabía que su familia podría mover hilos muy importantes dentro del Vaticano. Los otros dos provienen de familias humildes pero tienen muy buen intelecto y están muy bien preparados. Entre los cuatro tendríamos que hacer algo".

Capítulo XXI El Cuaderno – Segunda Parte

"Tío Tomasz me dijo que a él le era muy difícil creer en el Dios que nos presentaban las iglesias. Siendo Dios una causa en sí mismo, la primera pregunta es para qué nos crea. Esta es la primera pregunta y la respuesta sincera debe ser. "No sé". Olvidémonos de la primera pregunta y supongamos que nos creó para jugar con nosotros y hacernos felices o desgraciados. La idea, que en general tiene la gente de Dios, es que es un ente bueno que le gusta que le recen y no se olviden de Él. Esto parece poco probable ya que Dios lo puede todo y su tristeza, por falta de oraciones, no tiene sentido para alguien o algo como Dios.

En fin, Él nos pone en la tierra, que es parte de un universo que es tan grande que es lo más cercano al infinito, con el único propósito de dejarlo de decorado para nosotros. Pudiera haber vida en otros planetas, pero no sabemos de qué tipo será. Mucho menos sabremos si Dios creó a los extraterrestres.

De acuerdo con la Biblia, Dios creó todo el universo en siete días. Si suponemos que los días de Dios son como los nuestros, terráqueos, parece tener una gran discrepancia con la ciencia. La evolución de la vida en la tierra, hasta llegar a lo que hoy en día es el ser humano, ha sido un proceso muy largo y que aún continúa. Los científicos estiman, que el "Big Bang", o sea el origen del universo, ocurrió hace unos 13.7 miles de millones de años. Desde ese momento ha transcurrido mucho tiempo, sin lugar a dudas más de siete días.

Estando conversando con mi tío sobre estos temas, tocó el timbre de la puerta una vecina de la cuadra quien venía a recoger una carta que por error, el cartero le había dejado en la casa de mi tío. La vecina pasó a buscar la carta y dejó a su hijita con nosotros en el porche. Sin darnos mucha cuenta seguimos nuestra conversación, sin notar que teníamos la mirada de la niña fija en nosotros y estaba atenta a lo que conversábamos. Pasarían uno o dos minutos cuando se dirigió a mi tío y le lanzó la siguiente pregunta: —Señor Frazer, que era como le decía, —¿Dios creó al hombre o fue el hombre quien creó a Dios?. Nos quedamos atónitos y sin saber que responder. La niña tendría unos cinco años, como máximo, para ese momento... "Al salir su madre con la carta, nos encontró en profundo silencio". Tío Tomasz me comentó: "Fíjate Roland, que hasta una niña que no tiene todavía educación religiosa pero piensa, es capaz de hacer la pregunta más fundamental y de forma natural".

Tío Tomasz, respeto tu argumento y no me molesta para nada. Tengo que insistir que la Fe y la Razón son avenidas muy diferentes y no se cruzan entre sí y por más que lo discutamos nunca podríamos cruzar el puente que existe entre las dos. Yo soy feliz con mi Fe y pienso que en este momento, a pesar de lo bueno que eres, todavía no estás preparado para recibir a Dios.

Te entiendo Roland, pero permíteme hacer el esfuerzo a ver si el puente está abierto hoy: ¡La perseverancia de tío no tenía limites!, pues así continuó de la forma más natural: Existen religiones protestantes cristianas, principalmente las denominadas evangélicas, que creen en un Génesis que proviene literalmente de la Biblia. Dichos fieles no tienen absolutamente nada que pensar o cuestionar. Todo les viene dado directamente de las Santas Escrituras.

En ese sentido la Iglesia Católica ha actuado más inteligentemente que otras denominaciones cristianas. Con respecto al Génesis no se dice mucho. No han definido nada a ciencia cierta. No objeta las teorías científicas, tampoco las apoya y lo ha dejado un poco a cada quien, como debe ser. Los sacerdotes no se afanan demasiado en aclarar ese tópico y mucho menos desean proponer una discusión sobre él.

La característica principal del ser humano, que lo separa de los demás seres vivos, es que viene con alma, ente este que le fue dado directamente por Dios ya que es de naturaleza espiritual cien por ciento. No parece lógico que provenga de la evolución.

Hay gente que piensa que el alma, o lo que sea, proviene de nuestra mente o cerebro. Que nace con nosotros y termina igual, cuando sobreviene la muerte. Lo que sí parece cierto es que, de existir el alma, Dios la creó directamente. Esta es importante porque juega un papel primordial en nuestra creencia y nuestra religión. Sin ella no hay vida eterna y el juicio final con sus veredictos asociados al cielo o el infierno, no tendrían razón de ser.

Por lo tanto el alma no muere con el cuerpo. Continúa viva, o como se deba decir. Lo más probable es que permanezca en un mundo o dimensión totalmente espiritual, por lo cual se dice que el alma trasciende. El tipo de vida espiritual que tenga, dependerá del tipo de obras que su cuerpo correspondiente haya efectuado durante su vida terráquea.

Se complica el asunto, sigue Tomasz. Lo que me parece curioso y altamente improbable, es que el cuerpo se descomponga a través de los años y quede como un despojo de materia, entremezclado con átomos y moléculas de diversa naturaleza u origen, esperando por la resurrección de los muertos, cuando se juntará con su correspondiente alma para esperar el veredicto y sentencia final.

El veredicto puede ser, si su previa obra en la tierra fue buena, ir al cielo directamente junto a Dios y gozar de su presencia. Si el cuerpo se comportó de forma reprochable y o malvada, una vez reconstruido, se irá junto con su alma respectiva, a sufrir del fuego eterno. Un castigo éste, que parece ser muy severo, inclusive para la peor de las ofensas. El caso intermedio es que la persona en la tierra haya cometido algunos pecados, de los cuales, se haya arrepentido. Esto les habría hecho ser merecedor de una estadía de tiempo indefinido en un sitio llamado purgatorio, al parecer similar al infierno, pero con la ventaja de no estar a régimen de cadena perpetua. Es grato saber que la tesis acerca del infierno, el fuego y todo eso, por una eternidad, es una creencia que la Iglesia está lentamente abandonando. Algunos de los sacerdotes no hablan tanto de él, seguramente por considerarlo algo totalmente inverosímil. Todo esto es a pesar de que el infierno, o lo que sea el castigo eterno, es mencionado a menudo en la Biblia.

Mi querido sobrino, siempre he pensado en Dios como una figura paterna, magnánima, todopoderosa y sobre todo justa. Lo dicho anteriormente me parece, al menos, algo desproporcionado. Preferiría seguir pensando en Dios como alguien justo y muy bondadoso.

Como te comenté, ahora la tendencia actual de la Iglesia es de no insistir mucho en la existencia del infierno. Muchos curas están explicando el infierno como la ausencia de poder estar con Dios. Esta explicación parece más lógica y estoy seguro que a muy largo plazo se impondrá. Pero, nunca hay garantía. De todas formas es grato saber que cierto sentido común tiende a ayudar a ganar terreno.

El otro aspecto muy interesante es el de los Misterios de Fe. Si empezamos por el principio, tenemos que el primer hombre que Dios crea es Adán. A su mujer Eva, la crea aparentemente de una costilla de Adán. Definitivamente las religiones judía y la cristiana son muy machistas. ¡Y mejor no hablemos de los musulmanes que sin duda son los campeones para ganarse ese trofeo!

Pecan, según aparece en el Génesis, por comer de la fruta prohibida. Al comer Adán de la fruta prohibida, la cual fue ofrecida a él por Eva. Otro evento machista. Ambos se dan cuenta que han desobedecido la prohibición hecha por su creador, y también caen en cuenta que están desnudos, y sienten vergüenza. Son inmediatamente expulsados por Dios, de por vida, del paraíso terrenal el cual fue creado para ellos. ¡Qué mala inversión!

Habiendo pasado el tiempo, como inquilinos del "Valle de Lágrimas" tienen dos hijos, Caín y Abel, ambos varones. Caín mata a Abel por envidia y Caín es expulsado del entorno familiar que se supone que eran Adán y Eva. Dios les había dicho a Adán y Eva creced y multiplicad, poblad la tierra.

También les vaticinó que toda su descendencia estaría marcada por el pecado original, el cual les impediría ir al cielo después de la muerte de cada quien. Hasta aquí llega la primera parte del Génesis en la Biblia.

No sabemos a ciencia cierta cómo se llevó a cabo la orden de creced y multiplicaos ya que por lo que podemos ver sería a fuerza de incestos sucesivos. Lo escrito tampoco concuerda con la teoría de la evolución y es muy difícil precisar cuándo Dios decidió dotar al homínido de alma. Mi tío Tomasz piensa que tal imprecisión requiere cuando menos una modificación del Génesis.

Ahora quedaba el problema del pecado original y como resolverlo para que el ser humano pudiese estar disfrutando de la presencia de Dios en el cielo, tal como era su deseo. El problema fue resuelto de manera magistral, para que no quedase duda que así era. Dios envió a su hijo a la tierra, que era él mismo, lo único que bajo una figura distinta. Nacería de una madre virgen y su misión en la tierra era la de ser el Mesías, enviado y salvador de los judíos. En la Biblia queda la duda si era solamente para ellos. De alguna forma esto parecía no afectar a los egipcios, persas, romanos, etc. que vivían en esa misma época, pero tenían unas religiones distintas.

En el antiguo testamento se puede leer que diferentes profetas anunciaban la venida del mesías. Figura esta que en el entender de los judíos tendría, entre otras cosas, el poder de liberarlos del yugo de los romanos.

Jesucristo, judío de nacimiento tuvo una vida ejemplar. Predicó a los hombres y mujeres de Judea el amor al prójimo, que debía de ser tal, que abarcara tanto a los amigos, como enemigos. Predicó la importancia de tener una vida austera y desprendida de los bienes materiales. Por todo lo demás fue un hombre totalmente normal el cual contaba con muchos amigos y seguidores.

Tenía una misión por lo demás inmensamente dolorosa la cual había sido encomendada por el Dios Padre, que era el mismo. La misma consistía en que sufriría los peores flagelos que pudiéramos imaginar, incluyendo la crucifixión. Moriría por nosotros y de esa forma nos liberaría del pecado original que había sido decretado por el Dios Padre, que era el mismo. La vida de Jesús fue ejemplar en prácticamente todos los sentidos. El Nuevo Testamento cuenta de los milagros, hechos por Jesucristo, posiblemente con la idea de hacerles el bien a algunos y reforzar la fe en Él.

Todo esto y más se encuentra en el Nuevo Testamento de la Biblia que consta, entre otros escritos, de cuatro evangelios, narrados por Marcos, Juan, Lucas y Mateo. Se ha descubierto que el más antiguo, el de Marcos, fue escrito aproximadamente setenta y ocho años después de la muerte de Cristo. Los demás son más recientes.

Hoy en día parece correcto concluir que los evangelios no fueron escritos directamente por ninguno de los cuatro apóstoles mencionados, a menos que hayan vivido más de cien años. Se piensa que eso era poco probable dado el avance de la medicina en esa época.

Lo que si resulta más probable es que ellos no supieran ni leer ni escribir, ya que eran unos pescadores humildes y la escritura y lectura en esa época, estaba reservada para los más doctos y los llamados escribas de profesión, que se dedicaban a esa tarea. El Nuevo Testamento da una buena explicación para dirimir este asunto. El Espíritu Santo, quien era o formaba la tercera persona de la Santísima Trinidad, conjuntamente con el Padre y Jesús (el hijo), se apareció en elevación sobre los doce apóstoles, formando una imagen como de lenguas de luz o fuego y los dotó, convirtiéndolos en personas muy inteligentes y letradas.

Hubo otros escritos de una época algo posterior, que cuentan una historia un poco diferente. Entre ellos resalta lo siguiente: que Jesús tenía uno o varios hermanos y que muy posiblemente, Él se había casado con su discípula preferida, María Magdalena y segundo, que la relación de Dios con el hombre no requería de estructuras jerárquicas, como tienen hoy casi todas las iglesias, sobre todo la Católica, en particular.

También se ha dado la interpretación de que Jesús no era inmortal ya que en algunos de los evangelios, llamados Agnósticos, no se menciona esto y las profecías en el Antiguo Testamento hablaban de un Mesías o enviado, no de alguien del calibre de un Dios. Sobre eso es mejor no comentar.

En el Concilio de Nicea, convocado por el emperador Constantino, en el cuarto siglo de la cristiandad, se decidió adoptar los evangelios de Juan, Marcos, Lucas y Mateo y descartar los demás. Sin lugar a dudas es muy difícil precisar lo que había pasado en esos tiempos.

Creo que a personas como yo, continúa tío Tomasz, les es difícil creer que Dios, un ente único y sobrenatural, por haber creado el Universo, se moleste en venir Él mismo, a sufrir en la tierra, para darle una norma de conducta a los seres que el mismo había creado, sufriendo dolores extremos.

También es difícil pensar que Dios está en un sitio que llamamos "El Cielo" oyendo los rezos nuestros, los cuales deben darle inexplicablemente mucha satisfacción pero a los cuales no debe hacerles mucho caso ya que los resultados de las cosas que suceden en el mundo, no cambian mucho como consecuencia de esas acciones.

En la religión Católica también se le reza a un conjunto de personajes denominados Santos, Ángeles, María la Madre de Jesús, José, su padre adoptivo, etc. Cada uno de ellos se especializa en poder dar determinados favores o dones para quienes le rezan con más fervor. En estos rezos no hay garantías y en ocasiones sucede que las personas menos devotas reciben, al menos en su vida terrestre, más beneficios que las que se dedican a tiempo completo a esa devoción.

La historia narra acerca de un sabio de la edad media, quien era monje y cuyo nombre era Guillermo de Occam. El se dio cuenta de un principio, el cual casi siempre daba buenos resultados y establecía que habiendo más de una explicación acerca de un evento o fenómeno, la explicación más sencilla tendía a ser la correcta.

Por todo esto y algunas cosas más, pienso que las creencias y la religión pueden ayudar a muchas personas que no necesitan o desean pensar mucho, y la misma les establece un propósito en la vida, dándoles consuelo y tranquilidad emocional.

Muchas veces hablé con mi tío de estas cosas y de mucho más. No veía mucho sentido en discutirle y llevarle la contraria. Yo tenía por mi formación, mis creencias, si no en un grado máximo, era lo suficiente para llevar la sotana con orgullo. Por otro lado tampoco podía rebatir lo que decía mi tío, puesto que lo acompañaba la lógica de su lado; ya que como está ampliamente demostrado, la Fe y la Razón pueden conversar, y si se quiere, tratar de convencerse, pero indefectiblemente, para que eso ocurra, uno de los dos debe pasar al campo opuesto".

Capítulo XXII Silvio y Alina

Al Papa Luciano, le llegó el alba y solo había leído la mitad del escrito de su hermano. Lo dejó donde estaba, lo cerró con llave y pensó para sí mismo que lo terminaría esa noche si antes no se quedaba rendido del sueño.

El comandante de la Guardia Suiza había solicitado una reunión privada con él, después del desayuno. En la misma, por su deseo, solo estaríamos presentes, mi amigo el Cardenal Silvio y yo. Al comenzar la reunión el comandante nos dijo que había surgido un nuevo desarrollo el cual confiaba que arrojara una nueva luz sobre el caso del atentado contra el Papa.

En el servidor del Vaticano habían descubierto tan solo una correspondencia distinta a la comunicación que hubo con el Papa, esta vez dirigida a Defiendetufe223@gmail.com. En este caso era un correo electrónico recibido de Maria3114@hotmail.com. Silvio palideció y en seguida el comandante le preguntó a Silvio cuál era su conexión con la tal María, ya que se había localizado varios correos enviados y recibidos por esa dirección, a su dirección personal. Se hizo silencio durante medio minuto, que pareció una hora. Finalmente Silvio empezó a hablar con cierta dificultad.

Hace unos dos meses fui con el Cardenal Rizzo a un

concierto cuyo propósito era recolectar fondos para los niños huérfanos. Me encontraba un poco indispuesto del estómago y me paré al poco tiempo de comenzada la función para ir al baño. Al salir me tropecé con una señora de aspecto elegante y muy atractiva físicamente. Me preguntó si me sentía mal y le dije que ya estaba mucho mejor. También le comenté, sin saber por qué, que su presencia y amabilidad habían contribuido a mi mejoría repentina. La verdad es que no entiendo porque tuve esa salida tan poco apropiada para un cardenal.

Me tomó del brazo y me condujo al pequeño bar en un lado del teatro. Se presentó como Alina quien tenía apenas unos cuatro meses viviendo en Roma. Era cubana de nacimiento y trabajaba para la embajada de ese país, como agregada cultural. Le gustaba muchísimo Roma debido a su vocación artística y consideraba que al igual que Grecia, ambos eran la cuna de la cultura y el arte occidental.

Me dijo que se sentía un poco sola debido a que no tenía muchas amistades y su actividad social se limitaba a la que le proporcionaba la Embajada. Yo le dije muy rápidamente que me parecía encantadora y que si ella quería, yo podría ser su amigo, pero que mi condición sacerdotal me limitaba de hacer apariciones públicas con tan encantadora señora.

¡No sé qué me pasó! Quizás mi insignificante malestar de salud me había afectado, o la amabilidad de la señora me impresionó, o a lo mejor su belleza me perturbó. Con toda vergüenza diría que fue la última la que influyó para que le diera mi dirección de correo electrónico y así de esa forma poder estar comunicados con la discreción que le había planteado.

Por lo visto el juego había terminado en tragedia. Esta señora estaba conectada con un asesino que tenía acceso o vivía en el Vaticano y que su interés era, al menos, asustar al Papa para amedrentarlo y evitar que hiciera lo que estaba haciendo, o lo que estaba por hacer. Quizás cualquiera de las dos.

"Ya habían pasado casi tres semanas y mi hermano ya no soportaba más su exilio, impuesto por nosotros. Tendríamos que forzar los acontecimientos para descubrir a los sospechosos cuanto antes. Por ahora parecían ser dos. La Señora Alina y el titular del email Defiendetufe223@gmail.com".

El primer paso sería que el Cardenal Ponti le dijera a Alina que deseaba verla lo antes posible. Estaría con ella un rato y con la excusa que estaba un poco flojo de memoria, le pediría que le mandara un correo electrónico como recordatorio de unos datos que debía estudiar más tarde en su despacho. En ese preciso momento llegaría el Jefe de la Guardia Suiza con otro guardia experto en computadoras, apartarían abruptamente a Alina y toda la información y comunicación en su computadora, sería copiada.

En cuestión de minutos toda la información de la computadora de Alina estaría en el disco externo de la Guardia Suiza. De ahí en adelante era cuestión de horas a más tardar, para que hubiese pistas más claras acerca de los culpables en este lamentable asunto.

Esta operación sería conducida el sábado por la mañana y concluiría temprano en la tarde cuando Alina volvería a quedar sola en su casa con sus pensamientos, siendo el principal, ¿cuándo la enviarían de regreso a Cuba? Pensamiento este no muy grato, sobre todo cuando está aunado al fracaso en una misión tan delicada y comprometedora.

El plan debía ser ejecutado de esa manera para poder así ocultar el papel del Cardenal Silvio en todo este embrollo y sobre todo para no involucrar a las autoridades italianas. Ellas también podrían intervenir y penetrar los secretos de la computadora de Alina, pero no habría forma de mantener la operación en secreto. Sería cuestión de horas o quizás minutos antes que la prensa saliera con titulares. "Escándalo en el Vaticano".

Hasta este momento la causa más sospechosa del atentado al Papa, eran los cambios que pretendía hacer su Santidad y la reacción de algunos o algún cardenal ultraconservador, desquiciado de mente, que pudiese estar en contra de esos cambios. La aparición de Alina en escena le daba otra dimensión al caso que habría que desentrañar cuanto antes.

"Alina no era una novata en esas lides. Había sido entrenada como espía en Cuba y la misión que se le había asignado era de la mayor importancia".

Capítulo XXIII Cuba en Todo

Cuando Roland Nowak fue electo papa, la noticia cayó como una bomba en Cuba. Él fue un sacerdote muy querido en la Habana. Había impulsado la cobertura de los colegios parroquiales, no solo en el Vedado, sino también en diferentes municipios de la ciudad de la Habana. Había logrado aumentar la asistencia de los fieles a la Iglesia, aun cuando ya el gobierno dictatorial de Fidel Castro, que era contrario a esa práctica, había comenzado a dar indicaciones que era Marxista y Leninista.

Que orgullo de compañeros de ideología poseía Fidel. Dejando a Marx a un lado quien era un filosofo y fundador del socialismo científico y a Lenin quien era un personaje teórico y un poco trasnochado; a ambos los siguió Joseph Stalin, quien ha ostentado, sin mayor competencia y solo en compañía de Adolf Hitler, el galardón de ser uno de los asesinos más destacados de la historia moderna.

Los sermones dominicales del Padre Roland eran proverbiales, mucho más dedicados a lo que debía ser la buena política y el amor al prójimo, como tal, que a la doctrina.

El párroco Roland, fuera del grupo de Fidel y Raúl, era muy respetado en los círculos habaneros. Además hay que destacar, que la revolución castrista tuvo un soporte bastante importante de la población cubana, el cual fue gradualmente menguando a medida que el Régimen se identificaba cada vez más como comunista.

Las actividades públicas del párroco Roland, que ocasionaban tanto disgusto entre las filas del gobierno cubano, lograron que el Régimen conspirara dentro de la Iglesia para que nuestro querido párroco fuera asignado a otro país fuera de Cuba. El Obispo de la Habana fue presionado y se dejó llevar, más por protegerlo y ayudarlo, para que pudiera continuar con su carrera, que por su deseo de obedecer al Régimen.

Al ser asignado a Washington gran parte de su energía fue dedicada a auspiciar e impulsar el proyecto Pedro Pan, para ayudar a los niños de la Isla, que salían en cantidad cada vez mayor para los Estados Unidos. El Régimen ya estaba por anunciar que la Patria Potestad de los niños menores de diecisiete años pasaría a manos del Estado. En anticipación a ese evento muchos padres enviaron a sus hijos fuera, sobre todo a los Estados Unidos. La organización Pedro Pan ayudó durante muchos años a asignar y reubicar niños cubanos que venían sin sus padres, con familias norteamericanas y cubanas que estuviesen en condiciones de recibirlos.

El otro propósito de su asignación en Washington fue concluir el doctorado en teología el cual le permitiría escalar posiciones en la jerarquía de la Iglesia Católica. Al concluir sus estudios podría, con suerte, ser asignado al Vaticano para así llegar a ser un factor importante en los cambios que consideraba urgentes en la Iglesia.

Su estadía en los Estados Unidos le permitió granjearse

cierta amistad con algunos representantes del gobierno norteamericano, sobre todo con aquellos quienes se mostraban bastante dispuestos a discutir y tratar de resolver el problema de Cuba.

El fracaso de la invasión de Bahía de Cochinos por el sur de la Isla, fue fundamentalmente debido al retiro del apoyo que debía haberle dado la aviación norteamericana a la Invasión, y trajo consecuencias muy graves. La principal fue que más de cien muchachos cubanos perecieron en la misma y muchos más quedaron presos por varios años hasta que Fidel los libero a cambio de 53 millones de dólares. Cientos de familias quedaron de luto para siempre y la consecuencia política fue que los cubanos exilados le dieron la espalda al partido Demócrata. Esto ha perdurado a través de los años hasta nuestros días y le ha costado a ese partido la perdida de al menos una elección nacional, al ser el Estado de la Florida, con más de un millón de cubanos americanos, de gran importancia para ganar o perder las elecciones nacionales.

Kennedy, con quien Roland participó en dos reuniones, nunca pudo explicar a satisfacción de los presentes, el retiro de la aviación norteamericana, justo el día de la Invasión a Bahía de Cochinos. ¡Qué desilusión, y que rabia sentimos todos!

Segundo Libro

Capítulo I La Asignación al Vaticano

Pasaron tres años y el sacerdote Roland Nowak, finalmente, fue llamado desde Washington al Vaticano para ocuparse de los asuntos e intereses latinoamericanos de la Iglesia. Al poco tiempo fue nombrado obispo y comenzó a escalar posiciones en Roma y el Vaticano. El gobierno cubano para ese momento había demostrado su enorme incapacidad para lograr hacer el bien común en la Isla y todo su esfuerzo en esos momentos estaba enfocado, únicamente, en mantenerse en el poder.

El Obispo y posterior Cardenal Roland, no perdía el tiempo. Cada vez que podía atacaba al Régimen de Cuba desde el Vaticano. Organizaba seminarios, daba ruedas de prensa con el objetivo de dar a conocer las atrocidades que hacía el Régimen con el beneplácito de algunos gobiernos y mucha gente, sobre todo ciertos grupos europeos.

Los gobiernos europeos estaban opuestos al Régimen y lo condenaban por violaciones de los derechos humanos, pero una parte importante del pueblo, más inculto y resentido, veían la utopía cubana como algo que había que mantener como una esperanza exigua para sus inútiles vidas.

También algunos inversionistas veían a Cuba como una

forma exótica de invertir parte de su capital.

Al ser electo Papa el Cardenal Roland, el gobierno de Cuba decide tomar carta activa en el asunto y nombra a Alina como agregada cultural de la embajada de Cuba en Roma. Esta culta y proverbial señora había perdido a su marido en Angola, cuando el Régimen contaba con el apoyo soviético y deseaba expandir sus tentáculos en África.

Ya había fracasado el Régimen en Latinoamérica, cuando el Che fue asesinado en Bolivia y el gobierno de Rómulo Betancourt, en Venezuela, lo había enfrentado hasta convertirse en la Némesis de Fidel Castro. La aventura cubana en Venezuela concluyó con la erradicación de la guerrilla en ese país y la sucesión de seis gobiernos de centro, totalmente desvinculados de Cuba y su comunismo.

El nombramiento del Papa Roland Nowak representaba nuevos problemas para el gobierno Geriátrico de la Isla. A Alina, ferviente comunista y gran resentida social, le fue dada carta blanca para que redujera o eliminara, si era posible, la influencia del Papa en los asuntos relativos a Cuba. La embajada estaría al margen de las operaciones llevadas a cabo por Alina. Ellos tenían un embajador muy respetado a nivel diplomático mundial que tenía la afortunada característica de ser amigo personal del Papa y aun cuando eso no pareciera ser tan valioso en ese momento, las circunstancias podrían aconsejar, en algún momento, hacer uso de esa relación. ¿Quién sabe?

Alina había estado encargada de la organización de la visita del Papa anterior a Cuba. Visita esta de resultados favorables para el Régimen ya que el Papa, por su carácter poco polémico y blando, no ayudó a reducir la represión en Cuba y tampoco dejó ninguna huella positiva.

Lo que sí dejó huella fue la relación que Alina estableció con el Cardenal Cognotti, mano derecha de Pío XIII y encargado de la organización de su visita a Cuba. Cognotti era ultraconservador e influyó en el Papa, que era conservador moderado, para que se radicalizara aún más. A su vez Alina utilizó a Cognotti para que el gobierno cubano luciera como el ganador universal de la visita del Papa a Cuba.

Pasado un tiempo de la visita de Pío XIII a la Isla, Alina se propuso mantener una fluida relación con el Cardenal Cognotti. Alina siempre había pensado que las relaciones eran como las posiciones de las piezas en un tablero de ajedrez. Quizás, en el juego, no logran tomar ningún peón pero, se podría lograr o evitar el jaque mate. Una vez elegido Pío XIV, el gobierno de Cuba no lo pensó ni un instante y tomó la decisión de enviar inmediatamente a Alina a Roma. La amenaza del nuevo Papa podría ser más peligrosa para los intereses de los caudillos de Cuba, de lo que cualquiera pudiera pensar.

Al llegar a Roma, Alina renovó su contacto con el Cardenal Cognotti y una vez que Pío XIV dio los primeros pasos hacia las reformas, ya sabía ella que lo podría utilizar para sus propios fines.

El Cardenal Cognotti era un hombre de naturaleza baja y resentida el cual se arropaba bajo un aura de intelectual, despidiendo halos de santidad. Se la daba de muy docto en temas religiosos y eso le había ganado la antipatía de la mayoría de los cardenales centristas y liberales, e inclusive de muchos conservadores moderados. Se había opuesto, tanto como pudo, a los planes del Papa Pio XIV pero mostrando una cara hipócrita de bonachón y siempre aparentando estar dispuesto al diálogo.

Alina contaba en parte, con lo que necesitaba, solo le faltaba el canal de comunicación con el Papa y poder así ejecutar su plan. Ya sabemos todos, como es que conoció al Cardenal Silvio Ponti, la segunda pieza que completaría su estrategia.

En lo personal le agradaba el trato con el Cardenal Ponti debido a su temperamento agradable, gran cultura y simpatía natural. Algo "rechonchito", pero no se podía pedir más. A través de él esperaba tener ojos y oídos dentro del Vaticano.

El Cardenal Silvio era un hombre discreto y lo único que le había contado muy someramente a Alina, era el plan del Papa para modernizar la Iglesia. Alina dedujo que eso lo haría más peligroso, porque, sin duda, sería más popular. La misión de Alina era concreta. Evitar que Pio XIV continuara con sus ataques al comunismo y contra el gobierno de Cuba.

Capítulo II La Redada

El plan se llevó a cabo según lo pautado. Silvio visitó a Alina a las 11:00 a.m. y una vez estando Alina activa en la computadora, buscando lo que el Cardenal le había pedido, Silvio llamó por teléfono móvil a la Guardia Suiza, quienes se encontraban prácticamente pegados a la parte exterior de la puerta del apartamento de Alina. "Entraron de inmediato". Detrás de ella apareció el jefe de la Guardia Suiza y su asistente, copiaron y decomisaron toda la información que había en la computadora de Alina y no eran todavía las 12 del mediodía cuando los oficiales ya habían partido.

Silvio permaneció un rato más bajo la mirada atónita de Alina, quien a la luz de los resultados, se preguntaba si ella era la espía, o lo era el Cardenal Silvio.

El Cardenal, siempre tan fino y cordial, lamentó la violencia de lo ocurrido y expresó su tristeza por haberla conocido bajo esas circunstancias. Si las mismas hubieran sido distintas podría haber quedado, por lo menos amistad. —¿Que pasará ahora preguntó Alina? —Creo que todo dependerá del Papa, respondió Silvio. Las autoridades italianas desconocen el incidente y es mejor que sea así, tanto por nosotros como por Uds. Yo por mi parte le pediré perdón a Dios por mis acciones y le presentaré mi renuncia de Cardenal al Papa, para que él disponga cual deberá ser mi castigo y futuro, si es que acaso queda alguno.

Al regresar al Vaticano el Cardenal Ponti pidió reunirse tan pronto fuera posible con El Papa Luciano, Rizzo y Bergonzi. No habían pasado quince minutos cuando todos estaban en las dependencias del Papa. Ya Silvio le había pedido al Comandante de la Guardia Suiza que le dejase explicar al Papa todo lo ocurrido y que la reunión formal entre el Papa y él ya estaba pautada para el siguiente lunes a las 10:00am.

El Cardenal Cognotti ya estaba totalmente identificado. La Guardia Suiza se encargaría de recluirlo y vigilarlo durante 24 horas al día para que así no ofreciera peligro alguno. No pensábamos que ese fuera el caso, pero con lo que había hecho era mejor prever.

Silvio narró a sus amigos los acontecimientos ocurridos entre él y Alina en los últimos cuatro meses, hasta el último detalle; pensamos que no fue fácil para él pero al final nos dimos cuenta que, el hacerlo, fue de gran alivio para nuestro amigo.

Silvio y el Papa Luciano irían al día siguiente a Santa Benedetta para traer al Papa Roland y así Luciano regresaría a su querida Iglesia, lugar ese donde en vista de los acontecimientos, se sentiría seguramente más a gusto.

Capítulo III La Fe es un Don

Esa misma noche Luciano tomó nuevamente el libro de su hermano y aunque estaba muy cansado por la falta de sueño y lo acontecido durante ese día, identificó dónde se había quedado y comenzó a leer poco a poco pero con gran interés.

De mis conversaciones con Tío Tomasz, lo que quedaba bastante claro era que el ser humano tiene la necesidad de encontrar una respuesta o tener una explicación acerca de las preguntas fundamentales de la vida. De dónde venimos, a donde vamos y cuál es el verdadero sentido de la vida. Cada cual lo siente distinto y lo interpreta a su manera, pero es un tema que preocupa a todos los seres humanos, sin excepción. Debo de confesar nuevamente que yo no contaba con argumentos racionales para llevar la contraria al tío Tomasz, y tampoco esa era mi intención. Nuestras conversaciones eran más un esfuerzo para tratar de comprender la variedad de factores y situaciones que intervienen en la espiritualidad humana.

Hay un nutrido grupo de personas y creciente en el tiempo, que generalmente no necesitan una respuesta a las preguntas fundamentales. Piensan que muchas de ellas serán aclaradas, tal como ha sucedido, en gran parte con el Génesis, versus el" Big Bang" y la teoría de la Evolución.

También la física cuántica comienza a ofrecer más preguntas que respuestas, lo cual generalmente es el camino para avanzar hacia la verdad o la realidad, cualquiera ella que sea.

Ese grupo, que está creciendo rápidamente, tiene aparentemente poco interés en la espiritualidad porque no cree en ella, pero siempre requerirá palabras de consuelo y esperanza tan necesarias a cualquier ser humano. De acuerdo con ciertos sondeos de opinión, cerca del 70% de los jóvenes, que viven en áreas urbanas, no practica religión alguna, aun cuando hayan sido bautizados, o iniciados por sus padres en alguna religión.

En países como Estados Unidos donde ha habido tradicionalmente una gran continuidad religiosa y es un país fundado en la tradición y las palabras. "In God We Trust", el porcentaje también está cerca de ese número, sobre todo en las áreas urbanas. Este patrón es tan grave, que si no hacemos algo, cuando esta generación de jóvenes tenga hijos, los educarán de espalda a la religión y después de eso, solo quedará muy poco que pueda ser recuperado. Fin de historia, 2,000 años tirados por la borda.

Hay otro grupo numeroso e integrado más que nada, por adultos, que es opuesto al primero. A este pertenecen las personas que creen en todo. Creen en la mayoría de las enseñanzas de la Iglesia Católica. Tienen sus Santos o Vírgenes de los cuales son muy devotos. Creen en cualquier noticia acerca de apariciones, manchas en las iglesias mostrando figuras antropomórficas, sangre que brota de las piedras, formaciones de escarcha por doquier, lágrimas de sangre que gotean de los ojos de figuras virginales, etc. También creen en todo tipo de exorcismos dirigidos a seres desafortunados, los cuales tuvieron la mala ventura de caer en un estado de posesión, por cualquier demonio advenedizo. Estos insignes creyentes no coinciden entre todos, respecto a ese desbordante exceso de fe. Cada cual cree más en lo que le parece o apetece.

Este tipo de personas cree en cualquier tipo de teorías. Se confiesan ser buenos católicos pero creen firmemente en la teoría de la Reencarnación, teoría esta, que abrazan casi mil millones de habitantes en el mundo. La misma es muy curiosa porque pareciera que obedece a algún tipo de economía por la que se rige su Dios, para así poder ahorrar almas, reciclándolas.

A este conjunto tan especial pertenecen también los creyentes en Ovnis y muchos de ellos confiesan haber visto extraterrestres en alguna ocasión. Pueden también ser firmes creyentes en todo tipo de teorías conspirativas que abundan por doquier. En este grupo hay creyentes de diferente nivel. Los más destacados abrazan cualquier noticia o idea nueva. Los más cautelosos las escogen en base a un criterio selectivo, el cual es difícil de comprender.

Existen religiones cristianas que creen en el cien por ciento de lo que se dice en la Biblia. El Génesis es exactamente así, Dios creó el mundo en siete días y después descansó. Menuda tarea. No hay duda que se merecía un descanso. Por supuesto no creen en la teoría de la evolución.

Habiendo hablado con algunos de estos seres peculiares en Washington, llegué a la conclusión que estas eran personas que se sentían muy felices por no tener que preocuparse mucho en pensar. Prácticamente todo estaba escrito en la Biblia. Según mi tío Tomasz, el no querer pensar da un tipo de felicidad que es difícil de comprender.

Existe un grupo que está integrado por una buena parte de los fieles Católicos, así como nosotros, los sacerdotes y religiosos de todas las órdenes. Nosotros somos la Base de la Iglesia Católica y entre nosotros mismos existe discrepancia dependiendo del matiz e intensidad de nuestras creencias.

A decir verdad la trayectoria de la Iglesia, desde su fundación, no ha ayudado a depurar y aceptar otras creencias, muchas de sus acciones contribuyeron a la separación involuntaria de una gran cantidad de sus feligreses.

Durante la edad media se combatieron no menos de unas cinco o seis de las llamadas herejías. Muchas de ellas con resultados muy sangrientos, como las de los Cátaros. La mayoría de ellos fueron masacrados sin piedad, en nombre de la cristiandad, a pesar que eran buenas personas y que solo tenían el "defecto" que creían en algo distinto de lo que ordenaba pensar la Iglesia.

Durante los dos mil años de historia cristiana se hicieron cosas muy loables, sobretodo en el campo de la educación y la caridad pública. Luego, cuando la lucha por el poder estuvo presente, las peores atrocidades ocurrieron. Hubo alianzas con reyes, príncipes y todo género de líderes que desviaron a la Iglesia de su propósito. Para eso prevaleció la idea, que todos los que pensaran distinto, eran enemigos de la cristiandad. A los judíos y musulmanes se les obligó a una conversión que no deseaban. Muchos de ellos se sometieron por el temor a que sus familias fueran castigadas, deportadas o algo peor.

Destacada figura de esa época fue el dominico Tomas de Torquemada, quien fue el artífice de la inquisición con el mandato de los reyes Católicos, Fernando e Isabel.

Durante los primeros dieciocho años costó la vida de más de veinticinco mil personas procesadas, la mayoría judíos.

También muchas acciones, tal como la doctrina de las indulgencias, con su concepción mecánica del pecado y el arrepentimiento, despertó la indignación de muchos, entre ellos, Martín Lutero. El Papa León X designó a un monje dominico para que predicase la indulgencia en el norte de Alemania. Decían a las personas que si pagaban cierta suma proporcional a sus recursos, podrían librarse, no solamente de las penitencias por los pecados en esta vida, sino hasta de sus penas para el purgatorio, después de muertos. Podrían llegar incluso a obtener el perdón por los pecados de los parientes, ya difuntos. Semejante barbaridad logró, entre otras cosas, que monjes como Martín Lutero y con él una porción influyente de la cristiandad, se separara del seno de la Iglesia Católica Romana. Tengo que reconocer, que en esta y en muchas otras acciones de la Iglesia, el camino estuvo totalmente equivocado y el cisma pudo ser muy fácilmente evitado.

Este recuento que he hecho en estas notas solo tienen el propósito que todos comprendamos que la Iglesia Católica no es dueña de la verdad, tan solo debe ser el vehículo para la enseñanza de la obra de Jesucristo y por lo tanto debe existir para hacer el bien al prójimo y por ende a la humanidad.

Por supuesto que no se trata de hacer una revolución que cambie totalmente un sistema por otro, sino que en la Iglesia abramos las puertas a todas las personas que deseen trabajar por el bienestar de los demás. Tenemos que mantener nuestra Iglesia pero bajo un esquema diferente de lo que debe ser el poder, el cual deberá ser interpretado por los fieles, más que nada, como de gran autoridad, debido a un gran liderazgo que incluya a todas las comunidades.

Pienso que ya no es posible liderar la Iglesia bajo un esquema cerrado de preceptos y dogmas de dudosa claridad. Nuestras enseñanzas deben hacer énfasis en las ideas sencillas y comprensibles para todos, además que la prédica sea llevada a cabo con "el ejemplo".

Lo sucedido en estos últimos años en torno a colegas nuestros que han sido descubiertos en actividades de pederastia, es algo que no debemos de tolerar bajo ninguna circunstancia. La protección dada a muchos de ellos es incomprensible y me hace pensar más en la complicidad que en una actitud suave o tolerante.

Los sacerdotes somos seres humanos con nuestros defectos y virtudes pero tengo que insistir que lo acontecido sobrepasa todo lo peor que hubiéramos podido pensar. No sé a qué atribuir estas acciones tan perversas, que casi las considero peores que un asesinato, ya que estas criaturas inocentes, blancos de esos desgraciados, representan la pureza y lo mejor de este mundo.

No encuentro explicación lógica que me ayude a comprender todo lo sucedido. Yo he sido célibe y como tal me he mantenido, salvo en una ocasión cuando la tentación pudo derrotarme. Luché con mucha firmeza pero la belleza y la inteligencia se aliaron, para que sucumbiera en el amor. A pesar de mi arrepentimiento y mi propósito de enmienda no puedo evitar sentirme transportado, cuando recuerdo ese amor tan profundo y que aún después de tantos años, anida en mi corazón, como si fuese su único inquilino.

No sé cómo hubiera sido mi vida si habiendo pasado por el seminario hubiera organizado mi vida también, alrededor de una amante esposa e hijos, que más que nada le hubieran dado sentido a mi solitaria vida. A estas alturas y siendo Cardenal, ya en la tercera edad, reconozco que las tentaciones amorosas y sexuales son mucho menores y totalmente resistibles. A pesar de todo lo bueno que he tenido en mi vida, creo que siempre lamentaré el no haber tenido a mi lado a una familia, que me hubiese dado un amor y compañía de diferente naturaleza que el de Dios, y el prójimo en general.

Considero que el celibato para los religiosos debe ser algo voluntario. El que lo desee puede hacer el voto de castidad y aun habiéndolo hecho, debería poderse anular si se desea renunciar a él. En caso que en algún momento tengamos una idea o la vocación firme de hacer un voto, no significa que no sea posible cambiar de opinión. Todos cambiamos en lo superfluo y no podemos estar obligados a mantener una situación, la cual ya no sea más aplicable. Desde hace muchos años pienso que la Iglesia tiene que evolucionar en estos aspectos. Y en estos momentos cuando estoy terminando de escribir este cuaderno personal, lo considero urgente.

Por más que me duela decirlo la fe va en proporción directa a la falta de instrucción y el libre pensamiento. Mientras más piensa el ser humano más desea obtener una explicación lógica de las cosas. No me refiero a que esos librepensadores no tengan necesidades de orden espiritual, pienso que esa necesidad aplica para todos. Todo el mundo las tiene. Esa espiritualidad debe ser conducida de una manera que pueda ser incorporada dentro de la Iglesia Católica. Parece muy difícil y tal vez lo es, pero dentro de menos de cien años no quedarán casi fieles si la Iglesia no da un segundo paso en estos aspectos.

Si vamos a lo esencial, que es cumplir los diez mandamientos y seguir la doctrina de Jesucristo lo podríamos hacer. Todos los sacerdotes y muchos fieles sabemos que un alto porcentaje de los Dogmas, Misterios y Tradiciones tales como, la infalibilidad del Papa, la Virginidad de la Madre de Jesús, etc. son adiciones que ha hecho la Iglesia y algunas de ellas en tiempos bastantes recientes, como consecuencia de algún concilio o encíclica papal.

Que más nos da que a los protestantes no les guste poner imágenes en las iglesias y que nos llamen a nosotros iconoclastas. No cuesta mucho trabajo pensar que eso no es esencial y que tan solo en unas simples reuniones, entre distintas religiones cristianas, se podría allanar el camino para tratar de unir verdaderamente a los fieles. No creo que esté bien el querer mantener a toda costa una unidad estricta de criterios, la cual no reporta más beneficio que tratar de alargar el "poder" de la Iglesia Católica en el tiempo, cuando además, ya no hay tiempo para eso.

La práctica de la religión cristiana debe poder tener diferentes matices; defender las tradiciones locales y lo que eso hará será enriquecer a la Iglesia, la cual se permitirá decir que realmente es Católica.

Estas últimas líneas las estoy terminando de escribir después de haber sido electo Papa y con toda franqueza no me siento infalible para nada y menos con lo que acabo de escribir. Pienso con toda sinceridad, que el Papa no tiene que legislar Misterios y asuntos de Dogma. El Papa existe y pienso que es bueno que exista: para dar el buen ejemplo, luchar por una mayor justicia universal; una mejor comprensión entre los países y religiones en el mundo, como fuente de inspiración para todos los fieles y sacerdotes y para conducir a la Iglesia por senderos difíciles, tal y como espero yo poderlo hacer.

Creo que para resolver este asunto, el cual parece muy escabroso, no debe ser visto como una tarea imposible, o muy difícil. Si existe la voluntad de hacerlo, siempre es más fácil. Tenemos que vencer unos mil setecientos años de historia que comenzaron con el gran esfuerzo que hizo el emperador Romano Constantino para unificar el imperio Romano de Oriente y Occidente, bajo la cristiandad y por ende bajo él.

Siguiendo la trayectoria de la Iglesia a través de la edad media, el renacimiento y hasta los tiempos modernos; el objetivo de la institución ha sido de lucha para podernos mantener en el poder. No hace falta recordar la inmensa cantidad de papas corruptos los cuales eran elegidos porque compraban el puesto o eran muy influyentes. Ni hablar de la cantidad de crímenes que cometieron, que hasta parece casi imposible que la institución se haya mantenido a través de tantos años. Tengo que volver a mencionar los desmanes y crímenes que se cometieron con las cruzadas, la inquisición, la persecución de las herejías, siendo la más cruenta la de los Cátaros, cerca de cuarenta mil asesinados.

Durante el período de la Inquisición, se acusaron a miles de mujeres de practicar la brujería y fueron quemadas en la hoguera. Durante una buena parte del Renacimiento tuvimos a personajes, tales como, Alejandro VI quien era de la peor calaña que nos podríamos imaginar. Nos salvamos en ese periodo, gracias a Dios, de Cesar Borgia, que lo hubiera dado todo por ser Papa. Menos mal que le falló la suerte a última hora.

Maquiavelo nos cuenta en "El Príncipe", enciclopedia esta de bolsillo para los tiranos, que el Príncipe, refiriéndose a esos tiempos, tenía por encima de todo que "Parecer Religioso". La religión era lamentablemente la principal herramienta de poder.

Por eso me digo que aún en estos tiempos modernos, cuando en gran parte, gracias a la información, no se puede ver la lucha por el poder de la misma manera, existan desmanes como los de los curas pederastas. Sobre todo casi lo peor ha sido la impunidad que han tenido en muchos casos.

Nunca piense quien lea estas líneas, que la Iglesia Católica tiene la exclusiva de todos los crímenes y abusos. La separación de la Iglesia Anglicana llevada a cabo por Enrique VIII cometió muchos abusos y crímenes, aunque hay que reconocer, que a la "Inglesa".

También en los tiempos modernos tenemos los crímenes cometidos por Stalin, Fidel Castro, Hitler y hoy en día por los musulmanes extremistas, todo esto en nombre de la religión o la no religión, la superioridad de determinada raza o del materialismo histórico. Todos han resultado en múltiples crímenes contra la humanidad.

En la actualidad tenemos, sobre todo, la amenaza de los líderes teocráticos musulmanes, con los cuales tenemos que iniciar un diálogo de inmediato. Es necesario, para que de alguna manera puedan controlar a sus fanáticos, que al parecer, padecen un exceso de fe en una causa equivocada y que tiene poco que ver con lo que aparece en el Corán.

La fe llevada a extremos de fanatismo puede causar mucho daño. Cada vez que los fanáticos se imponen, causan su cuota de mal en el mundo. Esto es independiente del tipo de ideología que se esté manipulando. Hemos visto el resultado en todas las épocas de la historia, comenzando por las guerras entre los imperios antiguos, las de la edad media, siguiendo con las luchas por la conquista de sitios considerados sagrados, como Jerusalén.

La tarea que tengo que acometer luce inmensa y me agobia nada más que de releer estas páginas. Estoy seguro que la única forma de empezar, es teniendo la vista en el objetivo final y comenzar a actuar, creando el camino.

Dios me ha concedido la suerte de tener junto a mí, a mis compañeros de seminario, con los cuales comparto la misma visión y que con tesón y paciencia trataremos de lograrla. Me hubiese gustado mucho tener a mi hermano Luciano a mi lado, en quien confío plenamente, y quien le daría a este camino que debemos recorrer, un sentido de realidad necesario para no cometer muchos errores. Digo muchos por que sin duda los cometeremos, pero eso nunca debe ser una excusa para no asumir ciertos riesgos".

Capítulo IV De Nuevo el Cambio

Me dieron las 3:00 am al terminar de leer el cuaderno de Roland y recordé que había quedado con Silvio de salir hacia mi casa a las 6:00 am. Pio XIV debía de estar en su ventana para el Ángelus y la bendición Papal un poco antes del mediodía. Todavía quedaban tres horas para las 6:00 a.m. pero estaba seguro que no iba a pegar un ojo.

Ya le había avisado a Roland, desde el día anterior, que estaríamos en mi casa a eso de las 8:00 am. Roland había estado muy feliz ya que nuestra mamá se estaba quedando con él desde hacía varios días y se habían puesto al corriente de muchas cosas. Roland había ocultado la verdadera razón de su estadía en mi casa. La razón esgrimida era que Roland estaba muy fatigado y aprovechando la circunstancia de tener un hermano gemelo, habíamos acordado mutuamente hacer el cambio y así poder descansar un poco.

Claudia mi madre, era una mujer ya bastante mayor pero con su mente muy clara, así que la excusa dada por su hijo Roland no la convenció. "Se puede engañar a casi todo el mundo, menos a la madre". De todas maneras habían sido unos de los días más felices de su vida. Le parecía increíble haber podido estar durante ese corto período, con su hijo y el Papa, al mismo tiempo.

No pasaron muchos minutos antes que aparecieran Luciano y Silvio. Solo había un carro escolta bastante discreto y no ostentaba en la puerta el escudo del Vaticano. Silvio le había dicho al chofer y a la escolta que fueran a comer algo a Orvieto y regresaran para poder salir camino a Roma en una hora. Eso les daría una buena oportunidad de estar los dos hermanos juntos y a solas con su madre.

Ya faltando poco tiempo para partir, Luciano y Roland se cambiaron de vestuario. Bromearon sobre la ocurrencia de Luciano de ponerse a la orden de su hermano, para que cuando él quisiera repetir el cambio y tomar unas vacaciones privadas, él se ofrecería gustosamente y sin ningún problema.

La despedida entre los tres estuvo llena de profundo sentimiento. A pesar de la alegría del momento, se percibía un gran peso general, el cual, señalaba un camino de acciones y decisiones complicadas. Finalmente antes de partir, Roland les pidió a su mamá y hermano que pasaran la fiesta de Navidad en el Vaticano, pudiendo así nuevamente estar todos juntos.

Capítulo V La Confesión de Silvio

Durante el viaje de regreso, Silvio se aseguró que la ventana de cristal que separaba el asiento trasero, del chofer, estuviese muy bien cerrada. A continuación narró al Papa todo lo ocurrido en la investigación llevada a cabo por la Guardia Suiza, excepto su intervención en los hechos. Al final le extendió al Papa un sobre que contenía una carta que el Papa procedió a leer. Era una carta de apenas dos párrafos donde Silvio expresaba su deseo de renunciar como Cardenal y dedicar sus últimos años como monje o cualquier sacerdote rural.

—¿Qué ha pasado Silvio? Esto me parece absurdo y un poco dramático, pero en fin cuéntame. —Te lo contaré bajo el sacramento de la confesión, dijo Silvio. —Aun cuando un automóvil no es un confesionario tendremos casi dos horas para que te puedas confesar, si así lo deseas, le dijo el Papa. Pero en fin, todo esto me parece muy dramático.

Silvio le contó todo lo sucedido con Alina y con lujo de detalles. Hacia el final de la confesión el Papa le preguntó a Silvio si se arrepentía. A lo cual Silvio le contestó lo mismo que una vez le dijo al sacerdote Roland, cuando este se confesó con Silvio años atrás en Washington. —No del todo, pero estoy empezando a tratar de lograrlo, —¿Lo recuerdas? —El Papa sonrió.

Ego te Absolvo..., dijo el Papa, y no vuelvas a pecar más. Después de la confesión el Papa procedió a romper la carta de renuncia.

Hablemos ahora de temas más importantes. —¿Qué hacemos con el Cardenal Cognotti? Antes que Silvio pudiera responder Roland adelantó, como era usual en él. —Mi opinión inicial es que él es un pobre viejo desgraciado que permanece sumido en la Edad Media y posiblemente está medio loco. No creo que haya tratado de cometer un magnicidio, quizás solo trató de asustarme para evitar que siguiéramos con nuestros planes.

—Recuerda Roland, dijo Silvio, que él de alguna manera conspiró con el motorizado, el cual llevó tus medicinas al Vaticano. De alguna forma abrió el frasco, el mismo o con ayuda de otro y con manos expertas mezcló algunas de tus medicinas con una cantidad pequeña de Brucina para lo cual tuvo que abrir tres o cuatro cápsulas, botar parte del contenido y rellenarlas con el ingrediente venenoso.

—Esto es un crimen pensado y planeado y como tal no debe de permanecer impune, dijo Silvio. —Estoy totalmente de acuerdo contigo respondió el Papa. La Iglesia ha ocultado durante años este tipo de cosas y nosotros tenemos nuestras autoridades dentro del Vaticano. ¡Debemos juzgarlo y sentenciarlo de acuerdo con las pruebas presentadas! No será un juicio criminal, como tal, ya que el Vaticano resuelve esos asuntos de acuerdo y con la ayuda de los tribunales italianos. —Tu indiscreción, Silvio, no debe salir a relucir porque no viene al caso. Solo está el vínculo con Alina el cual me encargaré yo mismo de resolver.

—Me niego dijo Roland, por el principio de todas las cosas que estamos haciendo, a permitir hacernos la vista gorda con el juicio al Cardenal Cognotti, posiblemente hay alguien más involucrado en el Vaticano y si lo hay, lo debemos identificar. Cualquier vínculo que pueda salir en relación contigo, si es que sale, lo manejaremos en su oportunidad, en todo caso tu no sabías lo que estaba pasando con Cognotti y no le diste ninguna información delicada o confidencial a Alina. Ella te buscó para tener información la cual tú no le diste. Lo demás es entre Dios, tú y tu confesor.

—Me parece recordar que el Cardenal Cognotti, añadió Roland, está cerca de cumplir los ochenta años. Seguramente lo encontrarán culpable, pero la sentencia será gentil debido a su avanzada edad. Sigo pensando que debe de estar medio loco para haber hecho lo que hizo. Un exilio en un monasterio de clausura lejos de Roma es lo que se merece. Creo que se sentirá bastante bien en ese sitio ya que estará rodeado de algunos religiosos todavía inmersos en la edad media. Sería una sentencia más que generosa.

No habían dado las once de la mañana del domingo, cuando el Papa estaba entrando de regreso en lo que ya consideraba su casa. Sus dos asistentes estaban esperándolo y le entregaron de inmediato el discurso que estaba próximo a leer. Giuseppe le hizo señas que no había mucho tiempo para que comenzara la Bendición y aún él tenía que cambiarse de ropa, peinarse bien y en fin, lucir bien para las cámaras de televisión. El Papa les pidió a sus asistentes que entraran al amplio vestuario y le dijeran que había en agenda para la semana próxima. Todo esto sucedió bajo la mirada atónita de Giuseppe, quien en sus treinta y cinco años de ejercicio en su trabajo, jamás había visto que alguien entrara en el vestuario, mientras ocurría la engorrosa y privada tarea del cambio de ropa al Papa.

Por lo visto parecía que ese mismo domingo no había nada en la agenda excepto el almuerzo con los cardenales y después de eso, a partir de las 3:00 pm estaba pautada una reunión de seguimiento del borrador de encíclica enviado a los obispos. ¡Luciano era un genio! Le había programado tiempo libre al Papa para darle la flexibilidad que él necesitaba, solo había pautado lo que sabía que a él le interesaba.

Justo antes de la Bendición y mirando escondido detrás de las cortinas, me asomé. Nunca me había parecido tan linda la plaza de San Pedro, tan repleta de fieles y curiosos que parecían todos muy alegres. Sentí brevemente una cierta soledad. Se podía visualizar el comienzo de la vía de la Conciliazione, donde, al final, se podía adivinar el inmenso e imponente Castel San Angelo y más allá todavía, la bella ciudad de Roma. No hay nada perfecto. La posición del Papa más que la de cualquier líder público, es en cierta forma, un poco de prisión.

El almuerzo comenzó a la 1:00 pm en punto. El Papa había instaurado, desde que fue electo, el almuerzo de los domingos con un grupo de cardenales para celebrar el día del señor y tener contacto un poco más informal con sus colegas. Esto le permitiría saber, sin ningún tipo de filtro, lo que estaba pasando, tanto en el Vaticano, como en el mundo. La idea era rotar a los cardenales para tener la oportunidad de verlos a todos cada dos semanas. Le gustaba tener siempre al Cardenal Espinosa quien era, entre otras cosas, un egresado de Harvard y conocía muchísimo de política internacional y de economía. Todos los domingos nos informaba de lo más importante que estaba pasando en el mundo.

En esta ocasión el Papa invitó también al Cardenal Cognotti, a quien en forma poco usual lo sentó justo en frente a él. La costumbre del Papa para los almuerzos del domingo era utilizar el comedor principal el cual tenía capacidad para acomodar hasta veintidós personas cómodamente. La forma de la mesa de comer era entre un óvalo y un círculo. Esto le permitía acomodar cuatro personas a su lado a mano izquierda y un número igual a mano derecha. En frente habría hasta nueve personas y en los extremos de ambos lados unos cuatro puestos en total. Dicha configuración le permitía ver y escuchar a todos los cardenales, siendo igual para ellos.

Me dio gran alegría volver de nuevo a compartir con mis colaboradores. Yo me había propuesto darle al almuerzo un aire lo más informal posible, sin olvidar la posición que yo ocupaba, pero promoviendo que cada quien pudiese comentar lo que quisiese, sin mayor dificultad para ser visto o escuchado.

Al terminar la presentación del Cardenal Espinosa se presentó una discusión de política económica la cual fue muy interesante. La discusión giró en torno a la definición de conservadores y liberales. La habíamos siempre limitado a los aspectos religiosos de costumbres y doctrina, y todos en general sabíamos cómo clasificar a los presentes. Hoy la clasificación iba a ser entre conservadores y liberales desde un punto de vista económico. No necesariamente tenían que coincidir, la clasificación de liberales y conservadores desde un punto de vista económico con los doctrinales.

Curiosamente la Iglesia vivía entre dos mundos. Era muy capitalista ya que era la dueña de una de las mayores fortunas del mundo, sobre todo si la veíamos desde un punto de vista del total de sus activos, incluyendo el valor de las piezas artísticas y de las piedras y metales preciosos. El valor representado por las propiedades también era enorme. La Banca Vaticana se movía mucho desde un punto de vista financiero, estableciendo una gran presencia en las transacciones comerciales. Todo esto lo hacía con un perfil bastante bajo, usando para ello a diversas corporaciones.

El otro mundo era el del cristianismo, como tal. Jesucristo había predicado una filosofía de desprendimiento y poco apego a los bienes materiales. Los bienes que cada cual tuviera debían de ser distribuidos, o al menos compartidos con los pobres de la forma más equitativa posible. —"Deberíamos comenzar por nosotros mismos que vivimos con cierto grado de opulencia". —Tenemos que hacer un plan interno que nos lleve a vivir con menos lujos y joyas y nos permita invertir, en provecho de los más necesitados y de una manera inteligente lo demás.

La discusión tomó ese camino que como los lectores se podrán imaginar no podía llegar a nada práctico en tan poco tiempo; así que por ahora algunas cosas seguirían igual.

Para concluir con esa discusión que no prometía tener fin y ya nos estaban sirviendo el postre, mencioné que tenía dos anuncios que hacer. El primero era que los pasos para la publicación de la nueva encíclica se estaban dando bastante rápido y que la recepción que le habían dado los obispos de todo el mundo había sido bastante positiva.

—Los comentarios principales han sido, indicó Pio XIV, sobre la mejor forma de implantar estos cambios para que la Iglesia pueda seguir su operación con la mínima disrupción. Mencionó que habían habido pocas objeciones en lo fundamental y se continuaba tratando de limar algunas de las diferencias, por la vía del diálogo.

—El segundo no es un anuncio grato pero después de mucho reflexionar he decidido hacerlo. Los mejores observadores quizás han notado que se han tomado medidas más estrictas para tratar de reforzar la seguridad del Papa y ahora les diré por qué…

Capítulo VI La Confesión de Cognotti

—Hace unos dos meses alguien trató de darme una advertencia mediante una dosis, no mortal de Brucina, añadida dentro de mi medicamento para controlar la presión arterial. Después de analizar una serie de pistas y de tomar algunas acciones les puedo informar que ya tenemos a un sospechoso, y digo sospechoso porque su culpabilidad no ha sido aún demostrada por un tribunal.

—En la encíclica que todos esperamos hacer oficial alrededor de las navidades, hemos añadido un punto muy importante que se refiere a tener cero tolerancia frente a cualquier sospecha de alguna persona, clérigo, o no, por acciones pederastas. El ocultamiento del mal, sea cual sea, cometido por miembros de nuestra Iglesia nos ha dado resultados muy negativos, aparte que el ocultamiento de un mal no beneficia a la sociedad. Lo que voy a decir a continuación no debe escandalizar a nadie y tampoco se debe establecer un culpable hasta que las autoridades hayan dado su veredicto.

—El sospechoso que ha identificado la Guardia Suiza es el Cardenal Cognotti. En ese momento se hizo un oscuro silencio y el Papa dirigió su vista hacia él, lo cual había evitado desde que había comenzado el almuerzo.

—El juicio deberá ser lo más corto posible. Ya se le ha asignado un obispo defensor, tal y como establecen las leyes del Estado del Vaticano. Si él desea a otro defensor lo podrá escoger. No haremos un juicio penal como tal porque el Vaticano se apoya en Roma para eso y en este caso preferimos manejar este asunto nosotros mismos. No parece aconsejable involucrar a Italia en vísperas del lanzamiento, por así decirlo, de la nueva encíclica.

—Les ruego no catalogar al Cardenal Cognotti como culpable hasta que no sea declarado así por el tribunal. De no resultar culpable haremos todo lo que esté a nuestro alcance para reparar la honra herida de nuestro colega.

—La única razón por la cual les he mencionado esto a Uds. es porque quiero ir en contra del ocultamiento de cualquier maldad. Lo dicho por mi hoy es grave y puede ser considerado como un acto de difamación, ya que ningún tribunal ha culpado aún al Cardenal Cognotti. La única razón por la cual lo he hecho es para dejar un ejemplo muy gráfico en la mente de Uds. acerca de la importancia de reportar acciones perversas, y me refiero en particular a las pederastas y a los abusos sexuales en general. Vuelvo a repetir que de probarse que el Cardenal Cognotti es inocente tendrá mi más profunda y sincera disculpa pública, que en el caso de venir de un Papa, creo que vale por diez. Esto último fue dicho en un tono algo irónico.

—El Vaticano es un estado soberano. Tenemos un departamento de prensa dentro de nuestros muros. Dejemos que hagan su trabajo de acuerdo con sus principios. Debemos aprender a no ocultar la verdad. Bastante mal hemos hecho por esa razón. Los fieles deben vernos como lo que somos; un grupo de seres humanos que representamos lo más granado de la Iglesia Católica, pero humanos al fin. Realmente lo que si debemos ser es líderes y como tales debemos actuar.

—Pero no se asusten demasiado. La inercia es grande y casi apostaría a que el departamento de prensa, en su totalidad, se encontrará de vacaciones, o estará ocupado en asuntos más importantes para el momento en que se esté efectuando el Juicio.

Habiendo dicho esto, me despedí de todos los cardenales, quienes, en vista de las noticias, abandonaron el comedor casi de inmediato. Supuse que era para conversar entre ellos y hacer los comentarios respectivos de tan inusual noticia. Yo permanecí solo en el recinto en la compañía del Cardenal Cognotti.

Nos quedamos viendo por un rato que me pareció una eternidad. Cuando ya creía que el silencio había ganado la batalla, el mismo fue roto por un susurro que salió de los labios del Cardenal.

Dijo —El juicio será muy corto ya que me pienso declarar culpable desde el principio. Ante la justicia humana me declararé así. La divina será otra cosa y todavía tendremos que esperar algún tiempo para conocer su veredicto. Nuestra Iglesia se ha mantenido por dos mil años sin que fuese necesario reformarla, prácticamente nada. El problema mayor es tener que pasar por la humillación de reconocer errores cometidos desde tiempos remotos. La Iglesia es santa y sabia, los humanos somos los que estamos equivocados y propensos a cometer errores. De ahí que esta prisa que su Santidad ha tenido para cambiar aspectos que han prevalecido durante años, solo puede conducir a la destrucción acelerada de la Iglesia.

—A pesar de mantener posiciones tan distintas, Cardenal Cognotti, el Comité le dio la oportunidad a cada cardenal para que diera su opinión y sin límite de tiempo. Ud. hizo uso de su derecho en varias ocasiones. Se establecieron discusiones entre Ud. y varios cardenales y en ninguna, que yo recuerde, se le limitó el tiempo para que argumentase de acuerdo con su interés o convicción. El comité de Doctrina está integrado por una composición de cardenales de todas las tendencias, pero predomina una mayoría conservadora y sin embargo, hemos llegado a un acuerdo que si no todos aplauden, una gran mayoría lo puede aceptar y vivir con él.

—Lo siento Cardenal, creo que la discusión ya está agotada y ya no estoy interesado en seguir conversando sobre temas que ya hemos discutido hasta la saciedad. Mantenemos opiniones muy distintas, pero lo malo en todo esto, no es eso, sino que Ud. decidiera cohibir al Papa mediante una vulgar amenaza de envenenamiento. Solo le ruego a Dios que lo perdone porque yo no creo que el método que Ud. ha usado pueda ser defendible.

El Cardenal respiró profundo, bajó la cabeza y susurró lo que me pareció era como una corta oración. —Sé reconocer al enemigo formidable que tengo frente a mis ojos, Pio XIII fue diferente. Durante los últimos años de su Pontificado hubo momentos en que no podíamos controlarlo, particularmente después de tener esas charlas muy frecuentes, para nuestro gusto, con el Cardenal Roland Nowak, casi siempre en privado. Quería también hacer algunos de los cambios que su Santidad está haciendo, pero yo no lo dejé. A él yo no quería amedrentarlo, como hice con Ud. ¡Quería eliminarlo! Y tuve éxito. No lo tuve con Ud. Durante el Cónclave abogaba la esperanza de poder imponer al cardenal español, pero Ud. y sus tres aliados jugaron duro y ganaron. —Al morir Pio XIII mis remordimientos y la angustia fue aumentando, ya no podría volver a hacer lo mismo jamás. Los demonios me perseguían en mis sueños, aunque me repetía una y otra vez que había hecho lo que debía, según los designios de Dios.

—En el caso de Pio XIV debía ser más benevolente. Tratar de amedrentar, ganar tiempo y confiar en que la Providencia buscaría su camino. Me volví a equivocar. La señora Alina me lo advirtió, pero ella no ofreció ninguna solución distinta a que lo liquidase.

—No es usual practicarle autopsia a los papas, así que el secreto será entre nosotros dos. Uds. no tienen muchas opciones acerca de lo que van a hacer conmigo y la verdad es que a mí no me importa para nada lo que hagan. Solo puedo decir que hice lo que tenía que hacer y solo me arrepiento de los medios y no de los fines.

Con la misma apreté un botón que tenía bajo la mesa a mano derecha. No pasaron ni cinco segundos cuando la puerta se abrió y apareció la figura elegante de un guardia suizo el cual se ofreció a escoltar al único comensal que permanecía en el recinto hasta un lugar, el cual no me fue revelado.

Todavía se escuchaban los pasos del Cardenal recorriendo el pasillo interno, cuando llamé a mi asistente para que localizase al Doctor lo antes posible. Se preocupó de inmediato pensando que me pasaba algo, pero lo tranquilicé al soltarle la mejor sonrisa que le pude ofrecer en ese oscuro momento.

No pasaron veinte minutos cuando apareció el Doctor Lombardi, algo nervioso. Igual que hice con mi asistente, lo tranquilicé esta vez con tres o cuatro palabras.

—Doctor, lo que le voy a pedir no es algo ortodoxo, pero créame cuando le digo que es necesario que obtenga cierta información. Y es exactamente así. Para que esté tranquilo le diré que la misma no saldrá de mí por ningún tipo de indiscreción, pero la podría usar, sin revelar nombres, únicamente para evitar males mayores. Le agradezco que usted también mantenga esta conversación privada y confidencial. Ahora vamos al grano. Ud. es mi médico al igual que es el médico de algunos pocos cardenales que tienen ciertos problemas de salud. —¿Ha usted atendido en el pasado al Cardenal Cognotti? El Doctor Lombardi contestó, —Siempre me he ocupado de atenderlo yo mismo, debido a su condición. —¿Qué clase de condición es esa que amerita que el médico jefe del Vaticano lo atienda directamente?

El Doctor Lombardi tomó una bocanada de aire como si estuviera aspirando el humo de un cigarrillo. —El Cardenal comenzó a quejarse que tenía visiones y en más de una ocasión tuve que ponerlo bajo una cura, no muy severa, de sueño, la cual pareció que tuvo un resultado positivo. Llegué a pensar en ese momento que tenía esquizofrenia, pero después de un tiempo dejó de consultarme y asumí que estaba bien. Es más, me lo encontré un par de veces en los pasillos del Vaticano y me comentó, sin preguntarle, que se sentía mucho mejor. Después de un tiempo que no pasó más nada, dejé de preocuparme.

Despedí al Doctor agradeciéndole su ayuda, no sin antes pedirle que si un cardenal tenía algún tipo de problema mental, el Papa debería ser la primera persona en saberlo de inmediato y directamente a través de él. —Creo que no necesito que le explique el por qué. Si profundiza un poco podrá dar con la respuesta y como podrá comprender mejor ahora, está conversación ha sido estrictamente confidencial.

Estaba por salir de mi oficina privada cuando me avisaron que estaba el Cardenal Ponti, quien quería verme. Silvio era prácticamente la única persona a quien mis secretarios no le preguntaban el motivo de su visita. Creo que intuían que cuando nos reuníamos y se iba, mi carácter era mucho mejor que antes de comenzar la reunión. Esta vez no iba a ser diferente aunque desconocían el motivo por el cual, en esos momentos, estaba yo algo malhumorado.

—Silvio, que bueno que viniste. ¿Se te ofrece algo? —Nada en particular, solo que me enteré que habías almorzado con los cardenales y entre ellos estaba nuestro amigo Cognotti. —"Tú como siempre, te adelantas a mis pensamientos".

—Silvio, tuve una conversación muy corta con el Cardenal Cognotti, pero muy precisa. Lo más relevante es que el Cardenal tenía problemas psiquiátricos. Razón tenía yo cuando decía que estaba medio loco, pero parece que me equivoqué, al menos en parte, estaba loco completo. El Doctor Lombardi sabía de dichos problemas, pero una vez más, predominó el encubrimiento, en este caso amparado por el secreto profesional aunado a la creencia, en cierto momento, que el problema había pasado. Si se hubiese conocido de su condición a tiempo, Pio XIII no hubiese muerto y yo no sería Papa. ¡Destino, destino, no te preocupes que no creo en ti, sino en lo que hacemos los hombres! —¿Qué me dices Roland? ¡Esto es increíble! dijo Silvio.

—El Cardenal Cognotti me dijo que se declararía culpable. Le creo. Siente remordimientos por lo que hizo pero está de acuerdo con sus fines. Espero que lo sentencien a estar en algún monasterio de clausura, que viene a ser similar a una cárcel. Estará recluido ahí, y sin ningún tipo de privilegio, hasta que le llegue su hora. Pienso que es lo que él también desea ¡Tremendo castigo!

—Silvio, yo conocí a Cognotti hace unos treinta y cinco años. Nunca tuve una gran química con él, pero debo reconocer que era un hombre muy capaz y que mantenía muy sólidos sus ideales conservadores. Nunca pensé que fuera un hombre violento y peligroso. Me atrevería a adelantar que lo que hizo fue producto, en gran parte, de su enfermedad.

—Cambiando un poco ese tema tan desagradable, creo que no es muy bueno que los cuarenta y tres cardenales que viven permanentemente en el Vaticano, tengan en promedio setenta y cuatro años de edad. Una sociedad geriátrica no puede ser la ideal para dirigir una institución que lo que requiere, por ahora, son reformas. —Roland, no te angusties tanto por todo eso. Ya lo tenemos en nuestra agenda. En los próximos cinco años aproximadamente, unos cincuenta cardenales en todo el mundo, desgraciadamente morirán. Ya hemos discutido que el número actual que tenemos es demasiado alto para manejar los asuntos del Vaticano y la jerarquía en los países. Lo que nos habíamos planteado la última vez que hablamos de este asunto es que remplazaríamos solo a la mitad de los cardenales que pasen a mejor vida, por supuesto que remplazaríamos a los cardenales que están cumpliendo funciones de obispos y arzobispos en ciudades importantes. En unos diez años tendremos casi cincuenta cardenales menos. Recuerda que también establecimos que los obispos que designáramos cardenales no deberían sobrepasar los sesenta años en promedio. A la vuelta de los próximos diez años la dinámica de la Iglesia deberá ser otra, pero habremos hecho el cambio en forma gradual como le corresponde a nuestra Iglesia.

—Silvio, te agradezco que hayamos tenido esta conversación y me alegro con todo mi corazón de estar haciendo esta pasantía por el papado, contigo y nuestros otros dos amigos. Ahora me voy a descansar un rato ya que las situaciones desagradables me drenan y dejan exhausto.

Capítulo VII Roland y Luciano

Esa misma tarde recibí una llamada telefónica de mi hermano Luciano y la tomé en mi despacho privado.

Conversamos un largo rato de asuntos familiares y me reiteró su compromiso de traer a nuestra madre muy pronto al Vaticano y así pasar unos días juntos durante la Navidad. Terminó esa parte de la conversación reiterándome su disponibilidad para colaborar conmigo y cuando hiciese falta, para que ambos tuviéramos vacaciones de distinta índole. Esto último fue dicho por Luciano con un tono de gran seriedad pero que al final no pudo ocultar con una carcajada muy mal disimulada.

No me hizo gracia el chiste que hacía Luciano por segunda vez e hice caso omiso de esto último. Eso sí, le reiteré mi agradecimiento por haber aceptado una misión que lucía peligrosa para él y que felizmente para la tranquilidad de todos, terminó sin consecuencia.

Luciano dijo, —¡Sabes Roland! Leí tu libro de notas, tal como me indicaste. No te puedo negar que me impresionó de sobremanera. No sabía el detalle de tu estadía en Cuba y lo fecunda de tu relación con nuestro tío Tomasz. A los curas de pueblo pequeño no se nos ocurren las travesuras intelectuales que discutías con nuestro Tío, además que es difícil conseguir con quien discutir libremente temas de esa índole, sin que eso sea objeto de escándalo.

—Te tengo que confesar que en general no veo nada de malo con lo que nuestro Tío piensa. Creo que son diferentes maneras de pensar que provienen de la educación recibida, las oportunidades y experiencias que cada cual ha tenido en la vida y la inspiración que tendría a bien hacer Dios en cada uno de nosotros.

—Me parece acertado que estés tratando de ampliar nuestra base de fieles, con creyentes y no tan creyentes, de diferente índole, para dar cabida a más fieles en nuestra Iglesia y como tú dices, lograr una mayor unidad, para hacer el bien, si se quiere, en el mundo. Estoy, en términos generales de acuerdo con lo que dices y puedo visualizar lo complicado que será llevar a cabo, aunque sea un veinte por ciento de lo que quieres de una forma exitosa. —Tengo que hacerlo Luciano, si no va a ser inevitable que la Iglesia colapse a mediano o largo plazo. Y debo decir que sería culpa mía ya que desde hace más de veinte años pienso de esa manera y ahora que soy Papa no tengo excusa para no hacerlo. Pierde cuidado, yo sé que no puedo llegar tan lejos como aparece en el libro de notas. Creo que tampoco conviene hacer todas esas cosas al mismo tiempo, y ahora. Posiblemente el año próximo, es el momento. ¡Ambos no pudieron controlar una gran carcajada! A mediano plazo creo que será necesario hacer lo que falte, pero eso, si no lo puedo hacer yo, le tocará a otro Papa, siempre y cuando se elija el adecuado.

—Dejando las discusiones específicas, lo que está en el fondo es que el ser humano está cambiando a una velocidad vertiginosa y lo seguirá haciendo a menos que antes se destruya. Tenemos que quitar el velo que ocultan las injusticias que ocurren, las dictaduras locales que se empecinan en herir a sus propias sociedades y si les sobra tiempo y dinero, a las demás.

—Luciano, hay muchas amenazas de guerra en el mundo, continuó Roland. Siempre las ha habido, pero la diferencia es que hoy en día ya no son más con flechas y cañones. Ahora son armas nucleares y cohetes de gran alcance. Todos estamos siempre rezando para que algún loco no se le ocurra obtener, de alguna manera, acceso a una de esas armas y hacerlas detonar.

—Roland, siguiendo con nuestro tema de los cambios, mi pensamiento, al igual que el tuyo, puede parecer ilusorio, pero el ser humano necesita de ideales y modelos que lo puedan inspirar a hacer el cambio necesario. En ese sentido no lo veo utópico, sino veo el objetivo que nos llevará en esa dirección y llegaras hasta donde puedas y creas conveniente.

—Roland, si quitamos el ruido, por llamarlo así, de todo lo que produce esto, podemos ver una sociedad que no desea que se le manipule y se revela contra todo aquello que no le parece correcto. Todo esto lo hace con una velocidad y difusión espeluznante, mediante correos electrónicos y páginas en el internet, de toda naturaleza. Todo esto nos va haciendo más inteligentes, individualmente y como un conjunto, aunque a veces no lo parezca.

—Luciano, ¿Recuerdas cuando estuve en Washington haciendo el Doctorado en Teología? —Creo haberte contado que me fastidiaba enormemente tener que volver a estudiar materias que ya conocía de memoria. Una vez le comenté al

Obispo de la Habana que ese doctorado me parecía más un lavado de cerebro, debido a tanta repetición, que cualquier otra cosa. En esa oportunidad, por suerte, me hice muy buen amigo del decano de la facultad de teología. No sé cómo lo logré pero pude tomar un mínimo de asignaturas de orden eclesiástico y teológico y tomar otras que me fueron de gran provecho. Unas eran de la facultad de Física y las otras de la de Estudios del Comportamiento Humano. De la facultad de física no me concentré en las asignaturas más técnicas sino en unas que tenían que ver con las aplicaciones y otras, en cierta forma, más con el pensamiento y la filosofía.

De ese período me quedó ese deseo de conocer el rumbo y progreso que estaba siguiendo la humanidad. Cuando me hicieron Cardenal se apareció en mi oficina un señor de aspecto adusto, que sin mayor introducción me presentó un catálogo de publicaciones a las cuales tenía yo el derecho de suscribirme, como parte de los privilegios de haber sido ascendido a la posición noble de cardenal. Me indicó que me sugería que me subscribiera a un máximo de dos publicaciones, porque pasado un mes de haberlas recibido, debería regresarlas a la biblioteca, para uso común de todo el personal del Vaticano.

Le indiqué que deseaba recibir "The Economist" y "Scientific American", ambas en inglés. Me miró como quien ve a un bicho raro. La primera estaba en el catálogo que me había traído. De la segunda nunca había oído hablar y como un siervo obediente, procedió enseguida a tomar nota de la misma.

A través de este tipo de publicaciones, de las conversaciones de periodicidad, por lo menos semanal, que tenía con Rizzo, Silvio y Bergonzi y la asistencia eventual que hacía a seminarios, charlas, etc. me pude mantener bien al día en esos aspectos que me parecían tan importantes.

—Ahora le toca el tiempo a la acción y no podemos dar tregua a la inseguridad y al temor, porque Dios nos ha ofrecido una ventana para que la usemos y no va a estar abierta para siempre.

—Lo más difícil va a ser el Cómo, ya que en el Que, estamos de acuerdo.

—La nueva encíclica saldrá al conocimiento de los sacerdotes y fieles de toda la Iglesia dentro de un mes. La respuesta de los obispos, con pocas excepciones, ha sido en buena parte de los casos, no solamente muy positiva sino entusiasta.

—De los cuatro puntos que toca la encíclica el que parece más complicado de implementar es el celibato voluntario, pero fíjate Luciano, que bien sea que los obispos tienen tiempo pensando en eso, o bien, porque al ser voluntario será también gradual, ellos no han manifestado gran preocupación. Da pie a pensar que no más se puedan liberar de los Votos, la población mundial aumentará considerablemente.

—Con respecto al cuarto punto que es lograr que el sexo femenino esté en igualdad de condiciones con el masculino para poder oficiar en la Iglesia e impartir los sacramentos, decidimos que se hará el anuncio, pero nos daremos un plazo no mayor de un año para poder publicar los detalles en un anexo a esta encíclica.

—Ya he decidido nombrar un Comité especial el cual estará integrado por un mínimo de 30 % de mujeres, entre monjas y mujeres seglares y tendrá la responsabilidad de producir un borrador en máximo seis meses, para ser sometido al Comité de Doctrina que nuestro amigo Silvio encabeza.

—Mi querido gemelo y doble oficial de su Santidad, avísame con tiempo cuando vendrán tú y mamá para tener bastante libre mi agenda y poder hablar un poco más de esto. Pienso que siendo Navidad, no me va a ser muy fácil disponer de todo el tiempo que me gustaría. De todas maneras podremos gozar de algunos privilegios, como el que podamos ver juntos La Capilla Sixtina a la diez de la noche, solo nosotros. La verdad es que sin los turistas se aprecia mucho mejor. —Hasta pronto, se despidieron como siempre y con mucho cariño.

En ese momento entró mi secretario, quien me confirmó que el Embajador de Cuba podría venir a una reunión el lunes y con posterior almuerzo. Justo en ese momento no se me ocurría lo que le iba a decir a Gerardo ni cómo iba a jugar las cartas con él, para que todo resultara de la mejor manera posible. No me preocupaba de sobremanera ya que, de una forma u otra, Gerardo y yo siempre nos habíamos entendido.

Esa mañana del lunes oficié muy temprano una misa a la cual asistieron mis tres amigos, entre otros, y oré para que la Iglesia saliera fortalecida por nuestras acciones. Posteriormente desayunamos los cuatro juntos con mis dos asistentes para revisar la agenda de la reunión que tendríamos en la tarde con todos los Cardenales del Comité de Doctrina. Esa reunión era fundamental, ya que si todo indicaba que podía salir bien, se daría curso al plan que culminaría con el anuncio público que se haría el 24 de diciembre a toda la cristiandad y al mundo entero.

No sabríamos como sería el impacto del anuncio, pero ya había decidido, si era necesario, participar en entrevistas públicas en los diferentes medios. Eso era algo que no acostumbraban hacer los papas con frecuencia, pero en mi fuero interno deseaba que se presentase la oportunidad de hacerlo.

De llegar a darse alguna entrevista ya estaba preparado para casi cualquier pregunta. El tema principal de la prensa y por ende el mismo de la opinión pública, sería: ¿Por qué la Iglesia ha tardado tantos años en hacer algo que era tan evidente y que ha tenido un costo inmenso en términos de fieles, sacerdotes y sobre todo en credibilidad?

Yo no veía tan difícil la respuesta, ya que siempre había pensado que decir totalmente la verdad era el mejor camino. La respuesta indicada era que la Iglesia no ha estado acostumbrada a revocar una decisión o posición que hubiese tomado previamente. Esa idea dicha de otra manera, un poco más elaborada, es lo que hay que decir. No hay que temer que los fieles sepan que de ahora en adelante habrá más participación de ellos y su voz será escuchada. Los fieles aman profundamente a la Iglesia y los temores de un mayor peligro, por ser esta más democrática, son infundados y animados por la inseguridad y desconfianza en nosotros mismos.

El Papa tiene que ser visto como el líder espiritual de la cristiandad y por extensión, del mundo. Esto no significa que él estará dando entrevistas a diestra y siniestra y opinando sobre todo tipo de temas. Estoy de acuerdo que la dignidad del Papa debe ser preservada como el último recurso que es y protegida de cualquier desgaste inútil. Una voz apolítica cuyas opiniones son escuchadas y respetadas. En determinados momentos podría ser un factor clave en la resolución de graves problemas.

Estábamos concluyendo la reunión cuando cinco minutos antes de las once me anunciaron que había llegado el embajador de Cuba. Le dije a mi secretario que lo pasara al salón y que estaría con él en breve. Al concluir la reunión tomé una caja de madera preciosa conmigo y entré en el salón donde me aguardaba Gerardo.

Capítulo VIII Gerardo

Nos dio a ambos mucha alegría vernos y sobre todo esa alegría genuina y sin hipocresía. —Al parecer estas rejuvenecido, Gerardo. Estos climas capitalistas te sientan de lo más bien, o será tu esposa Loli que tiene tan buena mano. —Creo que las dos son razones para que me vea bien, a pesar de lo viejuco que estoy. —A su Santidad no le pasan los años pero debe ser porque tienes a Dios de tu lado y le rezas mucho. Si es así dímelo, para ponerme a rezar a pesar de mis perjuicios.

—Hoy te voy a pedir de forma especial que me llames Roland como siempre lo has hecho, no quiero que pienses que tengo alguna ventaja por ser el Papa. —Conversemos como lo hacíamos muchos años atrás y si no lo podemos hacer, debe ser porque hemos envejecido. —Creo que podremos mi querido Roland. Me parece verte en casa de tu tío Tomasz y aún recuerdo como disfrutábamos nuestras disertaciones.

—Pienso que debes ser el hombre más hábil del mundo, Gerardo. —Sé cómo piensas y si te has mantenido durante tantos años con el Régimen de Cuba, ahí tenemos todos la prueba.

—Reconozco que tengo cierta habilidad para sobrevivir y la clave de mi éxito, presumo que al igual que la tuya, es mantener bien el balance en las relaciones y que nadie te vea como rival, porque si así te ven, tratarán de destruirte de inmediato. Fui nombrado embajador cubano ante la república italiana y la Santa Sede tres meses antes que te eligieran Papa y mi nombramiento no tiene nada que ver directamente contigo, como Papa, ya que en ese momento no eras un *"Papabile"*. Tú si eras y has sido una voz constante en las críticas a mi pobre país. Quizás, el Régimen, en su sapiencia demostrada, habiendo permanecido más de cincuenta años en el poder, decidió que era bueno tener a alguien en la Santa Sede que pudiese en algún momento influir o al menos tener entrada, con un alto representante del Vaticano.

A fuerza de mantener buenas relaciones con casi todas las personas es que he podido, en más de una ocasión, ayudar a alguno que otro infeliz a salir de la cárcel por alguna que otra "falta política". Esto me ha ocasionado cierta dificultad con los oficiales del gobierno, la cual he tratado de subsanar a posteriori, usando mis tácticas diplomáticas y ofreciendo generosamente uno que otro obsequio.

—Bueno Gerardo, como te prometí jugaremos una partida de ajedrez. —Pero esta va a ser especial. Quiero que hagamos una apuesta. —¡Tú, el Santo Padre apostando, que escándalo! —Gerardo, estamos acostumbrados a dejar muchas cosas a la providencia de Dios. Espero que esta vez me ayudes y tomes momentáneamente el puesto de la providencia. Esta mañana oficié una misa y como lo hago con relativa poca frecuencia, si me comparan con papas anteriores, supongo que tiene un valor especial.

—¿Qué tipo de apuesta es? —Algo que pienso podrás cumplir, si no, no te lo pediría. Para que sea justo, si pierdo, me podrás pedir algo que yo pueda hacer por ti. Así que manos a la obra.

Durante cuarenta y cinco minutos jugamos sin hablar, solo nos mirábamos de vez en cuando y siempre se nos escapaba una sonrisa tenue. En ese momento Gerardo cometió una falla, nunca sabré si lo hizo a propósito por no querer ganarle a su Santidad, o es que realmente perdió la partida por una falla tonta.

Al mover yo la siguiente pieza, Gerardo tumbó su rey y me dijo que era técnicamente imposible que el Papa perdiera con todo ese mundo celestial apoyándole.

Reímos un rato, guardamos silencio, y me dijo: ¿Qué quieres que haga yo por ti que un Papa infalible no pueda hacer por él?

—Tienes una agregada cultural en la embajada de Roma que se llama Alina y nos ha causado ciertos problemas en el Vaticano, en especial con uno de nuestros cardenales. He oído que Alina es una mujer muy coqueta y hábil, combinación esta desastrosa para la paz, Gerardo asintió. Es bueno que me comprendas, me ahorraras muchas explicaciones. El favor que te pido que me hagas, es que logres que la envíen de nuevo a Cuba o a donde le dé la gana al Régimen. —Este es un favor muy necesario para nosotros y que además creo que también les conviene a Uds. Me refiero específicamente al gobierno de Cuba y no necesariamente a ti, aun cuando me has dicho anteriormente que esa señora no es de tu devoción.

—El Régimen, como tú le dices Roland, nombró a Alina agregada cultural una vez que te eligieron Papa. En Cuba, el gobierno sabe lo peligroso que serás como Papa, ya que no descansarás hasta que veas un cambio de gobierno en la Isla.

—Claro, para mí, dijo Gerardo, Alina es como una piedra en el zapato por la siguiente razón. Algunos elementos de la cancillería no confían en mí y piensan que no soy incondicional al gobierno. Pienso que ahí Alina juega un papel de espía. Por otro lado no quieren removerme, a pesar de lo viejo que estoy, porque piensan que siendo tu amigo puedo ser de ayuda al Régimen en algún momento.

—No me extraña que a tu Cardenal se le hayan ido los tapones por ella. Por esa razón, mi esposa Loli, que es un encanto, y espero que la puedas conocer pronto. ¡La detesta! ¡No la puede soportar! Siempre repite, "las mujeres tenemos un sexto sentido muy desarrollado, y te digo, que de una u otra forma esa mujer te va a perjudicar". Todos los días me dice que tengo que regresarla a Cuba y si es posible a la prisión de mujeres de Guanajay a pasar el resto de sus días a trabajos forzados y preferiblemente fregando platos.

—Gerardo, te voy a comentar lo siguiente, no para forzarte en forma indebida, sino para que guardando la discreción del caso, estés al tanto de la urgencia de la medida que debes tomar.

—En estos días se ha descubierto, que durante la última visita del Papa anterior a Cuba, Alina hizo amistad con un Cardenal que prefiero no nombrar. Tanto el Cardenal como Alina estaban encargados de la coordinación de los eventos relacionados con dicha visita. Entablaron cierta amistad y para hacer el cuento corto, recientemente conspiró con él para envenenarme. No sé cuál fue exactamente su participación y la única forma de saberlo con alguna precisión es abriendo el caso contra ella. He preferido hablar contigo antes para tratar de evitar dicho trámite y por ende el escándalo.

—Por suerte solo unas pocas personas en el Vaticano conocen del incidente por ahora y espero que pueda permanecer así.

—Al final de todo, si no hubiera sido por mi hermano gemelo, el sacerdote y mis amigos cardenales, quizás no estaría aquí para contar este cuento tan desagradable.

—Roland, pienso que te debo esta explicación para que comprendas mejor el caso y entiendas más las circunstancias. Alina manda más en Cuba que yo, e inclusive que el Canciller. Cuando la nominaron para que viniera a la embajada de Roma, yo me opuse con toda mi energía ya que sin mucha dificultad podía visualizar los problemas que me esperaban. La respuesta que recibí del Canciller fue, que no me opusiera más, porque el resultado que iba a lograr era que me regresaran a mí, en vez de a ella; que sobraban candidatos más jóvenes e idóneos que yo para ocupar la posición de Embajador en Roma. Tú sabes que tengo muy buenos amigos en Cuba y siempre he tratado de mantenerme al margen de toda querella para poder subsistir. Pero en este caso no tengo la fuerza necesaria para lograrlo, a menos que tú me ayudes. —¿Y cómo te puedo ayudar?, dijo el Papa.

Gerardo se quedó pensando por un momento y ambos quedamos en silencio, por un par de minutos, tiempo este que me lució infinito bajo la circunstancia.

—Roland, sin quererlo me has dado la clave y por lo

tanto la ayuda que necesitaba. Lo has sugerido sin pensarlo. La forma más rápida para que Alina se vaya de aquí es contando lo sucedido con ella, al Canciller. No será difícil convencer a las autoridades cubanas, que la Policía de Roma y la Guardia Suiza, se verían obligados a divulgar el involucramiento de Alina en el caso del atentado, si es que los cubanos no resuelven el problema de inmediato, sacando a Alina del mapa.

Esto podría traer un gran conflicto y escándalo, dijo Gerardo. El gobierno cubano trataría de evitarlo a toda costa. La política exterior de Cuba es de muy bajo perfil para así mantener esa imagen de la pastorcita que está continuamente asediada por el gobierno imperial del ogro norteamericano.

—Ahora deja todo de mi lado, Roland, y que no se hable más por ahora del asunto, ya que podría darle un mal sabor a lo que estamos casi listos para comenzar.

Después de esta pequeña charla y con la respuesta afirmativa de Gerardo entramos ambos al comedor.

Gerardo me contó, con la reserva del caso, que en algún momento del próximo año pensaba desertar o en realidad prefería la denominación de pasar a retiro, e ir posiblemente a Miami donde él y Loli tenían más familiares de los que querían tener. En Cuba, solo les quedaban un par de primos, uno comunista recalcitrante y el otro entregado a su destino de pasar necesidades en la vida, tal como estar preocupado durante todo el día de lo que podía encontrar para comer.

—Roland, ya yo estoy más viejo y aun cuando no me puedas creer lo que te voy a decir, te diré que durante toda mi vida, y por mi amor a Cuba, he tratado, primero con Batista y luego con Fidel y Raúl, que en Cuba haya paz. Mi deseo ha sido siempre que se pueda establecer un sistema más democrático donde el pueblo tenga más oportunidades y la posibilidad de expresar su opinión, sin reservas, ni miedo. No sé si tú lo sabes, pero tu Tío Tomasz y yo hicimos un pacto que nos obligaba a quedarnos en la Isla a pesar de la escasez y la falta de libertad que había en Cuba. Nuestro propósito fue lograr que entre los dos pudiéramos ayudar a cubanos necesitados de diversa manera. Esto lo hicimos sin que nuestra mano izquierda supiera que hacía la derecha y muy poca gente supo quién los ayudó.

—Para reforzar el punto te diré, aun a riesgo de no parecer modesto, que yo soy de las personas mejor preparadas en Cuba para poder triunfar fuera de ella. Primero hablo inglés, francés e italiano como nativo de esos países y en menor grado algo el ruso y el portugués. Tengo un doctorado en economía, y una buena mente comercial. Si hubiese salido de Cuba hace años creo que no me hubiera ido nada mal. Solo me quedé con la idea de tratar de ayudar a mi pueblo, cosa que traté de hacer y logré con relativo éxito. Tampoco quiero ser hipócrita y debo reconocer que como privilegiado que era, no la pasaba tan mal como la generalidad de los cubanos en la Isla ¡Eso me angustiaba más!

—Después de tener a Loli y estar algo mayor, ya solo ansío para los pocos años que me quedan, pasarlos en su compañía, disfrutar de la familia y las cosas buenas que ofrece la vida. Sobre todo siendo lo que uno realmente es y no caminando con una máscara, mostrando a cada momento, la cara que los demás quieren ver de mí, y yo quiero que vean.

Bajo ninguna razón Cuba querría tener la publicidad de

una deserción en sus filas diplomáticas, sobre todo de un hombre como Gerardo que hablaba inglés perfecto y podría tener las entrevistas que quisiera en las cadenas principales de televisión. Su salida de Roma se manejaría con un perfil muy bajo y sería, sin lugar a dudas, negociada con el Régimen. Ya Gerardo había hablado con el embajador norteamericano y su visa a ese país, para él y Loli, sería otorgada de inmediato. Pasarían un par de meses en Suiza para dar la oportunidad a que bajara el vapor de lo sucedido y de ahí tomarían el avión hacia Miami.

"Después de tantos años de trabajo, muchos de ellos fuera de Cuba, Gerardo había podido hacer los ahorros necesarios para su vejez. La familia de Loli era muy afluente en Miami y no le faltarían los "barbecues", como dicen los gringos y alguna que otra fiesta de postín".

Capítulo IX El Almuerzo con Gerardo

Habiendo concluido la parte álgida de la reunión entre el Papa y Gerardo, Roland lo invitó, esta vez, a brindar con un mojito primero y bebiéndolo, se dedicaron a conversar con su devoción habitual. Siempre lo hacían con gran alegría, como era costumbre entre ellos, y sobre todo cuando tocábamos el tema de mi tío Tomasz.

Gerardo me dijo que al igual que él, Tío Tomasz se había casado tardíamente y según él eso le había permitido ganar experiencia, ocuparse de las labores educacionales y ayudar todo lo posible a la gente. Yo ya me había enterado de tan feliz evento por labios de mi propio tío, quien me había llamado como para buscar la aprobación de su único familiar vivo conocido. Mi tío y yo, en estos últimos años, hablábamos por teléfono con una frecuencia por lo menos mensual.

No le dije nada a Gerardo y mantuve una cara de sorpresa que me costó trabajo fingir. Noté una sonrisa de satisfacción en su cara, típica de las personas que le dan una buena primicia a alguien a quien quieren. Mi tío mantenía la nacionalidad Británica, obtenida bajo el nombre de Paul Frazer, el cual seguía usando como su nombre oficial. Su ciudadanía le permitiría salir de Cuba cuando él quisiera.

Cómo se sentía más cubano que José Martí, solo veía a Miami como su único destino en el exterior. Gerardo y él ya habían conversado que vivirían cerca en esa ciudad y así podrían continuar con sus tertulias y serían como una familia extendida.

El almuerzo estuvo a la altura de la cocina vaticana, todo delicioso: de primero, tortelonis en salsa de tartufo, y de segundo el legendario pescado blanco en salsa verde acompañado con vegetales. De postre una cesta de "patisería con gelatos" y "frutos del bosco".

Le hablé a Gerardo de la labor que tenía por delante con respecto a la próxima encíclica. Le dije que estábamos ya redactando el discurso para informar de la misma a los obispos y a toda la cristiandad. Que todavía existían algunas diferencias de opinión entre mis colaboradores, pero no muchas acerca del contenido de la encíclica, sino más bien, sobre el detalle de cómo presentarla.

—Roland, ya han pasado muchos años para nosotros. —Dijo Gerardo, y durante todo ese tiempo te has mantenido fiel a tu Iglesia esperando pacientemente, como todo buen jugador de ajedrez, a que te tocara hacer la jugada decisiva y poder ganar el juego. —Oye Roland, —creo que has sido un buen discípulo de Niccolo Macchiavelli, pero debo reconocer que eres infinitamente mejor persona que Cesar Borgia…"Roland le ofreció una mirada gélida a Gerardo". —Perdón su Santidad, a ratos solo veo a Roland y no al papa, trataré de enmendar ese error. —Gerardo, me agrada lo que haces de vez en cuando. Yo me siento que soy Roland aunque mi actual trabajo sea ser Papa.

Nos despedimos con un abrazo cálido y me dijo al

oído, aun cuando no había nadie cerca y nadie nos podría escuchar, manías de Gerardo logradas a través de muchos años de vivir en un sistema que reprime las libertades. —"Tanto tu tío Tomasz como yo te hemos querido siempre como al hijo que nunca hemos tenido, aunque entre tú y yo no haya tanta diferencia de edad. Estamos muy orgullosos que hayas llegado hasta este lugar tan solo por tu esfuerzo y capacidad. Además, lo más difícil que has logrado es, que una vez llegado ahí, no te hayas aburguesado, manteniendo los ideales por los que siempre has luchado". —Roland, te dejaré saber cuándo esté resuelto el pequeño asunto que conversamos... En principio, eso debería estar concluido antes de la próxima semana. Gracias por el almuerzo y algo más.

—Señor Canciller, le habla Gerardo Cuevas de la embajada de Roma y La Santa Sede. El Canciller se sintió impresionado ya que generalmente se referían, desde Cuba, a la embajada en Roma. —Gerardo, puedo reconocer tu voz, ¿qué pasa, está bien Loli? —Si muy bien.

Es conveniente aprovechar la ocasión para decir que Loli, la esposa de Gerardo, era hija de uno de los comandantes más respetados de la revolución. Ella nunca había sido una revolucionaria pero siempre estuvo protegida por su padre quien cada vez que podía la enviaba a cursos o asignaciones fuera de Cuba y la preparó para que fuera una dama exquisita y culta. Para evitar problemas políticos, su padre se encargó que estuviera al frente de varias dependencias culturales. Fue responsable principalmente de la academia de Ballet Alicia Alonso, en la cual era la coordinadora de giras, trabajo este que le permitió hacer muchos viajes fuera de la Isla.

Desde hacía unos cuantos años Loli había entablado

una gran amistad con Gerardo Cuevas, quien en ese momento era el embajador de Cuba en Venezuela, puesto este, que no era muy de su agrado por ser demasiado administrativo para su gusto. Además la embajada padecía de una relación de amor y odio con el gobierno venezolano y por extensión con algunos ciudadanos de Caracas, donde estaba ubicada. A pesar de estos inconvenientes le cogió mucho cariño a Venezuela por ser un país espectacular, Caracas una ciudad con un clima envidiable, rodeada de montañas y sobre todo la calidad y simpatía del venezolano, muy similar al cubano.

Debemos recordar que desde el principio de la revolución cubana, Castro envió milicianos a las montañas de Venezuela para luchar contra el ejército de ese país y socavar una democracia incipiente como la de Venezuela. Cuba tuvo la mala suerte que se topó con el presidente Rómulo Betancourt, marxista en sus inicios, al igual que Fidel, pero que se dio cuenta muy a tiempo del fracaso que tendría un comunismo en Venezuela o en cualquier otra parte. La guerrilla fue derrotada por el ejército venezolano y los guerrilleros que quedaron fueron más tarde "pacificados" por el gobierno de Rafael Caldera. Lo anterior representó, conjuntamente con la muerte del Che Guevara, en Bolivia, el fin del proyecto de Castro en Latinoamérica o al menos así se pensó en ese momento. A partir de entonces, Fidel tendría que pensar más en África.

El embajador y el canciller retomaron de nuevo el motivo de la llamada telefónica, y Gerardo no tuvo que hacer ningún esfuerzo en contarle al canciller parte de lo sucedido con Alina y le comentó que la Santa Sede había establecido plazos muy cortos para la repatriación de Alina de regreso a Cuba o a donde determinara la cancillería cubana.

Entonces, dijo el canciller enfurecido, —Sabíamos que el Papa era el primer militante en contra del gobierno cubano. Alina fue enviada a Roma para tratar de evitar el daño ocasionado por dicha circunstancia. A lo que Gerardo contestó —Si Uds. confiaran un poco más en Gerardo Cuevas, se darían cuenta, que bajo mi condición de amigo del Papa a mí me hubiera sido más fácil convencerlo que era recomendable, en algunos momentos, reducir la intensidad de sus ataques hacia Cuba, o en fin, buscar negociar algo. —Gerardo, creo que yo te conozco muy bien y soy de los que más te aprecia en el gobierno y si no fuera por mi ayuda estarías enterrado en Tarará o en cualquier lugar de esos fuera de la Habana. —No sé si el gobierno está del todo consciente pero yo como canciller, lo estoy. Tienes todos tus familiares fuera de Cuba, casi todos en Miami, al igual que los de Loli, y además de todo, están en muy buena posición económica.

—Te agradezco tu amistad, Canciller, la cual me consta me tienes y con la cual me honras, pero debemos volver a nuestra conversación. Gerardo continuó hablando y le refirió al canciller cubano todo lo sucedido con Alina y sin omitir esta vez ningún detalle. Le habló de la urgencia de repatriarla a Cuba, antes que la investigación acerca del atentado al Papa comenzara a ser *vox populi* y ella fuese investigada por las autoridades del Vaticano y las italianas. Los resultados podrían ser desastrosos para el gobierno de Cuba.

Alina no gozaba de inmunidad diplomática y el resultado de la investigación sería catastrófico. —Permítame recordarle señor Canciller, que de acuerdo con las autoridades del Vaticano, Alina está implicada en conspiración por magnicidio o cuando menos intento de magnicidio, acusación esta que no se puede tomar a la ligera, pero tenemos a favor, que la Iglesia tampoco desea que la noticia sea difundida. Tenemos que aprovechar esa circunstancia, y es ahora.

"El canciller comprendió perfectamente la urgencia del caso y le dijo a Gerardo que tomaría cartas urgentes en el asunto. Tal parecía que a Alina le había durado poco su estadía en Roma. Ahora tendría que regresar a su patria querida donde sin duda no le esperaba una cálida acogida".

Capítulo X El Comité de Doctrina

La reunión del Comité de Doctrina la abrió el Cardenal Ponti. Estaban presentes todos los miembros del comité, 14 en total. Yo siempre estaba como invitado especial y ocupaba un puesto junto al Cardenal Thompson de los Estados Unidos y al Cardenal Espinosa de España. Los cardenales ya estaban acostumbrados a mi presencia la cual yo trataba de mantener sin gestos ni comentarios. A muchas reuniones de otros comités no asistía, por no considerarlo necesario, a menos que fuera un tema de mi particular interés o no tener otras ocupaciones como parte de mi agenda.

Mi presencia en cualquiera de las reuniones era una sorpresa. Mi silencio solo era interrumpido cuando algunos de los cardenales se dirigía a mí con alguna pregunta. A veces las dejaba pasar, haciendo un breve comentario con toda la intención, dándoles a entender que mi presencia en la misma, era de carácter informativo y nada más que eso. El Comité era responsable por hacer su trabajo. El mío era estudiar las resoluciones propuestas por el Comité y aprobarlas si estaba de acuerdo.

El objetivo de esta reunión del Comité de Doctrina en particular, quizás la última antes de fin de año, era verificar si los comentarios principales a la carta encíclica del Papa, habían sido aclarados y contestados a los respectivos obispos y si se consideraba que había suficientes dudas como para postergar la publicación definitiva de la encíclica para el próximo año.

El Cardenal Ponti informó que todo estaba listo para hacer el anuncio. Se tomó la libertad de decir que los cuatro temas propuestos en la encíclica no habían tenido reacciones negativas, solo algunos comentarios sobre su implementación, para la cual se había dado bastante libertad a los obispos. El Cardenal Thompson, sentado a la diestra del Santo Padre, comentó que todo le parecía muy positivo, pero era muy extraño que todo hubiese fluido tan bien, rápido y fácil. El Papa sonrió y tan solo dijo que para él no era del todo sorprendente, ya que en su opinión, estos cambios se deberían de haber adoptado mucho antes en el tiempo. Se hizo el silencio y Ponti no pudo controlar una leve sonrisa.

La tarea de la redacción del discurso papal sería hecha en primera instancia por los dos secretarios del Papa, quienes se encontraban presentes. Dicho borrador sería revisado por el Cardenal Ponti y Espinosa para finalmente ser dado a la consideración del Papa a más tardar el día veintidós de diciembre, ya que el discurso del Papa a toda la feligresía y el mundo, desde la Plaza San Pedro, sería el 24 de diciembre a las 3:00 pm. Sería televisado, por supuesto por CTV y retransmitido en vivo a todos los países del mundo a través de sus estaciones de televisión. Hasta el momento todo lo que sabían los medios de comunicación era que el Papa tenía que hacer un anuncio importante.

Nada alimenta tanto la curiosidad como la ignorancia. Definitivamente el no saber y querer hacerlo, es la mejor herramienta de mercadeo.

A partir del 18 de diciembre, fecha en la cual se anunció que el Papa daría un discurso, los rumores de toda naturaleza no se hicieron esperar. Algunos decían que el Papa anunciaría un nuevo dogma relacionado con un hallazgo recientemente hecho en Egipto. Otros que el Papa debía renunciar por razones de salud y así sucesivamente. El de la renuncia por salud fue el único que incomodó al Papa, ya que si algo cuidaba muchísimo era su salud, con esas carreras matutinas y manteniendo su peso a expensas de algunos sacrificios. Por supuesto que también se especulaba que el Papa haría cambios importantes de doctrina al *status quo*. Todos estos rumores y sus interpretaciones causaron un gran interés a nivel mundial. Algunos de mis colegas se sintieron un poco incómodos pero a mí los rumores me parecieron positivos, ya que en mi opinión focalizarían el interés del mundo en la Iglesia Católica, a la cual más y más personas querrían pertenecer después de escuchar el discurso.

Ese mismo día por la tarde llamó Luciano para anunciarme que al día siguiente al mediodía llegaría con nuestra mamá y un amigo de ellos. Me emocionó mucho la noticia, sobretodo en un momento en el que estaba tan ansioso y nervioso. Pensé para mí, que la visita de mi hermano y mi madre me ayudaría a pasar de una forma agradable los días hasta el 24 de Diciembre, cuando haría el esperado anuncio.

Hice lo que esperaba fuera la última revisión al discurso. Tan solo me tomó una hora y luego le devolví el documento al Cardenal Ponti, esta vez solo con una pequeña modificación de tipo cosmética. Le dije a Silvio que de tanto revisarlo me lo sabía casi de memoria y que solo necesitaría una ayuda memoria de una sola página, la cual me permitiría hablar sin tener que leer nada, causando en la audiencia un efecto de total espontaneidad.

Le pedí a Silvio que se quedara unos minutos conmigo y le pregunté si por casualidad había hablado con Luciano, quien de acuerdo con todo pronóstico aparecería al día siguiente al mediodía. Silvio me dijo que tenía unos quince días que no hablaban por teléfono pero que la última vez que lo hizo lo encontró inusualmente alegre.

Roland le informó a Silvio, asumiendo un aire confidencial, que estaba planeando una cena con su mamá, Luciano y el visitante misterioso que venía con ellos. Deseaba que en la misma estuviera él con Rizzo y Bergonzi. Serian un total de siete personas. ¡La misma sería en la Capilla Sixtina! Dijo con emoción.

Quedaron así de esa manera y con la misma Roland se despidió de Silvio con la excusa que deseaba permanecer solo para poder pensar en todo lo que venía.

Pedí un bocadillo con media botella de Chianti, para que me la llevaran a mi despacho. No había terminado de hacer el pedido, cuando cambié de opinión y pedí que fuera una botella completa de ese líquido color rubí. Lo que me proponía hacer esa noche me tomaría varias horas y no se me ocurría mejor compañero, en ese momento, que la fiel botella de Chianti.

Hacía un par de meses que no había escrito nada en mi cuaderno pero esa noche tenía la necesidad de escribir acerca de un tema muy difícil el cual recordaba con bastante frecuencia…

La última semana que pasé en Cuba fue muy intensa,

tanto porque quería tener a mi remplazo en la parroquia totalmente entrenado y porqué además, todavía había una laguna o misterio que tenía que conocer antes que partiera de Cuba, apenas en el lapso de unos días.

Mi padre, en su lecho de muerte, me habló muy superficialmente de mi tío Tomasz y no me comentó como se habían sucedido los eventos desde que salieron de Polonia hasta que se separaron en Trieste. Aun cuando no le había preguntado con precisión a mi tío, si notaba que cada vez que me acercaba al tema se le ponía un color rosado en la piel y con la mayor sutileza cambiaba la conversación. Esta vez no dejaría que lo hiciese.

Le había pedido a mi tío que deseaba cenar a solas con él para que pudiéramos hablar sin ser interrumpidos por nadie. Eso sucedió tres días antes de mi salida para Washington. ¡Era ahora o nunca!

Capítulo XI El Escape

Al comenzar la cena, abordé mi tema de interés, sin mucho preámbulo. La pregunta fue directa. —Tío, por favor, cuéntame los detalles de lo sucedido a mis abuelos y todo lo que le pasó a mi papá y a ti, desde que salieron de Polonia hasta que llegaron a Trieste.

Mi tío palideció, pero esta vez no tuvo más escapatoria que empezar a narrar como sucedieron esos eventos. El rostro se le transformó y dirigió su mirada hacia el techo como si estuviera esperando algún tipo de inspiración. Se tomó un gran sorbo de vino y empezó a lo que pareciera, comenzar a recordar un capítulo de su vida el cual estaba preso en su memoria. "Sendas lágrimas aparecieron al instante en sus ojos". De repente tío Tomasz comenzó a narrar...

"Estábamos en el mes de julio del año 1939, cuenta mi tío Tomasz. Por ese entonces vivíamos en Cracovia y hacía ya varios días que sentíamos mucho calor. Se sentía muy espeso el aire y no era solamente por el exceso de humedad que había, por lo demás rara en esa parte del país, sino porque la misma penetraba como un temor oscuro que reptaba por todas partes y que nos mantenía casi paralizados. ¡Ese era el miedo!

Polonia había tenido desde hacía más de dos siglos una

historia de guerras, invasiones, escasez, etc... —Roland, uno nunca se acostumbra a la guerra. Mientras ocurre o la estas esperando, tienes en forma continua un peso en el centro del pecho, que debe ser lo más próximo al infarto. Así estábamos todos en Cracovia. No podía ser diferente por más que quisiéramos.

Mi amada Polonia está localizada entre La Unión Soviética y Alemania, dos angelitos que se encargarían de hacernos la vida totalmente imposible. Solo nos ayudaba que Polonia era un país muy cristiano y el nivel de fe de sus habitantes era asombroso. ¿Cómo iba a ser distinto?, Creo que era la única forma de vivir. Y lo digo yo, quien padezco una especie de escepticismo natural que es a toda prueba.

Una noche a principios del mes de julio, nuestros padres nos reunieron a Roland y a mí. Nos dijeron que tristemente se estaba fraguando la invasión a Polonia por los Nazis, que esto era inevitable y que si por alguna casualidad no ocurría, tendríamos a los soviéticos entrando por el noreste del país, quizás ambos. Ellos se sentían en la obligación de protegernos y para lograr eso tendríamos que pasar de muchachos a hombres en el lapso de pocas semanas.

Nuestros padres decidieron que tu padre y yo fuéramos a una finca que tenían unos tíos nuestros, muy queridos, y que estaba en las afueras de Cracovia. Nos dijeron que ellos permanecerían en la ciudad al frente de su negocio de librerías y estarían pendientes de los acontecimientos. Nos insistieron que no debíamos preocuparnos, ya que ellos estarían bien y en cualquier momento nos reuniríamos de nuevo en la finca de nuestros tíos.

Nuestros padres poseían una gran cultura general y habían sabido transmitírnosla directamente. Además, en el colegio habíamos aprendido el alemán en forma casi perfecta, teníamos conocimientos rudimentarios de ruso y mi padre nos había insistido mucho en la importancia de aprender inglés, ya que según él, gradualmente se estaba convirtiendo en el lenguaje más hablado en el mundo. Nosotros no entendíamos por qué, ya que estábamos rodeados por países que no eran de lengua inglesa. —Querido sobrino nuestro mundo era todavía muy pequeño en esa época.

La explicación es muy sencilla, dijo mi padre. La capacidad bélica, tanto de los alemanes como de los soviéticos será eventualmente neutralizada, afectando así la expansión de esos dos idiomas. Por lo demás el alemán es un idioma bastante completo y por ende complejo. Los únicos países que lo hablan, en forma oficial, son Alemania, Austria y parte de Suiza, además de algún principado pequeño. El alemán es difícil de hablar, comprender y escribir. Además la gente no querría hablarlo debido a la antipatía natural en contra de las ambiciones expansionistas de Alemania. Su teoría acerca del ruso era similar.

Inglaterra es el país que lidera la revolución industrial, tiene colonias y ex-colonias en todos los continentes del mundo. El inglés se habla en países de gran desarrollo como Estados Unidos y Canadá; grandes centros financieros como Hong Kong y Singapur; además de ser el único idioma general hablado en la India y Paquistán. También es el idioma oficial de Australia, país gigantesco y de gran porvenir, además de Nueva Zelanda, país pequeño pero de gente muy trabajadora.

El inglés además, tiene la virtud de ser un idioma

conciso y gramaticalmente sencillo. La demostración más fácil es comparando el grueso de un libro escrito en inglés con las traducciones efectuadas a otros idiomas. Los libros en inglés tienen irremediablemente un menor número de páginas.

Creo que con la explicación hecha por nuestro padre era muy fácil hacer el pronóstico que el inglés sería, el segundo idioma, que adoptarían la mayoría de personas y países.

Dada esa explicación tan suficiente para todos, desde bastante jóvenes estudiamos ese idioma en el Centro Británico en Cracovia. Para ese momento crucial en que nuestros padres nos reunieron en casa de nuestros tíos, tanto mi hermano Roland como yo, no teníamos ya ninguna dificultad para comunicarnos en ese idioma.

Antes de que nuestros padres se despidiesen de nosotros, nos dijeron que habían dejado todos nuestros documentos con los tíos, y que ellos nos lo darían a nosotros en caso de cualquier eventualidad. Esta última frase fue dicha con tanta tristeza que tanto a mi hermano como a mí, casi se nos paralizó el corazón.

En ese momento no lo sabíamos, pero mis padres habían preparado un plan bien concebido para una eventual escapatoria nuestra hacia el mediterráneo, concretamente hasta Trieste, Italia. Desde ahí sería posible continuar en Italia, o tomar un barco cualquiera de la marina mercante desde el Adriático, el cual nos podría llevar hasta América. Esta última era, a pesar de su lejanía, la recomendación preferida por nuestros padres.

Para preparar ese plan los ayudó muchísimo el hecho,

que siendo dueños de librerías, habían conocido y entablado amistad con otros libreros y clientes en países como Austria, Checoslovaquia y sobre todo Italia.

Adicionalmente, desde que éramos pequeños y cuando teníamos vacaciones, nuestros padres hacían con nosotros lo que nos parecía ser un juego. Aún no podíamos imaginarnos que dichos juegos nos serían de gran utilidad una vez llegara el momento de huir de Polonia.

El juego comenzaba desde que salíamos temprano de nuestra casa. Mi papa, mi hermano y yo teníamos que llegar a un sitio predeterminado, el cual estaba señalado en el mapa que llevábamos. Para llegar hasta ahí contábamos con una semana. Solo llevábamos la ropa que teníamos puesta, una brújula, un cuchillo y una botella vacía.

Mi padre había organizado un sistema de evaluación en el cual se nos descontaban puntos si se cometían faltas tales como, el que alguien nos viera. La idea era que cada vez que saliéramos descontáramos menos puntos de los descontados durante la salida anterior. Justo al momento de salir de casa nos deteníamos a estudiar el mapa y establecíamos un plan de ruta. Nuestro padre nos enseñó a recorrer el camino por donde había ríos o riachuelos y no habían pueblos cerca. Aprendimos a conocer cuáles eran los frutos o plantas comestibles, aprendimos también a hacer fuego, cazar animales pequeños y a dormir con ramas de árboles encima para protegernos lo más posible del frío. Nunca nos hubiésemos imaginado la utilidad que tendrían aquellas prácticas similares a un juego, en nuestro escape de Polonia.

Siempre cuando terminábamos el recorrido nos

deteníamos en el pueblo señalado como la llegada, entrábamos en un hotel que mi papá conocía y ahí estaba mi mamá esperándonos. Ella nos traía ropa limpia y nos aseábamos para después comer un almuerzo que siempre nos parecía espectacular. La sensación de logro era indescriptible. Nos sentíamos gigantes en todos los sentidos. De regreso, mi papá conducía nuestro automóvil y podíamos darnos cuenta de la enorme distancia recorrida.

Mis tíos no esperaron el alba del primero de septiembre de 1939. El sábado 29 de julio, después del desayuno, nos reunimos los cuatro y mi tío nos dijo que el tiempo se había agotado y tendríamos que partir de inmediato. El plan era que ellos nos dejaran en casa de unos amigos de mis padres, muy cerca de la frontera con Checoslovaquia. Para ese momento Alemania había tomado parte del sur de Checoslovaquia y anexado Austria a su territorio. Esto había sido efectuado con un mínimo de violencia para los estándares nazis, sobre todo si lo comparamos con la extrema brutalidad de la invasión a nuestra querida Polonia, la cual desgraciadamente ocurriría el primero de septiembre al amanecer.

Nuestros tíos nos dijeron que iban a regresar a su finca donde se reunirían más tarde con nuestros padres. La idea era poder observar los acontecimientos de la guerra desde cierta distancia, minimizando el peligro al máximo. No tenía mucho sentido, según mis tíos, unirse al ejército polaco, ya que Alemania posiblemente arremetería con una violencia nunca vista en una guerra anterior.

Nuestros padres antes de irse de casa de nuestros tíos nos hicieron jurar, principalmente a Roland, como hermano mayor, que pasara lo que pasara nosotros debíamos seguir adelante y si era posible llegar a América.

La guerra no iba a ser corta pero posteriormente todos podríamos reunirnos.

Nada de eso ocurrió. Por las noticias recibidas posterior a la invasión, las esperanzas que nuestros padres continuaran con vida eran mínimas.

Los amigos checoslovacos de mis padres nos aconsejaron que pasáramos a Austria y que desde ahí tratáramos de ganar Trieste donde todavía llegaban algunos barcos que tenían como destino a América.

Roland y yo pasamos la frontera con Austria por un sitio apartado de las vías principales. Caminábamos de noche y tratábamos de dormir durante el día. Llevábamos suficientes provisiones para poder atravesar la mayor parte de Austria y podríamos llegar, sin pasar hambre, hasta la finca de los señores, Von Bitchler cerca de la frontera con Italia.

Los señores Von Bitchler eran austríacos de pura fibra y a pesar que Alemania había anexado Austria a su territorio, nuestros queridos anfitriones se mantenían totalmente leales a sus valores austríacos.

Permanecimos en su casa durante dos días, más que nada, por insistencia de ellos. Creo que la verdad era que deseaban nuestra compañía, ya que nos confesaron que no se sabía en qué personas podían confiar en esos momentos.

Antes que partiéramos nos recordamos de la promesa hecha a nuestros padres, de no mirar hacia atrás y continuar hacia adelante. ¡Que nosotros no éramos bobos! Que debíamos cuidarnos mucho para que todos nos pudiéramos reunir después de la guerra. "Esa última frase me atormentaría toda mi vida…"

No estaba seguro que mis padres hubiesen muerto, pero después de varios años, pude hablar telefónicamente con la familia checoslovaca, cuyo país estaba ahora dominado por los soviéticos. Me dijeron que habían llamado por teléfono en unas tres o cuatro ocasiones a las librerías de mis padres en Cracovia. Los informes que habían recibido de las personas que estaban ahora al frente de ese negocio, eran que, sin estar totalmente seguros, parecía que nuestros padres hubiesen fallecido en los bombardeos. Nunca más se había sabido de ellos ni habían vuelto para reclamar su negocio.

Ya viviendo yo en Cuba, los llamaba frecuentemente para saber si tenían noticias contrarias a las anteriores y sobre todo para saber si por casualidad habían sabido algo sobre el paradero de mi hermano Roland. La rapidez de mi salida de Trieste, en barco, resultó en que no tuvimos tiempo para dejar pistas ni conexiones mediante las cuales pudiéramos haber entablado un punto de comunicación y así poder saber dónde estaba cada uno de nosotros y como podíamos ser localizados.

El sufrimiento era enorme y tengo que aceptar que muy cobardemente decidí no tratar de averiguar más nada y continuar con mi vida de la forma más conveniente posible. En esos tiempos todo era conveniencia, porque siempre se tenía el sentimiento que no estábamos haciendo todo lo que deberíamos hacer para continuar con dignidad por la vida.

Durante ese tiempo me despedí de la fe y la religión

que me habían acompañado durante esos años tan difíciles. No me podía caber en la cabeza como era que un Dios todopoderoso que nos había creado, supuestamente para darle felicidad a sus criaturas, se empecinaba en hacer todo lo contrario. No había una explicación para eso, o al menos una que fuese lógica para mí.

Roland, traté de arreglar mi vida sin tener que recurrir más a esos pensamientos y aquí como me ves, he podido fabricarme cierta felicidad conveniente, la cual solo me abandona cuando cierro los ojos y, durante el sueño, los demonios me acosan sin piedad. Tú has llenado un gran vacío en mi alma y no sabes lo triste y alegre que estoy. Triste por tu partida y alegre porque estoy seguro que llegarás lejos en la jerarquía eclesiástica y al fin podremos escuchar una voz en la cristiandad, que nos llene realmente de sentido común.

La muerte prematura de mi querido hermano Roland, de la cual he sabido por ti y no por mi propio esfuerzo, hace que los demonios regresen con más fuerza. Solo me consuela que tuvo una esposa a la cual amaba y por la cual era amado y a dos hijos de mucha nobleza y espíritu de lucha. Tu hermano Luciano, por lo que me has contado, se ha dedicado a llenarle a tu mamá, el vacío dejado por mi hermano y a hacer el bien como solo saben hacerlo los curas de pueblo. Tú tendrás todavía una responsabilidad mayor y ante ella no te deberá temblar el pulso.

Capítulo XII Penurias, pero siempre Amanece

Después de una breve pausa y un suspiro profundo, continuó la narración el tío Tomasz... "Ya estaba bien entrado el mes de octubre y comenzaba a hacer bastante frío, sobre todo en las montañas del norte de Italia, sitio en el cual Roland y yo nos encontrábamos. Italia estaba ya cuadrada con el asesino Hitler, y su par Mussolini, quien a pesar de ser italiano y por ende de un temperamento más "risueño", era también extremadamente peligroso. La suerte era que el ejército italiano no estaba tan bien organizado como el alemán y eso nos permitió llegar a Trieste más rápido de lo que habíamos calculado.

Tuvimos una serie de penurias durante el viaje hasta Trieste y en más de una ocasión estuvimos a punto que nos detuviera alguna patrulla alemana o italiana. Poco antes de llegar a esa ciudad nos topamos con un rio bastante caudaloso en el que aprovechamos y nos bañamos. Iba a dejar la mochila en la orilla del rio, cuando me descuidé y la corriente me la arrebató. Para cuando me pude voltear, no la pude ver. Caminamos y buscamos por más de dos horas sin encontrar señales de la misma. Se había perdido irremediablemente. Estaba indocumentado, ¿qué podría hacer ahora?

De regreso al camino que llevábamos, llegamos hasta

donde estaba una casa pequeña que parecía estar desierta. Entramos, y primero que nada buscamos algo de comida. Enseguida nos pusimos una ropa que encontramos, la cual nos dio un aspecto más presentable.

Había algo de dinero que también tomamos, descansamos y comimos algo para poder llegar a Trieste con la mente clara. No sabes cómo me duele eso que hicimos. Entiendo que fue por necesidad y desesperación, pero en fin espero que esa familia nos haya sabido perdonar.

Fuimos directamente al puerto donde había un barco de la marina mercante zarpando y otro esperando para atracar. Esperamos impacientemente a que lo hiciera y nos dirigimos a quien nos pareció ser el capitán. Le dijimos que queríamos embarcarnos con ellos, que no teníamos mucho dinero pero que podríamos realizar cualquier tipo de labor a cambio de ocupar algún sitio en donde poder viajar en el barco.

El capitán nos dijo que tenían más carga y pasajeros de la que debería llevar el barco, pero por no dejarlo nos preguntó si alguno de nosotros sabía de contabilidad. Su contable o lo que fuera, había llegado con fiebre muy alta y no podría partir con ellos de nuevo. Yo le dije que tenía más de dos años llevando la contabilidad de los negocios de la librería de mi padre en Cracovia. El capitán, quien era un inglés alto, bigotudo y con una voz muy gruesa, que de oírlo, asustaba, nos dejó de pie en nuestro sitio y desapareció por las escaleras del barco, apareciendo al poco rato con sendos libros que parecían ser de contabilidad. Me los entregó, y al abrirlos e inspeccionarlos someramente me preguntó enseguida que me parecían. El contador que había en el barco, por llamarlo de alguna manera, no tenía idea de los fundamentos básicos de contabilidad, unas cuentas mal asentadas y otras abiertas sin la esperanza de ser jamás cerradas.

Estas y más observaciones le hice al capitán, quien no pudo esconder la cara de beneplácito que le produjo mi diagnóstico. —Ya yo me sospechaba el desastre de contador que tenía ¡Quedas contratado! dijo con la voz más imponente que pudo.

—¿Y mi hermano? respondí yo. —Pues tendrá que esperar el próximo barco. Es el último que conozco que hará la travesía a América. Los capitanes le han tomado miedo a los submarinos alemanes y el comercio se está paralizando. —El capitán Brooks viene unos cinco días detrás de mí y puedes esperarlo, refiriéndose a Roland, a ver si te puede llevar. El lleva el mismo itinerario que yo y va algo menos lleno, así que tienes bastante más posibilidad. Dependiendo del oficio que tengas podría ser que te consiga una plaza.

—Tomasz, creo que no tenemos alternativa. Espérame en Cuba y ya veré como puedo yo llegar.

Mientras descargaba el barco nos fuimos a un pequeño bar donde pudimos conversar y tomar algo caliente. Roland me dijo que no me preocupara y que debía embarcarme ya que el capitán, debido quizás al deslumbramiento ocasionado por mi experticia en contabilidad, no me había solicitado mis papeles. Roland me convenció esbozando el argumento que el no tener papeles nos perjudicaría a los dos, ya que no nos daría libertad de movimiento y hasta podríamos ser arrestados por haber entrado ilegalmente a Italia.

Cuando notamos que la operación de descarga había

terminado nos acercamos y el segundo de a bordo, quien había escuchado nuestra conversación con el capitán, me dijo. —"Sube a bordo, partimos tan pronto aborde el capitán".

El capitán no se hizo esperar y en menos de quince minutos estábamos soltando cabos. Yo sentía, lo que parecía ser una piedra atascada en mi corazón. Me busqué un pequeño espacio en cubierta donde pude ver a Roland hasta que los detalles de la costa fueron desapareciendo poco a poco a medida que nuestra distancia se fue haciendo mayor. Al poco tiempo solo se divisaba una línea muy tenue como costa. Me sentía muy solo y fue entonces cuando, de inmediato, comencé a llorar.

El barco del capitán Brooks nunca llegaría al Trieste...

Fue esa la última vez que vi a Roland y todavía, a veces, puedo sentir la opresión en el corazón que me causa el recuerdo de ese último instante. Era como si me invadiera una sensación de soledad, que me penetrara y no se quisiera salir.

Querido sobrino, tu papá y yo éramos mucho más que hermanos. Quizás fue la forma en que nos educaron nuestros padres, quienes lograron que no tuviéramos el sentimiento de rivalidad, tan común entre hermanos del mismo sexo. Jamás ni mi padre ni mi madre mostraron en ningún gesto o dictamen, favoritismo hacia alguno de nosotros.

Tu padre, Roland, era un hombre excepcional y como te he dicho en múltiples ocasiones no me puedo perdonar, ni creo que el haya podido perdonarse, por no haber hecho lo indecible por encontrarnos el uno al otro. Ahora te tengo a ti por poco tiempo y puedo ver que tu padre pudo redimir su parte de la culpa pidiéndote que vinieras a buscarme en Cuba. "Yo, sin embargo, no lo he podido hacer todavía".

Capítulo XIII Deberé llegar a Papa

Salí de la casa de mi tío caminando las dos cuadras que me separaban de la Parroquia del Vedado, "con la frente en alto". Sentía tristeza por tantas penalidades y sufrimiento que habían pasado mi papá y mi tío. Comprendí enseguida que aquel instante que había pasado junto a él, tenía sabor a despedida, pero en contraste, notaba mi alegría al haber cumplido con el último deseo de mi padre y me sentía feliz, por la corta pero inmejorable familia que tenía.

Me sentía orgulloso de mis abuelos, de mis padres, tío y hermano; en fin, de toda mi familia. Me sentí muy orgulloso de llevar el apellido Nowak. En contraste con esa felicidad, mi mente albergaba el "deseo" de contribuir a erradicar el mal que existía en el mundo, donde siempre e invariablemente aparecía un personaje que parecía concentrar todo el poder en él. ¿Cómo era posible que de tiempo en tiempo apareciera un líder mesiánico que pudiera aglomerar la voluntad de buenos ciudadanos y ponerlos a hacer el mal a diestra y siniestra?

Esos personajes con frecuencia se amparaban en una ideología, la cual podía tener ciertas características bondadosas, la manipulaban y hacían de la misma un vehículo útil para lograr sus fines. La historia está repleta de esos caracteres maléficos y aunque parezca incomprensible, a intervalos, uno aparece casi a continuación del otro.

Caminaba a paso ligero hacia la Iglesia y noté que me sudaba un poco la frente, quizás por la emoción de lo conversado con mi tío, pero al mismo tiempo me di cuenta que también hacía algo de frio. —¿Cómo estaría Washington si así estaba La Habana?...

Mientras tenía esos pensamientos me di cuenta que habiendo cumplido la tarea de encontrar a mi tío en Cuba, ahora tendría otra más importante y difícil, que era llegar a una posición de poder, tratando de aumentar mi influencia poco a poco. Desde cada posición lucharía contra las injusticias y trataría de inculcar en el prójimo el deseo de amor, independencia de criterio y solidaridad. Algo similar predicó Jesús. Lo diferente es que tendría que hacerlo manejándome bien en lo político. Es bien sabido que mientras más éxito tienes en una actividad, mayor es el recelo de los amigos y compañeros, que si bien pueden estar contigo hoy, mañana pueden crucificarte, como a Jesús.

Tenía que reconocer que tenía una cualidad especial para que la gente me respetara y quisiera. Ese era un don innato por el cual nunca hice esfuerzo alguno. Me gustaba pensar que me lo había dado Dios, lo cual era a su vez un mandato para que llevara a cabo lo que tenía que hacer, sin excusas... "Menuda tarea".

Al poner la cabeza en la almohada esa noche tracé en mi mente el plan de acción que me llevaría más lejos de lo que nunca pensé. El Papado...

Capítulo XIV Roma, Ciudad Eterna

Mientras terminaba de escribir estas notas me llegó el sueño y caí en la cama como si nunca hubiese dormido. Me desperté tarde y lleno de energía. Con la misma, me puse el equipo de correr y le pedí a Giuseppe que me consiguiera un gorro que me cubriera parte de la cara. Compartí con él mi deseo de correr esta vez por Roma. Tendría que sortear a la Guardia Suiza pero con Giuseppe como cómplice me sería más fácil.

Estaba amaneciendo y el espectáculo del Castel San Angelo era indescriptible. Los rayos de sol parecían cuchillos de luz y la gran mole rojiza, que era el Castillo, parecía elevarse reclamando su importancia en la geografía romana.

Crucé corriendo por el Ponte Angelo y entré en el centro de Roma. Pasé por la plaza Navona, donde estaba siempre Bernini, para retroceder casi dos mil años al cruzar frente al Panteón. Indiscutiblemente ese monumento, construido para rendir culto a los numerosos dioses romanos y posteriormente ser convertido en una Iglesia Católica, ocupa conjuntamente con el Coliseo, los puestos principales como íconos de Roma. Adicionalmente son a la vez testigos silenciosos de todos los logros y atrocidades que se hicieron y cometieron en los últimos dos mil años.

Al pasar por el Campo de Fiori el bullicio era general, estaban todos los vendedores armando sus quioscos y hablando los unos con los otros, como si fuese una fiesta. Esa sensación es indescriptible y puedo dar fe que emociona más que estar viendo la mejor obra de teatro, en el mejor palco.

Me acerque a la Via Gulia y pensé en pasar, por un instante al Trastevere, pero ya eran las 9:00 am y Giuseppe no podría encubrirme por más tiempo. Al entrar al Vaticano, ya caminando, saludé al Guardia Suizo con la mayor naturalidad. Me reconoció y se quedó perplejo. No le convenía hacer ni decir nada. Si su supervisor hubiese descubierto que el Papa había salido del Vaticano, por frente a sus narices, sin que su presencia hubiese sido advertida, con toda seguridad pasaría el próximo invierno en las bellas montañas de Suiza.

Mis secretarios se alegraron mucho al verme salir tan tarde de mis aposentos privados. Por supuesto sabían que tendría un día muy sensible junto a mi familia. Durante el tiempo del café aproveché para leer la ayuda visual de una página que me habían preparado, de acuerdo con mis instrucciones. Pude leerla en dos minutos y sentir mentalmente lo que sería la lectura del discurso completo que duraría media hora. La ayuda visual estaba perfectamente bien elaborada. Les agradecí el buen trabajo hecho y les felicité por haberme dejado la agenda bastante libre para ese día.

Me reuní con mis tres amigos cardenales los cuales, entre otras cosas, me informaron que el juicio al Cardenal Cognotti había concluido y en unos tres o cuatro días sería trasladado a un monasterio que estaba en las afueras de Siena. El tribunal eclesiástico había tomado la declaración de culpabilidad del propio Cardenal y lo había sentenciado a permanecer en el monasterio, hasta que llegara el día de su muerte.

El tribunal había tomado la decisión de inmediato, primero porque procedía, ya que el Cardenal se había declarado culpable y segundo para no darle oportunidad a que más gente supiera de este desagradable asunto. Se le aconsejó al Cardenal que tratara de sentir un arrepentimiento genuino ya que le serviría de mucho para el día del juicio final. Ya el Cardenal había cumplido los ochenta años y no ofrecía peligro para nadie en aquella apartada comarca. También se le pediría al prior del monasterio, que un médico lo examinara periódicamente para conocer y atender su estado de salud mental.

Esa misma mañana mis amigos me mostraron un sondeo de opinión entre los religiosos, que cubría muchos países católicos en el mundo y los resultados eran 85% favorable a las reformas propuestas, con un margen de error del 3%. Rizzo me pidió autorización para divulgar los resultados de la encuesta a todos los cardenales y obispos, el cual, por supuesto, se lo otorgué.

Ya desde hacía unos días los obispos se habían encargado de divulgar el contenido de la encíclica a todos los sacerdotes bajo su responsabilidad, así como a los abates y monjes en los monasterios y a las diversas órdenes religiosas. Nuevamente no parecía haber nada grave por lo cual preocuparse. A los monjes recluidos en los monasterios o pertenecientes a las órdenes más severas, en realidad todo lo de la encíclica, les preocupaba poco. Ellos desde hacía años habían decidido llevar una vida contemplativa y dedicada al estudio, que poco tenía que ver con los trajines del mundo moderno.

Capítulo XV Filosofando

Es oportuno decir que la Iglesia Católica, incluida la mayoría de sus miembros religiosos, estuvo casi siempre de acuerdo, al igual que un ejército, con todo lo contrario de lo contenido en mi Encíclica. Es difícil contar con una explicación racional del porqué el cambio en la opinión eclesiástica. Se puede tratar de encontrar diversas clases de explicación. La más sencilla que se me ocurre es que me inspiró el Espíritu Santo. Lo hizo conmigo y con la Iglesia para que todo se confabulase y se dirigiera hacia el cambio, sin tener repercusiones antagónicas.

Pensé por un instante que esa no sería la explicación que le daría mi tío Tomasz. Veamos… El pensaría que los cambios eran en su totalidad lógicos, vistos en un plano humano. Los miembros de la Iglesia sabían que tarde o temprano no se podría luchar más contra esa rigidez. La explicación última era que yo estaba en la máxima magistratura de la Iglesia y parecía lógico, que la Iglesia, en su conjunto, confiase en mí. Los cardenales me habían elegido sabiendo que era bastante más liberal que el promedio de los cardenales. En su fuero interno sabían que el cambio era inevitable y ya que era así, yo parecía ser la persona más idónea para realizarlo, ya que gozaba de una excelente credibilidad y tenía la energía y tesón suficientes para llevarlo a cabo. Debo siempre reconocer que la modestia no es mi atributo más fuerte. Como todo ser humano tengo mis defectos y virtudes y pienso que es fundamental reconocer esas diferencias para no confundirme.

Comenté con mis amigos que el ser humano crea sus propios fantasmas. Durante años sabíamos que teníamos que hacer lo que estamos haciendo ahora, pero el temor y la duda frente a la acción necesaria, nos paralizó por años. Creo que los curas y los feligreses son más inteligentes de lo que creemos. El problema en algunos casos y la virtud en otros, es que la Iglesia es una institución fundada principalmente en la obediencia.

Cientos han seguido en la Iglesia pese a que, habiendo violado su voto de castidad han vivido parte del tiempo en pecado mortal. Cosa muy difícil de hacer, sobre todo para personas de nuestra formación.

También ha habido casos extremos en los cuales algunos sacerdotes, afortunadamente pocos, se han negado a dar la comunión a las parejas divorciadas y vueltas a casar.

Todo eso ha ocurrido con cierta frecuencia en la Iglesia, pero hay que cambiarlo.

En casi todas las religiones existe una rama ortodoxa la cual constituye una minoría y otra más liberal, la cual haciendo caso omiso a muchos de los mandatos u obligaciones de su religión, se consideran practicantes. Hay gustos para todo el mundo. Sin embargo hay personas, y no son pocas, que no queriendo o pudiendo cumplir con todos los preceptos deciden adoptar otra religión o rama del cristianismo, donde las reglas son más laxas en el aspecto que les afecta, en particular.

Lo que haremos en una próxima etapa, si todos estamos de acuerdo, y pienso que debe ser de la forma más natural posible, será: establecer de una manera más explícita que la Religión Católica está principalmente basada en el Nuevo Testamento. El Antiguo Testamento, aparte de tener muchas enseñanzas loables también tiene una crudeza y violencia enorme. La época en que fue escrito es bastante incierta. Se supone que fue, en su mayoría, escrito por la mano de Moisés bajo la inspiración de Dios, y eso puede haber ocurrido entre 500 y 1500 años antes de Jesús. Entre nosotros y que no salga de aquí, pienso que el Antiguo Testamento es fundamentalmente la religión de los judíos y lo que nos sirve de ella, a nosotros, es prácticamente los diez mandamientos. Ellos establecen una norma esencial y sencilla de conducta. También podemos encontrar en el Antiguo Testamento algunos Salmos que son de gran belleza. Por lo demás, cuenta la historia del pueblo judío y su relación con Dios. Aun cuando Jesucristo era Dios, también era el Mesías, quien venía a liberar, no solo a sus compatriotas sino a toda la humanidad. Muchos judíos de esa época no creyeron en él y solo unos pocos llevaron la palabra de Jesucristo por el mundo.

Todas la demás narraciones comenzando por el Génesis y terminando con los libros de Moisés y el de los Profetas, son mucho más importantes para los judíos, ya que sobre todo narran la relación de Dios con su pueblo y de todas las vicisitudes que pasaron cuando venían de Egipto, para llegar a la tierra prometida.

El Antiguo Testamento y el Torah, en fin con sus pequeñas diferencias, tiene más vigencia para los judíos puesto que ellos no reconocieron al mesías que vino y esperan a uno, al cual ellos podrán reconocer, y que llegará después.

Ahora, no sé si pensamos igual, pero lo que yo creo, y por favor no me tomen por infalible, es que el Nuevo Testamento es otra cosa. Primero, aun cuando Jesús era judío de nacimiento y por ende practicante de esa religión, Él le dio un carácter general y universal a la misma. En el Nuevo Testamento hay un sin número de lugares en que se puede leer eso.

Creo que la Religión Judía es de las pocas, al menos entre las modernas, que son particulares de un pueblo o raza. No sé bien cómo llamarlo. Eso en gran parte ha logrado que los judíos tengan un gran respeto por sus tradiciones, que los permiten mantenerse estrechamente unidos. Por esa unión constante y que pone un gran énfasis en la educación y la laboriosidad de su gente, es que han logrado un éxito sin parangón. Por supuesto que eso causa su dosis de envidia, que algunos de los líderes musulmanes extremistas o nacionalistas, han tratado de capitalizar.

Sin embargo, hay que reconocer que a pesar de la unión del pueblo judío que parece ser a toda prueba, ellos han reconocido que entre ellos existen diferencias en cuanto a la religiosidad de cada quien, por llamarla de alguna manera. Existen matices que van desde los ortodoxos a los que no son practicantes, pero estos últimos todos los años y en forma recurrente, hacen el ayuno el día del Yom Kippur y se arrepienten de sus faltas y pecados.

Lo que Jesús predicó fundamentalmente, es en esencia el amor y yo añadiría, en palabras más prácticas, la ayuda y consideración al prójimo. Predicó también que tuviéramos poco apego a las cosas materiales. Este aspecto es algo más difícil de definir, sobretodo en la vida moderna, pero en rigor significa que no pongamos por encima nuestros intereses materiales a los del prójimo que necesita ayuda, sobre todo si los nuestros no son imprescindibles.

Existen una serie de preceptos que yo pienso que debemos mantener y no tenemos por qué cambiar, como la inmaculada concepción, el cual pienso que es parte de la música de la religión. Debe ser algo que se mencione y se respete pero no necesariamente obligue a los fieles a pensar que es un dogma de fe. Sabemos que esa condición para Nuestra Señora la Virgen María fue adoptada como Dogma por la Iglesia en 1536. No podía ser que antes de esa fecha no tuviera que ser virgen.

Sobretodo pienso que toda esta nueva filosofía se basa en el énfasis que le demos a estas cosas. Debemos enfatizar lo fundamental y el resto son las anécdotas que lo circunscriben. Es algo que los sacerdotes y los líderes de la Iglesia tendrán que aprender poco a poco para poder lograr gradualmente el proceso de modernización. Creo que el rito hay que mantenerlo. Es lo que emociona y transmite la religiosidad. Mi tío Tomasz me comentó alguna vez, la emoción que sintió cuando vio por televisión una grabación clandestina de la misa de Gallo y eso que, aunque él fue educado en la religión Católica desde pequeño, en ese momento no era ya practicante.

Lo que también pienso que es fundamental es el cambio en el entrenamiento para los sacerdotes y los miembros de las órdenes. Tendría que cambiar el énfasis de ser doctrinal a ser más humano, si me lo permiten decir así. —"No sé si cogen la idea", ¿qué opinan? —Ni sé por qué pregunto si hemos conversado esto antes y los cuatro hemos estado de acuerdo en lo fundamental. En la práctica se podrá hacer sin mayor aspaviento pero habría que hacer el cambio gradualmente, dando el entrenamiento adecuado al clero actual y a los lamentablemente pocos, que hoy en día se están educando en los seminarios.

—Discúlpenme lo repetitivo, pero con alguien tengo que desahogar la inmensa emoción que me embarga. Todo esto es un cambio de filosofía que tomará tiempo en arraigar, sobre todo en los curas más viejos como nosotros. —¡Carcajadas!

—Roland, dijo Silvio. Yo creo que cuando Dios repartió las virtudes a todos los seres humanos se le olvidó concederte la modestia, tan importante para la vida sacerdotal. Menos mal que te concedió muchas otras en abundancia, tales como la audacia y la perseverancia. Creo que nuestros amigos aquí presentes estarán de acuerdo con mi apreciación. Si no, díganme que no. El silencio se hizo presente hasta que Rizzo soltó una carcajada y todo se convirtió en una risa general. —Ahora más en serio Roland, continuó Silvio. Creo que todos sabemos que si fueras diferente no harías lo que estás haciendo con tanta confianza y firmeza.

Vamos por buen camino dijo el Papa. Dejemos pasar el mes de diciembre y hablemos de esto en enero y de los comités que debemos nombrar para ese propósito. —Menos mal que todo esto lo vamos a hacer gradualmente, dijo Bergonzi. Conociéndote su Santidad, gradual es un concepto que para ti está justo después de enseguida y pisándole los talones.

—Bueno, más respeto para el Papa. También quería decirles que dentro de un rato llega Luciano con mi mamá y un invitado especial quienes vamos almorzar juntos.

No les digo que nos acompañen por ser este un evento muy familiar pero me gustaría que pudiéramos cenar todos mañana e ir después en la noche, todos juntos, a la capilla Sixtina. —Está bien, dijeron todos al unísono. Pero si va a estar Luciano dile que por favor prepare él, el cordero. —Está bien, haré todo lo posible, pero estoy seguro que nuestro Chef se opondrá, arguyendo razones de seguridad o cualquier otro reglamento a punto de ser violado. Lo más que puedo hacer es pedirle a Luciano que le dé la receta y así su orgullo de chef saldrá incólume.

El día estaba precioso, el cielo totalmente azul y se podía respirar, desde la terraza ese aire que olía a Navidad. Íbamos a almorzar en el comedor privado donde había dado instrucciones para que pusieran un árbol de Navidad y un pequeño pesebre. Cuando los vi me di cuenta que mis secretarios, aparte de ser eficientes preparando cartas, haciendo citas, elaborando agendas, etc., también tenían muy buen gusto. Uno de mis asistentes estaría pendiente de la llegada de mis visitantes para escoltarlos hasta la Residencia Santa Marta, dentro del Vaticano.

Durante el tiempo de espera, no se me ocurrió más nada que rezar. Sentía que había sido bendecido con una vida prodigiosa y lo menos que podía hacer ahora, era darle gracias a Dios. Deseaba además pedirle que apagara, aunque fuera un poco, la inmensa alegría que sentía en mi pecho y que tal parecía que en cualquier momento podría darme un infarto. Dios no tuvo éxito, pero tampoco me dio ningún infarto.

En vista que no mejoró mi situación, se me ocurrió

caminar en mi despacho y mis pensamientos se dirigieron enseguida a mi papá y a mi tío Tomasz, los cuales permitieron, con su fantástica escapatoria y después con sus enseñanzas, que fuera lo que llegué a ser.

Estaba con esos pensamientos, cuando me avisó mi asistente, quien se había quedado en la oficina, que ya le habían avisado de la llegada de mis familiares, y que a las 12:30 pm estarían en mi despacho. En vista de que tenía algún tiempo me dediqué a leer la correspondencia que mis asistentes consideraban relevante, a la cual le acompañaban las notas aclaratorias preparadas por ellos. Pensé por un instante, en forma sarcástica, lo duro que era el trabajo del Papa, pero no sé por qué me consoló el pensar que este era el último trabajo que desempeñaría en mi vida, hasta que muriera.

Me llamó la atención una carta proveniente del Cardenal de Washington, quien era bastante amigo mío, puesto que para el momento en que yo vivía allá, se desempeñaba como párroco de la Iglesia que estaba en "Catholic University". Se refirió a que hablando con el cardenal que estaba en Cuba, le mencionó que estaba observando una cierta apertura del gobierno para con la Iglesia. Quizás ahora era el momento para que el Papa pudiera interceder y realmente hubiese un cambio en la Isla.

El Papa ponderó que así estaría de desgastado el Régimen para que estuviera ofreciendo la rama de olivo a la Iglesia, quien tantas veces se la había ofrecido antes a ellos. Escribí unas líneas para que fueran enviadas al embajador de Cuba, mi amigo Gerardo, contándole de la correspondencia con el Cardenal de Washington y pidiéndole que averiguara lo que pudiera y me diera su impresión de lo que estaba realmente pasando. A Gerardo no se le pasaba nada así que estaba seguro que su diagnóstico sería, más que acertado. Al final de la nota le dije, que en diciembre estaba muy ocupado con mis familiares, pero que sin falta nos veríamos en enero para conversar sobre este asunto y también almorzar juntos, cosa que pensé lo iba a animar.

Capítulo XVI La Sorpresa Familiar

Me avisó mi secretario que mis familiares estaban en la recepción y sin demora alguna procedí a recibirlos. Mi mamá lucía espléndida, a pesar de su muy avanzada edad, caminaba perfecto y estaba aguda de mente, como de costumbre. Luciano era como verme en el espejo, pero nuevamente se había dejado crecer un poco la barba. La excusa de siempre era que estaba cansado que lo confundieran siempre conmigo. Muy típico de Luciano, a cualquier otro cura le hubiese gustado.

Pregunté por el visitante un poco intrigado. Luciano me dijo que en cualquier momento tocarían la puerta ya que solamente había pasado al baño.

Efectivamente, cuando se abrió la puerta apareció una señora de rostro alegre y muy buen porte, tendría unos setenta años, y un señor mayor al cual no tardé ni un segundo en reconocer. El tío Tomasz...

Quedé mudo de la sorpresa. Nos dimos un gran abrazo. Hacía demasiados años que no nos veíamos, aun cuando hablábamos por teléfono con bastante frecuencia. "Tal parecía que me iba a explotar el corazón de la emoción y el verlo en carne y hueso era algo que no me lo podía imaginar".

En ese momento estaba reunida lo que se llamaría, toda

mi familia conocida. Mi mama, mi hermano y mi tío Tomasz. Mi mama era hija única así que no teníamos primos. Luciano y yo éramos la generación joven de la familia y estábamos cerca de los setenta años. Qué ironía.

El tío Tomasz nos contó que ya tenía varios años cansado de vivir en Cuba, teniendo que lidiar todos los días con los mismos problemas. Ya las tertulias se habían prácticamente acabado, ya que más de la mitad de los integrantes se habían marchado de Cuba hacía años y la otra mitad había muerto. Habíamos reemplazado a algunos, ya fallecidos, por otros más jóvenes, pero ya se había ido la magia que nos unía.

Solo al final quedaba Gerardo y cuando lo asignaron como embajador en Roma decidimos irnos de la Isla. Ya para ese entonces tenía unos treinta años de casado con Olga, quien me había dado un alto grado de felicidad el cual no había experimentado antes en toda mi vida. Lo que quería para los pocos años que me quedaban era estar en un sitio tranquilo y pasar los años que me quedaban con mi querida Olga y en libertad.

Tío Tomasz nos contó que había decidido establecerse en Miami, donde más tarde se reuniría Gerardo con ellos. Él le había dejado los contactos hechos para que no tuviera inconvenientes con la salida de Cuba, aun cuando el tío Tomasz mantenía su ciudadanía Británica. Tampoco tendría problemas para la residencia americana ya que como ciudadano inglés había hecho un fondo de ahorros tanto en bancos Británicos como estadounidenses. No sería una carga para los Estados Unidos. Sus planes eran estar cuatro semanas visitando Italia y al final de ese periplo tomarían un avión directo a Miami.

Mi tío Tomasz mantenía toda su lucidez y yo solamente diría, que hablaba y caminaba un poco más lento, característica esta que trataba de disimular todo lo que podía. Su esposa Olga, estaba totalmente emocionada. Había mantenido el fervor por el catolicismo ya que sus padres eran practicantes y le habían inculcado la religión a su hija desde muy pequeña. Repetía sin cesar la alegría que sentía de estar con el Papa en un recinto tan privado.

Roland se ausentó un par de minutos y al regresar se refirió a la agenda que había preparado.

—Después de almorzar podrán irse a descansar o si lo desean, he arreglado un automóvil para que esté a su disposición. Un chofer estará en la Residencia y los llevara a pasear en automóvil por la ciudad de Roma. Al día siguiente, podrán continuar con el paseo, si así lo desean. Roma es inagotable. Llevo más de cuarenta años viviendo en el Vaticano y puedo decirles que hay lugares muy bellos e históricos en Roma, los cuales aún no he visitado.

Eso sí, mañana en la noche cenaremos todos juntos en un sitio muy especial y será tarde, a las 9:00 pm, así que descansen bastante.

Le dije al Tío que si estaba de acuerdo, podrían almorzar mañana, en privado, junto con Luciano, para conversar acerca de temas y sentimientos que solo ellos dos comprendían, y habían conversado antes.

Mi hermano Luciano nos refirió cómo pudo arreglar el encuentro con mi Tío en Roma. Nos contó que cuando regresé de Washington, lo que me parece ya una eternidad, yo le había hablado a él acerca de mi tío Tomasz. Un buen día Luciano lo llamó a la Habana y después de ese primer contacto ellos iniciaron una larga y fructífera relación, primero por correo y más tarde por teléfono y correo electrónico.

Luciano se puso muy contento cuando se enteró que la cena sorpresa del día siguiente contaría con la presencia de sus muy queridos amigos, los cardenales Silvio, Rizzo y Bergonzi. Todos estaban muy intrigados por el misterio acerca de la cena. En ese momento el Papa dijo solemnemente. ¡Nadie se lo podrá imaginar!

Dijo que era una travesura de él y que haciendo memoria no recordaba que se hubiese hecho algo así en el pasado. Mi mamá a cada rato se echaba a llorar, tanto por la alegría de ver a la poca familia que tenía reunida, como por los cuentos que hacía el tío Tomasz acerca de tantas aventuras que vivió junto a su hermano.

De tanto conversar, ya se había hecho algo tarde y todavía no habíamos pasado a almorzar, cuando se abrió la puerta y entraron Gerardo y Loli.

Tomasz y él se abrazaron, así como Loli y Olga. En seguida Gerardo pidió disculpa a las damas por ser él la causa del retraso en el almuerzo.

Sin más, pasamos los siete al comedor privado donde ya teníamos servido el primer plato en cada puesto. Salmón marinado con una ensaladita de arrúgala con queso parmesano Reggiano picado en lascas y aromatizado con aceite de trufas. Todos los comensales dimos cuenta del primer plato en unos cinco minutos. El vino blanco era Orvieto Clásico, pero del mejor. También dimos cuenta de la primera botella casi enseguida.

Todos estábamos deslumbrados por la fluidez de la conversación, donde cada cual hablaba de lo suyo, a la vez, sin que pareciera un atropello de voces. Demasiados años habían pasado sin que estos mortales muy especiales hubiesen conversado de todos los temas. Sin coordinación y como por encanto se hizo silencio. Aproveché la ocasión para hacer un brindis por la familia, en la cual habíamos incluido a Gerardo y Loli, quienes ya se habían granjeado la simpatía de mi mama y Luciano.

El plato fuerte consistió en pescado de rio sobre una cama de puré de Cecco (garbanzos) que estaba de antología. Continuamos con el vino blanco, como era de rigor, bajo la mirada de preocupación de mi querido tío Tomasz. Apelé a mi memoria y caí en la cuenta que mi tío era un gran amante del vino tinto, sin importar con que lo acompañara. Solo me detuvo el pensar cuál de las variedades en nuestras bodegas sería la de mayor agrado a mi tío. Opté por un "Brunello di Montalcino", el cual pensaba que tenía el potencial de saciar el apetito vinícola de mi tío. La sonrisa volvió a sus labios cuando pudo probar tan delicioso caldo. Echó de lado, con cierto desprecio, la copa de vino blanco, bajo la mirada displicente de mi madre, ciudadana de Orvieto con pasaporte Italiano.

El almuerzo continuó animado y ya hacia el final Tomasz y Gerardo acordaron verse en Miami con fecha y hora fija. Ya ellos dos, antes que saliera este último, como embajador, habían hablado hasta la saciedad de los planes mutuos de vida social en Miami. Ya a la edad de ellos los mismos se circunscribían a sus almuerzos, donde no podría faltar su acostumbrado vino. Además debería ser buen vino ya que, como siempre ellos decían, la vida es muy corta para beber un vino malo.

Al concluir el almuerzo Roland le recordó a Tomasz el compromiso para almorzar al día siguiente, al cual debía asistir también Luciano. Gerardo, que había oído esta parte de la conversación, puso su cara de tragedia, debido a que estaba vetada su presencia a lo que prometía ser un almuerzo similar al del día anterior, y quizás mejor, debido a que la ausencia de damas le permitiría hacer algunos de los chistes más picantes en su repertorio.

Una vez que se marcharon todos los comensales, dediqué el resto de la tarde a dormir una siesta corta, cosa que en raras ocasiones hacía. Esta vez hice la excepción porque había tomado un poco más vino del usual y porque estaba agotado de la emoción de ver tantas personas queridas a la vez. A las 6:30 pm me desperté y le dije a Giuseppe que deseaba estar con mis dos secretarios y estimaba que los retendría por no más de dos horas.

Yo no podía sentirme más a gusto con mis dos secretarios, aun cuando fueran los mismos que habían servido a Pío XIII. Eran aún hombres jóvenes a quienes calculaba que rondaban los cincuenta y cinco años de edad. Al principio no, pero después de un corto tiempo decidí incorporarlos a las reuniones semanales que sostenía con Silvio, Gianni y Giorgio.

Me parecía al principio, que si habían sido asistentes del Papa anterior durante tantos años, quizás no eran muy confiables. Sobre todo me preocupaba que participaran en las conversaciones sobre el contenido de la nueva encíclica; pero cuando lo pensé un poco mejor, me pareció bien, ya que si ellos pensaban distinto, al igual que mi predecesor, que en paz descanse, sus comentarios serían de invaluable utilidad. Cuando decidí comenzar a llevarlos me pude encontrar con la mirada severa de Silvio, quien evidentemente no aprobaba la presencia de una pareja de novatos conservadores en reuniones de tanta importancia.

En esta ocasión le presté poca atención a Silvio, aun cuando yo personalmente, lo consideraba el más inteligente y astuto de los cuatro...

Pensé que más que un juicio, lo que sentía, era un prejuicio, y la verdad era que si me guiaba por la interacción tan favorable que había tenido con mis secretarios, no habría de que preocuparse, sino todo lo contrario, serían de gran ayuda.

Al asistir ellos a la primera reunión, quise sacar del camino cualquier vestigio de desconfianza hacia mis asistentes. La pregunta no pudo ser más directa. —¿Mis amigos cardenales, aquí presentes, piensan que por haber asistido Uds. a Pio XIII, por bastante tiempo, eso los calificaría de ultraconservadores y por ende en asistentes no confiables para acometer los cambios en la Iglesia que ya saben Uds. estamos proponiendo? Les pido sus comentarios...

Después de un pequeño titubeo e intercambio de miradas entre ellos, habló uno de los asistentes, quien respondía al nombre de Francesco.

—Hay asuntos conversados entre el difunto Pio XIII y nosotros que están cubiertos por un manto similar al de la confesión. Hay otros que, más bien, deben ser divulgados en su momento oportuno y así darle profundidad a la gestión del Papa. Les ruego que lo que les voy a decir no lo tomen como un asunto de chisme, sino como algo necesario para que puedan darle continuidad a su obra, salvando los escollos que el Papa anterior no sabía ni podía salvar.

Primero y para disipar cualquier tipo de duda. "Francesco se quedó fijamente viendo a Silvio". —Pio XIII estaría sumamente feliz de ver la encíclica que se está elaborando. En contra de toda impresión, el Papa anterior era un hombre sumamente inseguro y como tal, le costaba dar los pasos para llevar a cabo lo que también, él secretamente deseaba. En él, influían mucho el Cardenal Cognotti y otros tres más a los cuales, entre nosotros, los llamábamos el cuadrilátero.

Leonardo y yo estábamos sumamente incómodos, ya que el Papa, tristemente, se comportaba como una veleta y no tomaba ni dirección ni decisión. Con toda franqueza, sus eminencias, nosotros llegamos a dudar seriamente en la infalibilidad del Papa. Parecía como si el Espíritu Santo se hubiera escapado de esta casa.

No nos malinterpreten. Pio XIII era un hombre excelente y de una piedad a prueba de titanes, pero su fuerte no era la toma de decisiones. Se sentía que si tomaba una decisión en contra de la opinión de algún miembro de la Iglesia sería algo menos que un pecado. Leonardo y yo hicimos lo imposible por lograr que diera los pasos necesarios para hacer los cambios que el mismo pensaba. No resultó. Solo al final de su vida se rebeló en contra del cuadrilátero, cuando misteriosamente le sobrevino la muerte. Silvio y el Papa se miraron durante un segundo que valía por mil palabras.

Leonardo y yo solo queremos decir esto para que Uds. puedan ver cómo nos sentimos frustrados durante el pontificado de Pío XIII, y que Dios lo tenga en la gloria.

El Papa Roland, como le gustaba ser llamado en privado, le preguntó a sus colegas, los cardenales, si se sentían a gusto con la presencia de sus asistentes en la reunión. ¡Todos afirmaron!

—Creo que debimos haber sentado siempre a Francesco y Leonardo en nuestras reuniones ya que de esa manera las acciones a tomar habrían fluido más rápido. Ellos dominaban muy bien el uso de las computadoras, lo cual nos hubiera facilitado la tarea. Bueno, ahora manos a la obra.

Durante la siguiente hora el Papa pudo ensayar el discurso dos veces. Tal como estaba nos parecía perfecto, es decir, nada que cambiáramos parecía que lo iba a mejorar. —Ahora bien, sobre esto no hay nada más que hacer hasta el veinticuatro de diciembre a las 3:00 pm. El día y la hora de la verdad. Hay tres asuntos muy importantes que monitorear. El primero es asegurarnos que todos los medios de comunicación estén listos para ponerse en conexión con el Centro Televisivo del Vaticano. No queremos que ningún país se quede fuera de la transmisión en directo. Lo segundo es organizar a nuestro personal para que se distribuyan entre si el seguimiento de las diferentes transmisiones de televisión a los países, así como los comentarios, entrevistas, críticas, etc. y tercero, hacer contacto con la mayoría de los obispos para ver las impresiones, en general, en nuestros sacerdotes y feligreses. Queremos saber toda la verdad cuanto antes, incluyendo los comentarios negativos. Lamento que la noche de la víspera de Navidad sea de trabajo pero espero que el mismo termine temprano.

—Quisiera tener una reunión con todos Uds. y con cualquiera que consideren conveniente tener presente para analizar rápidamente el resultado de la nueva encíclica en la opinión pública. Debe ser corta, máximo una hora. Podremos comenzar a las 6:00 pm y eso me dará el tiempo necesario para cenar y prepararme para la Misa de Gallo que debe comenzar a la 10:00 pm.

Al terminar la reunión, Francesco mi secretario me avisó que había llegado el Tío Tomasz, quien quería verme. Siempre y en cualquier momento, el tío Tomasz era motivo de alegría.

Entró de inmediato y me dijo que quería hablar brevemente conmigo. Me intrigó la formalidad con que me lo dijo y lo invité a que nos sentáramos enseguida. —Yo ya estoy muy viejo, dijo mi tío, y cuento, si tengo mucha suerte, con unos cinco años de relativa buena salud. Casi igual estaría tu padre si hubiera sobrevivido hasta ahora.

—Tú eres mi sobrino y te quiero como al hijo que nunca tuve. Te admiro y te puedo decir que poca gente en la vida ha llegado a una posición de tanta importancia. Eres un Nowak y como tal estoy seguro que tu padre te enseñó a tener una visión amplia. Ahora yo soy un viejo y aun cuando la haya pasado bien a través de los años, no podría decir que mi vida ha sido útil. No tengo descendencia, aun cuando tengo más de veinticinco años de casado con Olga, quien ha sido un ángel caído del cielo en mi madurez y tengo que reconocer que es la mejor compañera que podía haber tenido. Dirás ¿qué me pasa? ¿Me habré puesto viejo de repente? ¿Estoy divagando? Creo que no... —Lo que necesito que me digas es si tú crees que mi vida ha sido útil o no. Fíjate que la pregunta es difícil, así que solo quiero tu opinión.

—Tío Tomasz, veo que todavía sigues aficionado a la filosofía. Pero ya que me lo has preguntado te voy a dar mi cándida opinión de sobrino y ser humano, nada que ver con el Papa. Todos pasamos por la vida y completamos un recorrido que nos parece bueno o malo de acuerdo con las expectativas que tengamos. La vida nos da las cartas y nosotros somos los jugadores.

—Sabemos que tú escapaste de Cracovia y tuviste que dejar a tus padres, por decisión de ellos y no tuya. Tuviste que dejar a tu hermano en Trieste. No por decisión tuya sino de él, quien quería darte la opción de una mejor vida. Naciste inteligente y pudiste gozar de una excelente educación mientras eras joven. Tío, pienso que hasta ahí llega el negocio de las cartas que te sirvieron. De ahí en adelante fuiste Tomasz Nowak o Paul Frazer, luchando por comprender y hacerse un buen espacio en el mundo.

—Lograste ascender lo suficiente en el trabajo para no tener preocupaciones económicas. Tenías un grupo de amigos que te valoraban y a los cuales tú valorabas. Amabas a tu país adoptivo el cual pronto lo convertiste en el tuyo.

—Disfrutabas lo mejor que podía ofrecer la vida y siempre ayudaste a los necesitados. Recuerdo bien que me acompañabas con frecuencia a la escuela parroquial donde eras profesor *ad honorem* de los niños que estaban ahí becados. Siempre y en cada ocasión decías "Educar a un niño no es hacerlo aprender algo que no sabía, sino hacer de él alguien que no existía".

—Quizás te faltó lo mismo que a mí. Un amor intenso de verdad, que te acompañara a compartir tu vida con ella y que te diera una descendencia y sentido de continuidad en la vida terrena, aun cuando ya no estuvieras tu presente.

—Hacia el final de la vida nos sentamos en la balanza esperando que la misma se incline hacia el lado positivo. He argumentado muchísimas veces contigo que lo anterior es lo que le da el sentido espiritual a la vida.

—Te he recomendado y me he ofrecido, incluso para confesarte. Más que nada para que sientas que podrás pertenecer a una vida eterna. No creas que la fe en la vida eterna es algo fácil, todos creemos en ella, en mayor o menor grado. Pocos pueden decir que saben que la vida eterna existe. Pero créeme, no te hará daño pertenecer al club de los candidatos a participar de ella.

—Sobrino Roland, mi postura filosófica ha sido hasta ahora, la de los seguidores de Epicuro. Como tu bien sabes, ya que sobre el tema conversamos en la Habana hace más de cuarenta años. Epicuro fue un filósofo griego, que nació y vivió unos 300 años antes del nacimiento de Cristo. El no tuvo la posibilidad de ser cristiano ya que en ese momento no se sabía quién era Cristo. Ni siquiera los judíos, el pueblo escogido, y coparticipe de muchas de las creencias de los cristianos, a través del Antiguo Testamento, podían haber creído en Cristo en esa época, puesto que aún no había nacido.

Epicuro no tenía muchas opciones para resolver su situación existencial. Podía abrazar la religión de la época que era la mitología griega, la cual tenía como figura principal a Zeus, Dios superior del cielo que representaba el poder. El a su vez estaba rodeado de dioses menores especializados, al parecer, en diferentes aspectos de la vida, tales como: Afrodita diosa del amor que representaba la belleza; Atenea diosa de la inteligencia que representaba la sabiduría, y así sucesivamente. La otra posibilidad era suscribirse a alguna de las escuelas filosóficas de la época. Eso también le llamaba poco la atención ya que muchos de los pensamientos los veía como muy enredados y hasta contradictorios. El camino escogido por él fue crear su propia escuela filosófica, diseñada a su gusto, es decir: simple, coherente y contenida en sí misma.

Epicuro predicó, si se quiere, un nuevo estilo de vida basado en lograr la felicidad y la tranquilidad de conciencia, erradicando así el miedo. Epicuro pensaba en aquella época, que la muerte no podía ser una cosa tan horrible para quien reflexionase sobre ella. En la muerte misma, no hay nada que temer, porque nunca coexistimos con ella. Cuando estamos nosotros, no está la muerte; cuando llega la muerte, dejamos de estar nosotros. Sucede que nos morimos, pero nunca estamos muertos. Lo malo sería quedarse consciente de la muerte y permanecer de algún modo presente, pero sabiendo que uno ya no está del todo, cosa extremadamente contradictoria y absurda. "La muerte es una quimera, porque mientras existimos no existe la muerte y cuando existe la muerte, ya no estamos".

¿Acaso resulta tan terrible el no ser? A fin de cuentas, antes de nacer, y durante mucho tiempo no fuimos y eso no nos hizo sufrir, porque no éramos. Tras la muerte iremos al mismo sitio, o ausencia de sitio donde estuvimos, antes de nacer.

—Tío Tomasz, para nosotros los católicos nos es muy difícil no creer en la vida eterna. Hemos sido educados en la fe y hemos aprendido que después de esta vida hay otra, en donde gozaremos de la presencia de Dios. No tengo municiones para poder rebatirte ya que sabemos que "la Fe y la Razón no se pueden encontrar".

—Querido Roland, hay muchos misterios, contradicciones y sobre todo preguntas, todas sin respuestas. Por ejemplo, ¿Que pasaba con el alma de las personas que vivieron y murieron antes de la venida de Cristo cuando esas honorables personas fallecían?

—Cuando me pongo a pensar, me vienen todas esas ideas y no consigo respuesta satisfactoria al misterio de la vida. —Ni la conseguirás, dijo Roland. ¿Qué es mejor, que te atormentes por todas esas cosas o que sencillamente creas que hay vida espiritual, después de esta vida material, como creemos nosotros los cristianos? Y no que pienses que todo se acaba, aunque según Epicuro, no nos debería importar "ya que como no estamos no sufriremos". —Tío Tomasz, la vida es así y eso no lo inventamos ni tu ni yo. A veces cuando estaba en el seminario veía a algunos de mis compañeros más devotos que irradiaban fe por todas partes, y que solo de verlos me daba cierta envidia sana. Yo he tenido dudas similares a las tuyas y creo que es normal dentro del grupo de los mortales a quienes la naturaleza nos dotó con el flagelo o la virtud de tratar de buscarle una explicación racional a todas las cosas.

—Siendo miembro del grupo de los creyentes, pienso que alguien que tenga sus dudas, como tú, vaya por eso a dejar de participar en los beneficios que ofrece la vida eterna. —Tío Tomasz, has vivido al igual que yo, la vida que nos ha tocado vivir, la cual también hemos forjado. Me consta que siempre le has hecho todo el bien que has podido a tu prójimo. Tienes un corazón libre de envidia, que creo es el peor de los pecados capitales. Por todo eso y todo lo demás, te declaro miembro de honor para poder entrar en el reino de los cielos.

—Ahora más en serio, te voy a responder a tu pregunta y a la angustia que me expresaste al pasar a este recinto. —"Sí", has vivido la mejor vida que podías vivir de acuerdo a los medios que tuviste. Superaste todos los escollos, ayudaste a toda la gente necesitada que pudiste. Continuaste con tu labor de educación a los niños aún en períodos muy difíciles y junto con Gerardo hicieron una gran labor social. Además, ayudaste a crear conocimiento a través de todas las discusiones y tertulias que sostuviste, casi a diario, con amigos y gente común.

—Creo que es imposible para alguien lograr todo lo que quiere. Lo que cuenta es haber hecho el intento y concluir la vida con un balance positivo. Cuanta gente se puede aventurar a decir que mi vida no ha sido exitosa, cuando muchas veces yo mismo he pensado que no he podido tener conmigo a la mujer que he querido y no he podido tener, con ella, nuestra propia descendencia.

—Parece ser que todo depende del cristal con que veamos las cosas y es un poco como ver el vaso medio lleno o medio vacío. Pues, veamos los dos el vaso lleno...

Mi tío Tomasz se despidió y le recordé que nos veríamos al día siguiente a las 12:30 pm. en mi despacho y de ahí iríamos a almorzar a un lugar cerca del Vaticano, que muy poca gente conocía.

Capítulo XVII El Suplicio de Alina

Volvamos al apartamento de la desdichada Alina en la Via Gulia. Eran las 2:00 am y Alina no había podido conciliar el sueño todavía. El mensaje que había recibido por correo electrónico esa tarde era muy explícito. "Alina, tome el vuelo 650 de Alitalia con destino a la Habana que sale del aeropuerto Leonardo Da Vinci a las 11:00 am el próximo martes, reclame la Tarjeta de Embarque con su identificación. La esperamos al día siguiente, miércoles en mi oficina a las 9:00 am. Firmado. Canciller de la República de Cuba".

Alina había salido de Cuba con mucha esperanza pensando que su vida iba a cambiar. Eventualmente encontraría algún caballero italiano de buen porte y con una billetera gruesa; se haría con el tiempo, ciudadana italiana y podría liberarse así de un futuro regreso a Cuba.

Alina había sido una revolucionaria exitosa y consecuente, pero en los últimos años se fue sintiendo poco a poco, como en una prisión. A pesar que era una persona privilegiada del Régimen y podía tener un automóvil propio y acceso a los abastos y mercados donde podían comprar los extranjeros en la Isla, todo eso con el tiempo le fue pareciendo, limosnas y migajas de pan, ofrecidas para alguien quien era muy fiel a la dictadura cubana.

Con el tiempo le fue enfermando la miseria que sentía el pueblo, los malos olores debido a la escasez de jabón, agua, electricidad y la falta, cada vez mayor de aire acondicionado, teniendo que soportar el calor asfixiante. Tampoco tenía hijos ni familiares cercanos que la atasen a continuar viviendo en Cuba.

Su asignación a Roma era perfecta y de repente se sintió la mujer más feliz del universo. Tenía que hacerlo bien para que todo resultase de acuerdo con sus planes. ¡No lo hizo! por estupidez suya y por la confabulación del destino en su contra. ¡No se lo podría perdonar jamás! Su futuro estaba totalmente arruinado, es más, sentía que no había futuro para ella…

Daba vueltas en la cama como si fuese un animal tratando de rascarse con la sábana. En eso estaba, en total desesperación, cuando tomó la decisión de no abordar ese martes el avión que la conduciría a la Habana. Lo difícil era ahora, decidir qué haría. No tenía amigos en Roma. El embajador, Gerardo Cuevas era un hombre encantador y de un nivel intelectual superior, pero ella no había sabido granjearse su confianza y mucho menos su amistad. Pensó que no tenía a nadie a quien acudir, pero la tranquilizó el hecho que ya había tomado, al menos, una decisión.

Se despertó con la mente como un tambor, apenas podía pensar. Repasando la lista de sus conocidos en Roma pensó que la única persona que la podría ayudar era el Cardenal Silvio Ponti. ¡Así estaría de sola Alina! Se levantó de la cama, se preparó un café muy fuerte y se sentó a redactar una carta que rezaba así:

"Estimado Silvio, o debería llamarte Cardenal Ponti.

Te ruego que aceptes la denominación que sea más de tu agrado. Acudo a ti porque no tengo a nadie más a quien hacerlo. Me consta que eres una persona muy buena y fiel a tu Iglesia, que es más de lo que se puede pedir al hombre común, hoy en día. Para mi desgracia, he sido instruida para tomar un avión el próximo martes con destino a la Habana. Sabes por varias de nuestras conversaciones anteriores, que salí de la Habana jurando no regresar jamás. Ahora tendré que sufrir una desgracia mayor, ya que regresaría fracasada, en el mejor de los casos, y en el peor, acusada de traidora. Creo que podrás entender que no puedo regresar y necesito tu ayuda para quedarme en Italia o entrar en otro país.

Sé que a lo mejor no quieres saber nada de mí, y no te culpo por eso. Cometí un delito y conspiré conjuntamente con Cognotti, pero nunca pensé en hacerle daño a tu amigo el Papa. No puedo evadir mi culpa pero confío, porque se lo noble que eres, que me puedas ayudar.

Si permanezco en Roma, como Alina, y me descubren, posiblemente iré a la cárcel por un tiempo y seré después deportada a mi país.

Silvio, por favor y por lo que más quieras, necesito tu ayuda. Ten piedad de mí y escríbeme cuanto antes".

Alina.

El Cardenal leyó la carta de Alina ese mismo día, ya que había sido entregada directamente por la misma Alina a la oficina de correo del Vaticano.

Silvio se quedó pensando cerca de cinco minutos y se fue caminando con paso firme hacia la oficina del Papa. Pio XIV se encontraba solo en su oficina y como era habitual, su secretario hizo pasar a Silvio con toda rapidez y sin hacer ninguna pregunta. —Hola Silvio ¿qué te trae por aquí? ¡Me imagino que por la hora, deseas que te invite a almorzar! Me alegrarías mucho ya que pensaba que tendría que almorzar solo.

Silvio no prestó mucha atención al comentario de su amigo y en contrapartida le entregó la carta de Alina, la cual Roland procedió a leer de inmediato. —Silvio, la carta parece ser de tu amiga que está desesperada y no tiene más alternativa que recurrir a ti. Pues si es eso lo que ella necesita discutiremos este asunto y veremos qué debemos hacer. Quédate a almorzar conmigo y eso nos dará tiempo para hablar del tema. Creo que no te va a ayudar en tu digestión así que le diré a Giuseppe que te traiga un digestivo antes de comer.

Pasamos a mi comedor privado y noté que Silvio caminaba con un paso inseguro. Me di cuenta que debería tratar el tema con él mostrando la mayor seriedad y sin ningún tipo de bromas, ya que con toda seguridad mi amigo estaba muy afectado.

Le dije —Silvio, creo que para simplificar un poco tu decisión, porque, aunque sea el Papa, la decisión esta vez, y por suerte, no es mía; se pueden considerar dos escenarios: el primero es que simplemente le digas que sería para tí muy grave intervenir en una decisión tomada por el gobierno cubano, como consecuencia le deseas que tenga muy bien viaje y que no suceda lo que tanto ella teme. El segundo escenario es que la ayudemos. Le des algún dinero lo cual a ti te será muy fácil y hables, por ejemplo, con el Cardenal Espinosa para que a su vez él lo haga con el embajador de España, quien es su amigo y le consiga una visa para que pueda residenciarse legalmente en ese país, o cualquier otra cosa que se te ocurra ya que tú eres muy creativo. —Silvio ahora te toca a ti, recuérdate que la decisión es tuya.

—Roland, así como lo pones la decisión no parece tan complicada. Si nos basamos en nuestro interés, es mejor que se vaya a Cuba, donde ella pertenece. Nosotros tendríamos la ventaja de tener el caso cerrado, que es lo que queríamos desde un principio. El segundo escenario, o cualquier tipo de variación a él nos podría complicar la vida con este asunto, el cual más bien preferimos todos olvidar.

Yo añadiría Roland, que aun cuando tú y yo estamos educados para ayudar y mi inclinación inicial, cuando recibí la carta, era hacerlo; creo que aunque va en contra de nuestro temperamento, no debemos interferir con los designios de la Providencia y tenemos que dejarle algo a ella, no interviniendo. —Bueno, parece que después de todo, la decisión no ha sido tan difícil, dijo Roland. —Creo que tu apreciación ha sido incompleta querido amigo. La decisión ha sido fácil. Vivir para mí con las consecuencias, no tanto; pero no te preocupes Roland, todo pasará y sospecho que más rápido de lo que debería.

Capítulo XVIII La Ayuda de Venezuela

—Silvio, quédate un rato más porque hay un tema muy importante que deseo hablar contigo.

—Ya he hablado dos veces con el Cardenal de Washington, quien conversa frecuentemente con el de la Habana y al parecer, el gobierno de Cuba, está cada vez más preocupado por la dependencia tan vital que tiene de Venezuela.

Según él, ahora si están dadas las condiciones para que el Régimen pueda llegar a un acuerdo con Washington para hacer cambios sustanciales en la mayoría de los asuntos conflictivos, tales como: libertad, elecciones libres, menor participación del Gobierno de la Isla en las decisiones de los individuos y por supuesto, mayor libertad real de culto. Claro, tendría como contrapartida la eliminación del Embargo. El libre acceso para salir y entrar a la Isla así como libertad total y seguridad jurídica para que las empresas norteamericanas puedan invertir en Cuba.

—Silvio, yo sé que tú conoces lo que te voy a decir, pero me gusta repetirlo para ver si me lo creo del todo, sobre todo, la parte final. El Régimen de Cuba ha sobrevivido todos estos años, al principio, porque el precio del azúcar estaba muy alto en el mercado internacional, después vino la ayuda soviética por treinta años, hasta que duró ese imperio. Dicho subsidio tuvo un costo de cinco mil millones de dólares por año, para los soviéticos. A eso lo siguió un período de gran miseria y huracanes. Ahora desde hace muchos años tienen la ayuda de Venezuela la cual es muy significativa, pero así todo, ellos continúan viviendo en lo que yo llamaría una gran miseria, pero aparentemente sostenible.

Al parecer, y esa es la parte que quiero oír en voz alta, "los dirigentes cubanos temen terriblemente, que al igual que sucedió con los soviéticos, la ayuda de Venezuela esté por concluir. El Cardenal de Cuba ha podido conversar con un par de economistas del Régimen y su estimado es que de cesar la ayuda de Venezuela, la Isla "implosionaría", esta vez, económica y políticamente. La consecuencia sería, sin duda, el fin del Régimen, después de algo más de II lustros de haber sido inaugurado. Tendría también consecuencias negativas para los Estados Unidos, debido a la hégira descontrolada de cubanos hacia la Florida, que pudiera ser de dimensiones posiblemente superior a la del Mariel en 1980".

—Bueno Silvio, no quiero distraerte más de tus ocupaciones y te agradezco nuevamente tu confianza al traerme ese asunto de Alina, tan engorroso para ambos.

Ese mismo día en la tarde, estando Alina sola con su mortificación, sintió que un sobre se deslizaba por debajo de su puerta. Era una carta del Cardenal Ponti, en sobre y papel no oficial, como si fuese de una persona cualquiera. Cuando abrió la puerta ya no pudo ver a nadie, rompió el sobre con desesperación y comenzó a leer la carta...

"Alina:

Me imagino cómo te sientes y me gustaría poder ayudarte, pero siendo una persona tan inteligente te habrás dado cuenta que no puedo interferir. Solo te puedo ofrecer algunas reflexiones, las cuales espero te logren endulzar el regreso a tu patria.

Pienso que no quieres regresar a Cuba porque al ser asignada a Italia te hiciste una idea distinta y basaste el futuro de tu vida, en esa eventualidad. Sé que ya estas, aunque no lo pienses, reformulando tu plan a la nueva situación. El ser humano tiene una enorme capacidad de adaptación y puede pasar con una velocidad asombrosa de pensar en Roma y la campiña romana a las hermosas playas y la simpatía del pueblo cubano. Recuerda que hace ochenta años no existía el aire acondicionado y las personas salían a la calle y a las fiestas, con vestuarios que con solo verlos hoy en día, dan con toda facilidad, gran sofocación.

Sabes que te deseo lo mejor y sobre todo le pediré a Dios que te ayude a tratar de hacer el bien en vez de espiar y conspirar. Fíjate que tu embajador, que es un hombre tan inteligente como tú, ha logrado hacer el bien al prójimo, manteniendo una posición importante dentro del Régimen.

Si está en ti, y espero que sea así, te recomiendo que te acerques a la Iglesia, lo cual no te va a hacer daño, si no más bien todo lo contrario y estoy bastante seguro que con una alta probabilidad, te hará sentir mucho mejor".

Saludos.

Silvio.

Capítulo XIX Sonia

El Papa estaba cansado por las emociones del día y la expectativa de los días por venir. La reunión con su tío lo llevó a reflexionar un poco sobre su vida y a pensar en situaciones que hubiera preferido olvidar. Pero no es así, solo olvidamos lo que no es importante o no nos interesa. Decidí sentarme a escribir un capítulo de mi vida, el cual no había incluido en mi cuaderno con anterioridad, y a propósito...

"Hace más años de los que yo quisiera, me encontraba en Washington estudiando el doctorado en teología y tratando de ayudar en el programa "Pedro Pan", cuyo objetivo principal era ayudar a sacar y distribuir a los niños que salían de Cuba, sin sus padres. Tratábamos de ubicarlos en colegios y hogares de familias cubanas o norteamericanas ya establecidas en los Estados Unidos. Yo no era optimista, como la mayoría de los cubanos, acerca de una corta duración del gobierno de Castro en la Isla. La Unión Soviética era un aliado importante del Régimen y ya llevaba desde 1917 oprimiendo a los rusos, a Europa del Este y ahora apoyando a tiranizar al pueblo de Cuba.

Unos años después me enteré y me dolió mucho saber, que muchos de los padres que sacaron a sus hijos a través del Programa "Pedro Pan" no pudieron salir de la Isla hasta después de mucho tiempo. Inclusive muchos no lo lograron.

Ayudando a facilitar el programa "Pedro Pan", fue que conocí a muchos cubanos que vivían en Washington así como a algunas figuras públicas norteamericanas.

El hecho que la presidencia de Estados Unidos estuviese a cargo de un católico nos facilitó bastante la tarea, sobre todo en la atención que nos daba el Estado. Fue así como una tarde fui invitado a un evento en casa de un congresista norteamericano. El propósito era discutir con un grupo influyente de cubanos cual debería ser la estrategia a seguir con Cuba, para poder lograr recobrar la libertad de la Isla. Menudo tema… Casi todos se pronunciaban por invadir la Isla y sacar a la cúpula de comunistas encabezada por los hermanos Castro. Siempre los representantes del congreso caían en el argumento de las posibles represalias de la Unión Soviética contra sus aliados en Asia y en Europa. En fin, nunca llegábamos a nada.

Estábamos en esas discusiones cuando entró una muchacha de unos veintidós años, más que bonita y con unos ojos azules que me incendiaron al yo hacer contacto visual con ella. Se sentó al otro lado del congresista en una silla que había permanecido desatendida. Disimulé lo mejor que pude mi emoción y me pasé el pañuelo, que aún tenía vestigios de agua de colonia, por la cara. Traté de disimular lo mejor que pude el color enrojecido de mi cara, el cual no tenía ninguna duda que se había apoderado de mí.

Se me había encomendado la tarea, una vez terminada la discusión anterior, de presentar un informe sobre el resultado del programa "Pedro Pan".

Debo reconocer que a pesar de haber estado algo perturbado por la presencia de aquel ángel salido no sé de donde, la presentación me salió de lo más bien. Una vez concluida la reunión aparecieron unos caballeros muy elegantes, portando en bandejas de plata copas de Champagne y jugos de naranja. Apuré de un sorbo la mitad de la copa de Champagne y me cayó en la garganta y el estómago como si fuera ambrosía.

Sin saber qué hacer, me puse a conversar con unos señores, al parecer, de procedencia del Sur de los Estados Unidos y cuando levanté la mirada, ahí estaba el ángel, no muy lejos de mí, mirándome con atención. No le pude quitar la mirada y se acercó hasta donde yo estaba. Me dijo. —Todavía no nos han presentado. Soy Sonia, hija del senador Mc Donald, anfitrión y responsable que nos estemos conociendo. Me pareció muy interesante su presentación. —Fue un informe de los progresos del Programa, más que una presentación, pero me alegro mucho que le haya gustado. Soy el padre Roland Nowak y estoy en esta ciudad magnífica de Washington desde hace unos seis meses. Estoy ayudando a coordinar el Programa y estudiando para obtener un Doctorado en Teología.

—Tú no pareces cubano, tampoco eres norteamericano, aunque hablas el inglés con poco acento extranjero. —Soy italiano, aunque por mis venas corre sangre mitad polaca. Mi padre era polaco y mi mamá es italiana. —Qué combinación tan interesante, déjame seguir: padre polaco, madre Italiana, te oí hablando español antes y me pareció que lo hablabas con un correcto acento cubano. Además eres sacerdote. Eres muchas cosas para ser un joven de tan corta edad. —Así me han repartido las cartas en la vida. Tengo que reconocer que el juego de la vida no me ha sido nada difícil, sobre todo si la comparo con la que vivió mi padre cuando escapó de Polonia a Italia a comienzos de la Segunda Guerra Mundial.

—¿Cuánto tiempo piensas permanecer en los Estados Unidos? Dijo Sonia. —Me gustaría permanecer unos tres años en total. Debo terminar el doctorado en teología. —Oye, Uds. los curas no se cansan de estudiar tanto lo mismo. —Eso mismo digo yo, por suerte tengo tantas materias electivas de otros temas que cuando termine creo que voy a saber menos de teología que cuando comencé.

Ambos nos reímos con ganas. La risa alivió la tensión y disimuló el rubor de mis mejillas, ocasionado por otra razón. Afortunadamente la conversación se dirigió hacia temas menos controversiales, como los sitios de interés en la ciudad de Washington. Le dije que hasta ahora no la conocía muy bien. Apenas había estado en la mayoría de los edificios del "Smithsonian Museum", había visitado las iglesias más importantes y el barrio de Georgetown. —Conoces poco y si no te apuras para cuando te vayas no conocerás mucho más.

—Alguna ventaja debería tener ser hija de un senador. Nos será, al menos fácil entrar en el Capitolio y te prometo trabajar duro para que puedas conocer también la Casa Blanca. Debemos aprovechar que ahora esta Kennedy, que es un devoto católico, al menos en papel.

—Tenemos otro problema. Mi condición de sacerdote, acompañado de una joven tan bella y atractiva como tú, será sin duda ocasión para que el mundo donde vive la gente menuda de espíritu haga comentarios a sus anchas.

Mientras nos quedamos pensando lo que podríamos hacer para vencer ese escollo, se acercó a nosotros el senador Mc Donald y me dijo: —Me alegro que mi hija y Ud. se hayan conocido. Ya verá que detrás de esa cara bonita se encuentra una mente muy amplia que aún estoy tratando de descifrar. Mi esposa está hoy fuera de Washington y regresa mañana pero me encantaría que la pudiera conocer. ¿Qué le parece que cenemos todos juntos el próximo jueves? Ella tiene unas ideas muy particulares respecto a la Iglesia y a lo mejor le gustaría escuchar lo que tiene que decir. Le aseguro que será una velada interesante.

—Le enviaré a mi chofer a las 7:00 pm. ¿Le parece bien? —Le dije que sí, sin saber bien lo que hacía.

Desde las 6:30 pm me senté en la entrada de la residencia donde vivía para esperar el automóvil que me llevaría a un lugar que me paraba los pelos de punta. No tenía que suponer que Sonia iba a estar en la cena ya que la invitación a cenar me la había formulado su padre, pero me lo podía imaginar, y lo que es peor, lo deseaba. —De alguna manera todo esto me hacía suponer que me estaba metiendo en un gran lio.

A las 7:00 pm en punto llegó el vehículo que parecía una nave espacial de grandes proporciones. Traté de sentarme en el puesto opuesto al chofer, pero me indicó con lo que me pareció un gruñido, que me sentara en el asiento trasero. Tuvo la amabilidad de decirme, una vez instalado detrás, que era por medidas de seguridad.

Seguí sin entender la razón pero me conformé con su respuesta. Me llevó por la ruta que pasaba por el Jefferson

Memorial, pasando después por el monumento Lincoln. Supuse que era por órdenes de su patrón, quien quería hacer tiempo, ya que se encontraba retrasado o más bien quería que los viera para comentarme sobre ellos después. En ambos se detuvo el chofer y me indicó que, si lo deseaba, subiera la escalera hacia cada uno de los monumentos y que él me esperaría en el auto. La verdad es que se me ocurrió pensar que una vez me hubiese bajado, el auto partiría de inmediato, dejándome íngrimo y solo en tales imponentes monumentos.

Creo que esa idea ridícula, era más que nada, la confirmación de lo nervioso que estaba.

Finalmente y después de ese periplo turístico llegamos a la casa del Senador. Al tocar el timbre de la puerta me abrió la mujer por la cual sentía todos mis deseos, Sonia. Estaba particularmente bonita con un vestido de color negro y una sonrisa que cualquier compañía de dentífrico hubiera pagado una fortuna por tenerla en un comercial.

—Mi padre viene en camino con mi madre así que no tendrás más remedio que estar conmigo. —¿Qué te parece si paseamos por el jardín? Salimos afuera donde por suerte había un aire fresco y delicioso el cual evitaría que me sudara la frente como consecuencia del pánico extremo y la emoción. Sonia dijo —¿Por qué estudiaste para cura siendo un joven tan buenmozo y desenvuelto? A ciencia cierta, no estoy seguro del todo respondí, pero lo que siempre se nos dijo era que en el seminario la educación era excelente, inclusive mejor que en los colegios privados, los cuales mis padres no podían pagar.

Mi papá y mi mamá nos enviaron a mi hermano gemelo y a mí al seminario que estaba cerca de Assisi cuando teníamos unos diez años. No fuimos por elección nuestra pero tampoco hicimos ninguna resistencia. La educación era de primera. Los profesores y sacerdotes eran personas muy amables. Siempre salíamos del seminario los sábados en la tarde hasta el domingo a eso de las 6:00 pm. lo cual lograba hacernos sentir que vivíamos en libertad El sábado por la noche la pasábamos todos juntos con nuestros padres. En fin, era una vida muy apacible y la religiosidad nos fue entrando poco a poco y sin que nos diéramos cuenta. Lo peor que tenía el seminario era que dormíamos pocas horas, siete a lo máximo.

Después de un tiempo me fue gustando ese tipo de vida y aquí me tienes. La verdad es que amo a la Iglesia y creo, quizás de forma equivocada, tener la obligación de contribuir a hacer algunos cambios mediante los cuales todos la sintamos más cerca de nosotros y podamos así ampliar la base de fieles. —Cómo puedes ver, mi vida es muy aburrida. ¿Qué haces tú?, siendo una mujer tan bonita e hija de un senador tan importante. —Pues converso y paseo contigo, ¿lo puedes ver? —Bueno, si no me quieres decir, no te puedo obligar, hablemos pues de tu padre. —Antes de entrar en el tema de mi padre, contéstame algo por favor. ¿Tu hermano se parece a ti? —Como dos gotas de agua. —¿Y sigue de sacerdote? —Es de los más piadosos que conozco. —Doble pérdida, que aburridos son Uds. los curas, exclamó Sonia. —Hablemos pues de mi padre.

—Desde que recuerdo, su vida ha sido la política. Ahora está al frente del comité para las Relaciones Hemisféricas. Aun siendo republicano tiene excelente relación y amistad con el presidente Kennedy, y mi mamá es amiga personal de Jacqueline. JFK, es el primer presidente católico de los Estados Unidos y pensamos que debemos apoyarlo, aunque sea solo por eso. ¿Cómo te explicas que siendo la religión Católica, sin sumar las ramas protestantes entre ellas, la mayoritaria en los Estados Unidos, nunca hayamos tenido un presidente de nuestra religión?

—Nosotros fuimos descubiertos, o si se quiere, fundados por peregrinos venidos en el "Mayflower", dijo Sonia, todos ellos de formación muy religiosa y protestante. Eso permeó a través de generaciones y los Estados Unidos es hoy en día uno de los países donde hay más personas religiosas.

—Pienso que la religión que tenga una persona no lo hace mejor o peor presidente. En el caso de Kennedy, creo que llegó a presidente por las buenas contribuciones económicas que su padre logró, además del carisma y porte personal de John. —Bueno, no hablemos más de política, dijo Sonia, te debo una explicación.

—La verdad es que no tengo mucho que contar de mí. Soy la hija de un senador y sobre todo de un padre ejemplar. Mi madre lo es en el mismo grado, aunque debo reconocer que mi padre y yo combinamos una química excelente. Acabo de terminar la universidad y obtuve un grado en economía y un segundo en idiomas, concretamente español.

—¡Qué combinación tan rara! Lancé yo. ¿Qué piensas de los distintos modelos económicos? —Sonia dijo, creo. No. Corrijo. Estoy segura que el mejor modelo es el de mercado. Vemos muchas teorías económicas en la universidad, incluyendo el modelo comunista, pero pienso que una economía de mercado, dando todos los incentivos para que todas las personas se puedan desarrollar, es la adecuada para lograr el bienestar de las naciones. En el lado totalmente opuesto puedes ver de dónde vienes. Cuba, si no fuera por la ayuda Soviética, estaría en la ruina total. Similar pronóstico le hago a la Unión Soviética. La abundancia de materias primas y la explotación de su pueblo se combinan para que sea la segunda potencia del planeta. Esto tiene un límite y aun cuando el sistema lleva más de cuarenta años en vigor, no creo que sobreviva el doble de los años que lleva.

En ese momento se acercó uno de los señores elegantes de la mansión y nos ofreció una copa de Champagne. La tomé de inmediato y se la di a Sonia. Mi instinto era beberla de una vez y así refrescar mi boca y relajarme un poco. Tomé la que quedaba en posición solitaria y Sonia y yo procedimos a brindar. —Por tiempos mejores, dije yo sin saber por qué. Sonia se me quedó viendo y me dijo mirándome fijamente a los ojos. —¿Tan mal la estás pasando? —Fue un decir. Disculpa. Creo que desde que llegué a Washington no la había pasado tan bien. —¿Crees? —No, estoy seguro. —Así está mejor, dijo Sonia. Nos quedamos mirando el uno al otro y solo interrumpió dicho éxtasis la voz penetrante y potente del senador Mc Donald, a quien vimos aproximarse con un paso plúmbico.

—Cuanto gusto de tenerlo de nuevo con nosotros Padre Nowak. A lo cual respondí, —el mío es igual por verlo de nuevo, Senador. Le agradezco me llame Roland. Soy apenas unos años mayor que su hija y no me merezco tanta formalidad. —Como tú quieras. Mi esposa está arreglándose un poco y cuando baje podremos pasar al comedor. ¿Qué te parece Washington?, le pedí a mi chofer que te paseara por los monumentos principales. ¿Los pudiste ver? —Sí, Washington es una ciudad muy bien trazada y con monumentos que hacen justicia a sus patriotas. —Ahí llega mi esposa, pasemos de una vez al comedor. Mira, que solo tuve tiempo de comerme un bocadillo en el senado.

El comedor estaba situado en un lugar magnífico. Tenía vista a lo mejor del jardín y del otro lado, cuadros de lo mejor del arte norteamericano de principios del siglo XX. El Senador ocupó la cabecera y me indicó que me sentara a su izquierda. Sonia se sentó a mi lado y su esposa frente a mí. Estaba todavía un poco nervioso pero por fortuna la cena transcurrió con la mayor naturalidad. La conversación se concentró en la vida y costumbres italianas, país ese que conocía a profundidad la esposa del Senador.

—Soy una devota Católica, dijo, y viajo con frecuencia a Italia.

—Entiendo por el Cardenal Mills que estarás un par de años aquí en Washington y después irás al Vaticano, donde creo que deseas ir. —Esos son mis planes y deseos señora, pero al final estaré donde lo designen mis superiores. Tal vez me quede por más tiempo en Washington, dejó caer Roland. Inmediatamente miré a mi izquierda y pude interpretar que ese último plan era del agrado de Sonia y contaba con su aprobación.

—En mi familia hay pequeñas diferencias en cuanto a la forma de practicar la religión Católica, dijo el Senador. Mi esposa Joy es totalmente ortodoxa. Cree y practica la religión de acuerdo con la Biblia y todas las enseñanzas de la Iglesia. Mi hija Sonia y te lo podrá decir ella, es mucho más liberal y aunque es creyente discrepa en más de una enseñanza y dogma establecido. Joy se persignó no más el Senador mencionó lo anterior. Para mí, pensé, que entrar en una discusión de religión dentro de una familia, siendo yo un cura, e intervenir entre diferencias irreconciliables, era terreno peligroso.

Al preguntarme Joy, cuál era mi forma de pensar, preferí tratar de evadir el tema ya que entre la señora y la hija, quien podía resultar crucificado era yo. Me limité a decir que en la Iglesia Católica, al igual que en todas las religiones, habían fieles más ortodoxos que otros y la Iglesia, en la actualidad, los acogía a todos en su seno.

No sé cómo lo hice, pero con un corto comentario desvié la conversación a un tema menos peligroso el cual captó el interés de la Señora. Me ofrecí, si estaba en Roma, a tratar de llevarla a la Capilla Sixtina, fuera de los horarios turísticos. Este recinto a ciertos horarios está vedado para los fieles comunes y algunos sacerdotes menos conectados con los canales que pueden facilitar estos arreglos.

Al mencionar esto, Joy se olvidó del tema tortuoso que estábamos a punto de iniciar y la conversación derivó hacia este aspecto más inofensivo y turístico. El Senador me dirigió una mirada de simpatía que solo un avezado político sabía transmitir.

Una vez concluida la cena, el Senador y yo pasamos al estudio y la señora y su hija desaparecieron por alguna parte. El Senador quería saber más detalles del programa "Pedro Pan". Yo le conté que estaba en conversación casi continua con un señor de apellido Finlay quien era uno de los facilitadores del programa desde La Habana. Al final de la conversación me pidió si podía ser tan amable de informar a nuestro Presidente del Programa. Me quedé mudo por un instante y le respondí que cuando ellos quisieran y pudieran. Yo por mi parte estaba más que dispuesto.

La verdad es que no me podía quejar de mi progreso en Washington. Tendría que lograr que todo esto se fuera sabiendo en el Vaticano para que tuviera algún valor para mí. De eso encargaría a mi amigo Silvio, quien ya estaba por esos lares y como él decía, esperándome.

Una vez concluida la conversación, el Senador me ofreció su chofer para llevarme de regreso, lo cual acepté, ya que era una mejor alternativa a pedir un taxi o irme caminando, empresa esta que me tomaría hasta el amanecer, siempre y cuando no terminase perdido en uno de esos jardines que tanto abundan en Washington.

Le dije al Senador que le ofreciera mis respetos a su señora esposa y a su hija Sonia, cuando, como si fuera algo mágico, ella se presentó. Pensé que había venido a despedirse de mí, pero al recoger su chaqueta en la entrada, me quedó bastante claro que su intención era acompañarme hasta el vehículo o aún, no sé si mejor o peor, hasta mi residencia.

Hicimos el viaje a una velocidad moderada pero me pareció muy corto. Conversamos poco, más bien nos dirigimos miradas de mayor significado...

Pasaron unas tres semanas y no pasaban más de cuatro días seguidos en los cuales no me viera con Sonia. Cuando no era para hablar de la ayuda a los niños cubanos que salían de la Isla, era para interesarnos el uno en el otro acerca de mis estudios o de las oportunidades de carrera que Sonia estaba investigando para su futuro.

Un buen día regresábamos de una reunión rumbo a la residencia donde yo vivía. El chofer del Senador conducía, Sonia y yo conversábamos alegremente en la parte de atrás. Cuando estábamos por llegar me preguntó si conocía Chesapeake Bay, lugar este que estaba a una hora de Washington. Al decirle que no, me pidió que fuéramos juntos a pasar el sábado y que no me arrepentiría, ya que la belleza de la bahía era legendaria. Me quedé pensando por un instante, en realidad no sabía qué, pero asumí que sería si podría ser capaz de manejar dos bellezas de esa magnitud a la vez.

Sonia me explicó que Chesapeake Bay era el mayor estuario de los Estados Unidos y que estaba ubicado entre los estados de Maryland y Virginia. Era muy famoso por la producción de cangrejo azul, almejas y ostras. Yo moví la cabeza en señal de atención pero en ese preciso momento ya no estaba escuchando; mis pensamientos habían tomado un rumbo muy diferente.

—Creo que tengo el día bastante despejado, contesté casi enseguida. Pensaba quedarme estudiando, pero podré compensarlo, haciéndolo la noche del viernes.

—Trato hecho, hasta el sábado, dijo Sonia y vente con ropa de campo ya que caminaremos un buen trayecto. Ya habíamos llegado a mi residencia y ni cuenta me había dado. Con la misma se despidió, me dio un beso en la mejilla y le dijo al chofer que irían de regreso a casa. —Paso por ti a las 8:30 am el sábado, concluyó Sonia. En menos de un minuto no había vestigios del automóvil y me quedé parado afuera de la residencia, sin saber bien que hacer, ni que pensar.

Esa noche al acostarme me di cuenta que no podría dormir, así que decidí adelantar el estudio del viernes en la noche. Tampoco podía concentrarme lo suficiente, pero después de años de estar sometido a la práctica del estudio, poco a poco fui entrando en ese mundo, el cual al menos, en esta ocasión, evitaría que mis pensamientos derivaran hacia áreas más peligrosas".

Capítulo XX Chesapeake Bay

"El sábado me levanté muy temprano y tomé un desayuno sencillo. Quería, para cuando llegara Sonia, estar afuera y hacia un lado de la residencia, de modo de no ser visto y no levantar así algún tipo de comentario.

A las 8:30 am en punto se acercó un carro deportivo, creo que un MG, a la residencia, tenía la capota puesta y no se podía ver quien conducía. Al dar la vuelta para parar, pude ver a Sonia, quien me hacía señas para que me montara. Así lo hice y enseguida arrancó. —No creas que soy boba; nadie nos vio. Ese comentario logró que me sonrojara y avergonzara un poco. —Llegaremos en una hora aproximadamente, ya verás que te va a gustar. Solía venir con mis padres frecuentemente, pero después que a él lo eligieron senador, lo hacemos en contadas ocasiones.

Estaba nervioso y sabía que me había metido en una trampa de la cual me costaría trabajo escapar. Debía ser prudente y tratar de demorar lo inevitable, lo más posible. Llegamos a la cabaña en aproximadamente una hora y la misma parecía más una mansión de reducido tamaño. No habíamos cerrado bien la puerta, cuando Sonia me abrazó y me trasladó a un sitio en el que no había estado nunca, aun cuando estuve cerca en mi época de seminarista.

Perdimos la noción del tiempo y cuando vinimos a darnos cuenta ya eran las 3:00 pm. Nos vestimos y salimos a caminar como si nada hubiese ocurrido. Sonia me contó sobre la historia del lugar y sobre todo de la bahía, donde se podían obtener mariscos y moluscos de una gran variedad. Sobre todo, los cangrejos eran excelentes.

La verdad es que inicialmente no me sentía culpable por lo ocurrido. Había roto un voto de los más sagrados, pero en ese momento solo sentía el calor y la suavidad de la piel de Sonia. Más tarde, cuando estaba oscureciendo regresamos a la cabaña donde nos amamos nuevamente y volví a perder la noción del tiempo. Eran las 9:00 pm cuando me pregunté si notarían mi ausencia en la residencia. Me tranquilicé al pensar que los sábados no había servicio de comida después de determinada hora y a partir de ese momento cada cual se preparaba, en la amplia cocina, lo que le provocaba, que por lo general eran bocadillos.

Dormimos el uno dentro del otro el sueño largo de los enamorados, pero al despertar al día siguiente volví a mi realidad. Esa licencia no me la debía de haber tomado, pero sería un accidente en mi vida. Lo único que me preocupaba en ese momento era que no quería de ninguna manera herir a Sonia. Yo la amaba y al parecer ella a mí. No quería hacerla sufrir dándole expectativas falsas. "No conocía bien a Sonia".

Al levantarnos en la mañana del domingo, desayunamos y caminamos un rato cogidos de la mano. La mirada de Sonia era de ternura y más que inteligente. —Sé lo que piensas y no debes preocuparte. Desde el primer momento supe que no serías mío, al menos del todo, y que tu vida estaría dedicada a hacer por la Iglesia lo que otros no han podido hacer. Estoy segura que si hubiera habido otro papa Roland antes de nosotros, nos hubiéramos podido casar por todas la de la ley.

—En la vida todo es expectativa. Sé que perteneces a la Iglesia y tu voluntad para llegar a las más altas posiciones desviaría, eventualmente, cualquier obstáculo que evitase lograr tu objetivo. Nos quedamos mirando de la manera más dulce que cada uno de nosotros pudo ofrecer al otro.

Le dije, —Sonia, tú podrías ser la mujer perfecta para mí y no quisiera recordarte como alguien con quien salí en una oportunidad y vivimos un tórrido romance el cual duró 24 horas. Quisiera que repitiéramos la experiencia de hoy y sabiendo lo que podríamos esperar, eso le daría permanencia y eliminaría el sabor que deja la oportunidad. Después de eso, cada uno seguirá con lo suyo y trataríamos de seguir siendo amigos, si a los dos nos es posible.

El viaje de regreso a Washington fue en silencio sepulcral y no hacía falta hablar, cada mirada contenía más frases de las que podríamos decir con la boca.

Nos despedimos y quedamos en vernos el sábado siguiente a la misma hora y en el mismo lugar. Es decir, en la entrada de mi residencia.

La semana me resultó infinita pero cada vez más, estaba decidido a que sería la última vez que Sonia y yo tuviéramos intimidad. Aunque pareciera paradójico, le pedí a Dios que nos ayudara a que el próximo encuentro fuera el último de nuestra intimidad, y sin embargo, nos pudiéramos seguir viendo bajo circunstancias diferentes y que eso no ocasionara dejar una herida abierta que sangrara cada vez que nos viéramos.

Siempre tuve la habilidad que las preocupaciones o emociones de diferente índole, no ocasionaran en mí una pérdida de concentración que impidiera ser eficiente en mis estudios, o perturbaran mi mente.

Aproveché la semana adelantando en los estudios y poniéndome al día. También le escribí a Silvio Ponti, quien todavía se encontraba en el Vaticano, pidiéndole que si estaba en sus manos, viniera a Washington, que necesitaba verlo.

Silvio era el único de nosotros cuya familia tenía dinero de verdad. Lo habían enviado al seminario, más por el orgullo de tener un sacerdote en la familia, que por su vocación religiosa.

Durante esa semana participé en un programa de televisión titulado. "La Iglesia Católica en Cuba". Me invitó el productor, quien quería tener en el programa a un estudiante del postgrado de teología. Aun cuando el programa fue de gran calidad y el panel cuidadosamente seleccionado, resultó frustrante para mí, ya que pude constatar una vez más, lo difícil que era operar la Iglesia en Cuba, aun cuando fuese sin combatir frontalmente al Régimen".

Capítulo XXI La Despedida

"El sábado temprano estaba en la entrada de mi residencia, cuando unos minutos antes de la hora llegó Sonia en su MG recién lavado.

Entré en el auto y aún no habíamos arrancado cuando la besé en la boca. Sabía que esta era la última vez que la vería bajo esas condiciones. Me la quería aprender de memoria para que su recuerdo me ayudara a mantener su imagen viva por siempre, pero sin sentir dolor. ¡Qué difícil! ¡Prácticamente imposible!

Esta vez volvimos nuevamente a la casa de la Bahía y al llegar a la cabaña permanecimos un tiempo que me pareció infinito pero que resultó ser de unas dos horas aproximadamente, de acuerdo con el reloj. ¡Qué razón tenía Einstein respecto a la relatividad del tiempo!

Nos vestimos y salimos a pasear por la costa de la Bahía hasta que llegamos a Piney Point. Sonia conocía a los señores que ahí vivían, cerca del faro, los cuales al vernos insistieron para que almorzáramos con ellos. Nos terminó de convencer el menú, el cual constaba principalmente de torticas de cangrejo azul, la especialidad del lugar.

La conversación derivó hacia el cultivo y recolección de los cangrejos. Las familias que vivían en la zona se dedicaban a ello y puedo decir, que pocas veces he visto un conglomerado de personas más felices que estos insignes cultivadores de cangrejos. Se sentía paz y la brisa de la bahía era como un susurro para los sentidos. En ese momento me pareció que ese era el mejor lugar para vivir en el mundo.

Ya de regreso a la cabaña, me armé de valor y le dije —Sonia tu eres el único amor de mi vida terrenal pero yo siento que tengo una enorme responsabilidad para con la Iglesia. Yo siempre me he propuesto, que mientras viviera, tendría la obligación de escalar posiciones para llegar eventualmente a un nivel donde pudiese tomar las decisiones importantes y poder así cambiar la orientación de la Iglesia. —¡Papa!, dijo Sonia.

—No creo que llegue a Papa, hay otros factores que influyen mucho para su nombramiento. Por ejemplo, tener un gran conocimiento doctrinal, ser muy piadoso, celebrar muchas misas. En fin, cosas de las cuales yo no hago lo suficiente y conozco poco. Quizás poco no es la palabra exacta, sino menos que muchos otros, entre los cuales hay varios que tienen sus aspiraciones papales.

Cuando estudiaba en el seminario con mi hermano gemelo, nos hicimos amigos de tres estudiantes, los cuales después de un tiempo éramos inseparables. Constituíamos el grupo de los mejores estudiantes, pero sobre todo nos distinguía nuestra alegría y buen sentido del humor, el cual contagiaba a todo el seminario. Al concluir nuestros estudios y tener que ir cada cual para su sitio de trabajo, hicimos un pacto. El mismo consistía, primero que nada, en que todos llegaríamos eventualmente a trabajar al Vaticano. Segundo, uno de nosotros cuatro sería elegido Papa, con la ayuda de los otros tres. Al estar así situados en una posición de poder, el nuevo Papa, con el apoyo de los demás, podría hacer los cambios necesarios para modernizar a la Iglesia Católica.

—Cómo puedes ver, y entre tú y yo, siento una responsabilidad que supera la normal de un sacerdote.

Le limpié a Sonia una lágrima que le caía por la mejilla. Guardó silencio un rato y enseguida dijo: "menos mal que mi madre no conoce tus planes. Conociéndola, no tendría ninguna dificultad en lanzarte a la bahía para que se te quitase lo de hereje".

Ella misma rompió el hielo y sentí que la vida me había jugado sucio. Conocía a la persona perfecta para mí y ella se sentía de la misma manera. Fin de historia.

Dormimos juntos esa noche. Ambos nos sentíamos muy tristes pero más aliviados. Nos despertamos sobresaltados ya que eran las 9:00 am y Sonia tenía una reunión política a la cual su padre le había pedido que asistiera. Tenía que estar con él a las 11:00 am y solo tenía el tiempo justo, ya que debía de pasar antes por su casa donde podría arreglarse para la ocasión.

Al dejarme Sonia en mi residencia ya se había acabado el tiempo extra. Nos despedimos sabiendo que no volveríamos a vernos más, sobre todo en privado".

Capítulo XXII Silvio, Amigo y Confesor

"No pasaron ni dos semanas cuando pasé por el Aeropuerto Nacional de Washington para recoger a mi amigo Silvio. Hacía cerca de cinco años que no nos veíamos y él era el primero que había conseguido que lo asignaran al Vaticano. Después de un fuerte abrazo lo primero que se me ocurrió decirle fue, "si llegaste de primero a Roma es porque serás nuestro Papa". —Roland, no bromees, ni seas hipócrita, puedes intuir perfectamente que tú eres nuestro único candidato. Nosotros estaremos para apoyarte y rezar para que el Señor te ayude.

—Yo te estoy ayudando en todo lo que mi modesta posición me permite. El segundo que vendrá al Vaticano es Bergonzi, con quien pudiste estar un par de meses aquí en Washington, hasta que lo transfirieron a Milán. Allí está completando los estudios de Teología al igual que tú, pero ejerce también un cargo que tiene que ver con publicidad. Me dice que se ha especializado en esa área ya que el publicista del Vaticano tiene más de ochenta y dos años y está muy viejecillo, el pobre. Parece que le hablaron para que fuera eventualmente su remplazo. —Viva la sociedad geriátrica, exclamé. Nos ofrece muchas oportunidades. ¡Viva Bergonzi!

Había logrado hacer tiempo entre mis estudios y otras

responsabilidades para servirle de *cicerone* a mi buen amigo Silvio. La verdad es que Washington combina perfectamente el arte moderno sobrio con el neoclásico y hasta tiene su obelisco que es de inspiración egipcia. Creo que el arquitecto que lo diseñó era familiar de nuestro Cardenal en Washington. Lo que sí es seguro es que fue la estructura más alta del mundo hasta que fue destronada por la Torre Eiffel en 1889.

Después de un par de días de estar haciendo turismo de altura, finalmente Silvio me dijo. —Sé que somos muy buenos amigos, pero espero que no me hayas traído aquí tan solo para mostrarme la capital del mundo. Es sumamente bella, pero si es para eso nada más, temo que no podría justificar dos días más de estadía aquí.

Silvio, me tengo que confesar y no quiero hacerlo con más nadie que contigo. Tú que eres el experto en doctrina, dime, me puedo confesar aquí con vista al Washington Memorial y al Mall, o tenemos que meternos en un confesionario que huela a una combinación de cirio e incienso.

Bueno, pienso que el confesionario es el sitio designado para eso, pero en este caso, podríamos considerar entre los dos que la vista de Washington puede ayudarte al arrepentimiento y sobre todo al propósito de enmienda. Más aún si sospecho que el pecadillo que me vas a relatar, es reacio a ese propósito.

Comencé por el principio y concluí cuando Sonia me dejó en la residencia unos días antes. —Silvio, me duele mucho haber concluido la relación con ella, ya que estoy seguro que hubiésemos tenido una vida muy bella y con hijos a los cuales hubiésemos sabido amar y educar muy bien. Para serte franco, solo he concluido la relación porque los cuatro tenemos un propósito superior, con en el cual yo me siento profundamente comprometido. Así se lo hice saber a Sonia y aun cuando no le gustó, lo supo comprender. Ese es mi arrepentimiento y está claro el propósito de enmienda. —Roland, tal como lo has puesto tú, dijo Silvio, esta confesión constituye un acto totalmente legal en el orden religioso. Como penitencia tendrás que rezar un Padre Nuestro y tres Ave Marías. El mínimo que te puedo dar. *Ego te absolvo...*

Permanecí dos años y medio más en Washington y durante ese tiempo solo vi a Sonia en dos ocasiones. No pude evitar estremecerme al verla y supongo que fue igual para ella...

Durante todos estos años que he estado en el Vaticano no he sabido nada de Sonia. Tampoco he tratado de averiguar nada. Pero no ha pasado tan solo una noche, que antes de dormir, no haya tenido pensamientos para ella. Nunca, después de conocerla, vi o conocí alguna mujer en el plano romántico. Ella capturó mi corazón hace más de cuarenta años y desde entonces no ha querido salir de ahí".

Al terminar de escribir, como siempre hacía, recé. Pero mi último pensamiento, como de costumbre antes de dormirme, lo monopolizó Sonia, hasta que el sueño se apoderó de mí.

Capitulo XXIII Roma y la Filosofía

Al despertarme pensé que había sido un poco injusto con Gerardo, quien se moría por estar con el Tío Tomasz y conmigo. Decidí invitarlo a última hora y esperaba sinceramente que aceptase. Inicialmente les había dicho a mi tío y a mi hermano que almorzaríamos en un lugar en el Vaticano, pero cambié de opinión.

Eran las doce en punto cuando me avisaron de la llegada de mi tío, mi hermano y mi amigo. Gerardo no podía contener su emoción. El mismo fue y saludó directamente a mi hermano. En eso Luciano comentó. —Aunque me vean igual que a Roland, les agradezco que recuerden que mi español no es tan bueno como el de Uds., luego les ruego que hablen, "piano, piano".

Un automóvil nos aguardaba en la planta baja y enseguida entramos en él. —Pensaba que almorzaríamos en el Vaticano pero parece que no es así, dijo Luciano. —Efectivamente, tienes razón. Esta mañana recordé el lugar perfecto para este almuerzo así que decidí a última hora hacer el cambio. Espero sea de vuestro agrado.

El vehículo giró hacia la derecha y dejó detrás la Via de la Conciliazione. Comenzábamos a subir la cuesta, cuando les mencioné a todos que nos dirigíamos hacia el "Janiculum".

—El lugar donde almorzaríamos era un convento que estaba localizado en la parte más alta del "Janiculum" y que en mi opinión tenía la mejor vista de Roma. Por casualidad había almorzado una vez ahí y había quedado encantado con la vista y con las aptitudes del Padre Bruno para las artes culinarias.

Efectivamente, no había un rincón de Roma que no quedase a nuestros pies y pudiésemos detallar en todo su alcance, utilizando por supuesto, algo de imaginación. A lo lejos se divisaba el Parque "Borghese" y el "Pincio", los cuales permitían adivinar la "Piazza del Popolo".

Roma no fue el lugar donde nació el cristianismo, pero sí fue donde adquirió ese carácter universal, en oposición al judaísmo. La historia del origen del catolicismo es asombrosa y a veces no nos damos cuenta por nuestra situación actual. San Pedro fue un judío, discípulo de Cristo, que vino a la capital del mundo en ese momento, para promover la creencia en Jesús, su nueva filosofía y fe, esta vez no a los judíos, sino a todos aquellos hombres y mujeres que tuviesen su corazón abierto a la nueva religión.

Hubo persecuciones y desmanes contra todos los nuevos creyentes. El Coliseo es testigo silente de las atrocidades que se cometieron en esa época. No fue sino hasta casi tres siglos después cuando Constantino decidió unificar su reinado bajo el signo de la cristiandad. Estamos viendo bajo nosotros el escenario donde ocurrieron la mayoría de esos eventos.

Desde ese punto de partida la Iglesia Católica, continuó Roland, poco a poco, se fue convirtiendo en el poder que ha llegado a ser hoy. No ha habido otro poder o fuerza en el mundo que haya podido igualarla. Ni el imperio Romano, ni los Persas, tampoco el imperio Árabe, en su época y ni si quiera el Soviético que hasta hace poco era prácticamente dueño de Europa oriental.

La Iglesia Católica mantiene su fuerza, pero tiene muchas amenazas, siendo la peor, ella misma, con su renuencia al cambio.

—En esta mesa nos reunimos dos religiosos y dos escépticos, por llamarlos de alguna manera. Tanto un grupo como el otro buscamos la verdad y más que eso, ya que la verdad es difícil de encontrar, deseamos que el mundo sea un sitio de paz donde la armonía y el bienestar sean posibles. ¿Que nos separa a ambos grupos? Pues mucho menos de lo que nos une. ¡Brindemos por eso!

—Quería almorzar con Uds. en privado, para anunciarles que el 24 de diciembre a las 3:00 pm firmaré una encíclica y daré un discurso para afirmar la voluntad de la Iglesia de integrarnos a la realidad del mundo y a los tiempos modernos. Entre otras cosas, manteniendo nuestra función religiosa primordial, nos avocaremos también a tratar de resolver los problemas fundamentales que tenemos en el mundo. Comenzaremos por atacar las causas que ocasionan la miseria. Nuestro propósito será ayudar en lo que esté a nuestro alcance, pero sin convertirnos en un ente político. —Uds. tres han contribuido en forma muy valiosa a mi formación como ser humano. Me consta que los tres han luchado por lograr lo mejor de este mundo. —Eso por supuesto te incluye a ti también, Gerardo. Nunca sabré con certeza como te las arreglas para lograr ayudar siempre a tus amigos y aún hasta tus enemigos, sin perder tu posición de poder y mantener un nivel alto de aprecio entre tus conocidos y colegas.

—Sigo empecinado en lograr la libertad de Cuba, continuó el Papa. Han pasado más de cincuenta años en los cuales el pueblo ha padecido de carestías y sobre todo falta de libertad. Ningún pueblo se lo merece, pero el cubano es especial, por su alegría, la cual le es difícil perder hasta en los momentos más difíciles.

El tío Tomasz propuso un brindis por ser el único patriarca de la familia con vida y pidió un minuto de silencio para recordar a mi papá, Roland.

Como podía haber sido de esperar, nos sirvieron cordero, el cual le podía hacer la competencia al que preparaba mi hermano Luciano. —Al ver a Luciano silencioso, le dije bajito. —Está muy bueno hermano, pero ni de casualidad como el tuyo. Los traje aquí más que nada por la vista. No creas...

De regreso al Vaticano comenzó a nevar con una copiosidad que hacía años no veíamos. El cielo estaba blanco con un fondo rosado. Parecía como si todo estuviera confabulándose y ansiando el momento, que durante años esperábamos, sin saber por qué.

Cuando llegué solicité hablar con Silvio, quien según me informaron estaba concluyendo una charla en Santa María Sopra Minerva. Ya había recibido mi mensaje y tan pronto llegara pasaría a verme a mi oficina. Me ocupé mientras tanto, volviendo a repasar la alocución que daría el veinticuatro de diciembre, la cual ya para ese momento, me la sabía casi de memoria. Curiosamente, ahora que estaba a punto de lograr una buena parte de todo por lo cual había trabajado durante mi vida, me sentía desconsolado y con un vacío en mi alma, el cual nunca había sentido de esa forma antes.

Al llegar Silvio, me preguntó qué me pasaba. Me conocía lo suficiente para saber que algo andaba mal. Me tomé un tiempo en responderle y le dije con un tono de voz muy triste. —¡Todo! —Creo que como de costumbre exageras, Roland. ¿Dime qué te pasa? —Silvio, tu eres la única persona en toda la tierra que conoces la situación que viví con Sonia hace un montón de años. Tú has sido testigo de mi sufrimiento, y por tener un temperamento similar al mío, eres el único que me puede comprender. Lo que hice para terminar el romance con Sonia estuvo bien, dejando claro que primero que nada nunca debí haber iniciado tal tipo de aventura. Pero lo hice y pasó. Lo que me parece inverosímil es que en todos estos años, en los cuales no me ha sido posible librarme del pensamiento de ella, no haya tenido la iniciativa y el valor de preocuparme para nada de Sonia. De saber cómo estaba. Si aún vivía o estaba presa de alguna enfermedad, o si más bien vivía una vida tan feliz como la que podía yo haber vivido con ella.

Mi relación que duró menos de cuarenta días, terminó hace más de cuarenta años, pero tengo que saber que ha sido de ella y si es posible, comunicarme con Sonia. —Silvio, como amigo te pido que muevas tus hilos de experto de la forma más discreta que creas posible, para poder saber que ha sido de ella y si acaso la puedes localizar, desearía hablar con Sonia.

—Silvio, no creas que he pasado estos cuarenta años sufriendo. No, no ha sido así y eso es lo que a la vez me aterra. He sido tan racional que he borrado de mi todo vestigio de ella excepto por el fantasma nocturno que cada noche me visita y me recuerda que ella está presente en mí. —Silvio, no sé si me comprendes. Si tú no lo haces nadie lo podrá hacer y estaré totalmente solo en mi sufrimiento.

—Roland, yo te comprendo perfectamente. Yo he sido y soy tu confesor al igual que tú has sido y eres el mío. Ninguno de los dos nos podemos comprender totalmente sin la presencia del otro. Siempre nos hemos tenido la sinceridad que nos ha llevado a podernos ayudar en los momentos necesarios. —Te prometo que trataré de ayudarte y te lo haré saber tan pronto como tenga noticias de Sonia y lo sucedido con ella. —No sé si te has dado cuenta pero está nevando. ¿Por qué no salimos a caminar por los Jardines del Vaticano? —Tengo una idea mejor Silvio, dijo Roland. Llamaré a Giuseppe.

Casi enseguida entró Giuseppe y lo miré con una cara que no le dejaba ninguna duda de lo que me venía tramando. —Su Santidad, ¿es para Ud. nada más o también para el Cardenal Ponti? Silvio me miró con cara de no comprender nada, mientras Giuseppe y yo nos miramos con cara de cómplices.

—¿A dónde van sus eminencias? —Giuseppe, quiero que el automóvil nos deje en el Campo di Fiori. De ahí, caminaremos por el pasaje, hacia Santa Andrea de la Valle y posteriormente y como hace frio nos quisiéramos tomar un buen vaso de vino Rosso en uno de esos cafés que están frente al Panteón. Le diré al chofer que nos esté esperando en la esquina con Via Gulia e iremos caminando desde el Panteón. Silvio palideció cuando oyó la referencia a Via Gulia. Yo lo tranquilicé dándole una palmadita en su hombro y enseguida corregí, cambiando el lugar anterior, por frente al "Palazzo Farnese". Miré a Silvio de reojo, pero ya para ese momento estaba dedicado a tratar de entender, que era lo que yo tramaba.

Al poco rato llegó Giuseppe con sendos atuendos que se asemejaban a los de los monjes de clausura. —Hace bastante frio y sus eminencias no llamarán la atención con estos atuendos. Tanto Giuseppe como el chofer eran mis más devotos cómplices durante mis andanzas por Roma. En sus ojos se les podía ver la alegría que les producía la picardía de burlar de vez en cuando a la Guardia Suiza.

Al arrancar el automóvil del Vaticano le dije a Silvio que me intrigaba si la práctica que yo realizaba, al menos cada dos semanas, seria original de mi parte o si otras santidades la habrían puesto en uso, con anterioridad.—Silvio, te confieso que en la posición de Papa uno puede sentirse totalmente solo si no hace las travesuras que he venido practicando desde hace algún tiempo. —Roland, por favor, no te confieses conmigo, las travesuras que has venido haciendo desde hace un tiempo, no son pecados. Los dos nos reímos con ganas y pensé qué diferente sería mi vida en el Vaticano si no contara con mi amigo Silvio.

El espectáculo del Panteón nevado, y nevando a la vez, era único. En Roma nevaba muy poco y en esa fecha menos aún. Aun cuando no éramos supersticiosos, dicho accidente climatológico nos pareció un presagio favorable al discurso que estaba por dar.

Capítulo XXIV La Capilla Sixtina

El día siguiente, jueves, fue muy activo. Desde muy temprano comenzó la jornada. Ofrecí misa a las 7:00 am, después desayuné con el Comité de Relaciones Exteriores y finalicé la mañana reunido con los financistas del Vaticano para terminar de revisar el presupuesto del año siguiente. En realidad esa responsabilidad no me correspondía a mí. Mi amigo el Cardenal Rizzo era el Prefecto de Estado y era él quien se encargaba de todo lo relacionado con presupuestos. Mi presencia solo era para apoyar a Rizzo y dejar claro que debíamos ahorrar y evitar gastos superfluos en donde fuese posible.

Quedamos todos muy contentos por la labor efectuada ya que logramos reducir el presupuesto del año entrante del Vaticano en cuatro millones de euros, sin tener que reducir sustancialmente el personal activo.

Ese día almorcé frugalmente con el embajador Norteamericano y con el del Reino Unido. Solía tener estas reuniones esporádicas con la mayoría de los representantes de las naciones con quien teníamos relaciones. Muchas veces también me reunía con los jefes de estado, cuando pasaban por Roma.

La jornada laboral concluyó reunido con mis dos asistentes. La reunión giró en torno a los detalles de la cena de esa noche y los preparativos de última hora en referencia a mi discurso del veinticuatro. Todo se veía bien.

Ya a las nueve de la noche habían llegado todos los comensales excepto mis tres amigos, los cardenales. Comenzamos a subir las escaleras hasta que llegamos a un punto donde solo había una puerta inmensa de madera, completamente cerrada. De repente se oyó como un gruñido interno y apareció, lo que parecía ser una figura solemne... era el Cardenal Bergonzi y junto a él estaban los cardenales Ponti y Rizzo observando, con un aire de picardía, el asombro de mis comensales al ver la entrada de la maravillosa Capilla Sixtina. Yo no había estado en ese sitio desde que fui elegido Papa, hacía unos seis meses.

En el centro del salón estaba puesta la mesa en todo su esplendor. A un lado habían arreglos florales sencillos pero de una gran belleza. La mesa tenía diez puestos y su centro estaba justamente debajo del fresco de la Creación. Me senté en la cabecera, colocando a mi madre a la izquierda y a mi tío Tomasz a la derecha. La otra cabecera la ocupaba Luciano quien con mucha dificultad podía controlar su emoción. No hacía sino mirar hacia arriba y a los lados, comentando a su vez, que en ese mismo lugar había estado Miguel Angel, hacía ya unos quinientos años, pintando esa obra maravillosa la cual no era, para él, de todo su agrado.

Sin lugar a dudas, Miguel Angel hubiese preferido, con marcada ventaja, estar enfrentado a un mármol enorme de Carrara, que a una pintura, según él, bidimensional. No en balde, las figuras detalladas en la creación y el juicio final parecieran expresar su deseo de salir rápidamente de la pared.

—Desde que Miguel Ángel concluyó esta pintura maravillosa, se han elegido más de cincuenta Papas en este recinto. —Quería darles la sorpresa de algo que fuese inolvidable y creo que pocas cosas tan bellas y de nuestro agrado pueden estar juntas a la misma vez; comenzando por nuestra corta pero muy querida familia, nuestros amigos irremplazables, el lugar, lo que contiene y representa, todo esto en una noche nevada y como hacía años no se veía.

Las esposas de mi tío Tomasz y Gerardo no salían del asombro. Parecía que de un momento a otro arrancarían a llorar presas de la emoción y la alegría.

Es curioso como el exquisito menú de la cena, con lo bien preparada y deliciosa que estaba, palidecía frente a las cualidades ventajosas de la compañía, lugar y circunstancias mencionadas anteriormente. La sorpresa no tiene sustituto y el ser humano tiene un límite para absorber la alegría. Sería más eficiente y definitivamente más agradable poder distribuirla de forma uniforme en el tiempo.

Durante la cena les pedí a todos que brindáramos por el éxito del discurso que pronunciaría en la víspera de Navidad a las tres de la tarde. Su propósito era dejarle saber a todo el mundo ciertos cambios de forma y contenido que había venido trabajando con mis amigos los cardenales aquí presentes y que hasta ahora gozaban de la aprobación de una nutrida parte de los cardenales y obispos de la Iglesia.

—No habrá realmente nada nuevo en los mismos, refiriéndome a que no habrá sorpresas. Por más que parezcan cambios muy importantes y que en realidad lo son, los estamos haciendo ahora, pero es simplemente algo que debió haber comenzado a hacerse muchos años atrás. Yo me atrevería a decir que lo que diremos el 24 a las 3:00 pm es casi un discurso que actualiza la vigencia de la Iglesia y la pone al día frente al siglo XXI. Pienso que si pasara mucho más tiempo sin que redefiniéramos estos aspectos, continuaría la erosión de feligreses a otras iglesias o al escepticismo, a un paso cada vez más acelerado.

Aun así, parece asombroso que hayamos logrado un consenso entre los cardenales y obispos sobre temas en los cuales parecía que hubiera habido grandes diferencias. Quizás el hecho que haya pasado mucho tiempo después que algunos de estos cambios hubiesen sido planteados, ha facilitado, que la gran mayoría finalmente estuviese de acuerdo, o al menos resignados a aceptarlos.

La Iglesia Católica ha sido tradicionalmente un gran poder. El mismo, sin duda, ha disminuido a través de los años, en la medida que se ha vuelto más democrática y menos dictatorial. La pérdida de poder, siempre y cuando sea balanceada con un mayor respeto, consideración y por qué no, amor, creo que es algo que vale la pena. Además dicha pérdida es bastante relativa, ya que el poder de la Iglesia se encuentra más en la unión y el número de sus feligreses que en la autoridad que se desprende la jerarquía de la misma. Por suerte algunos, no muchos, tendrán que aprenderlo aunque sea a la fuerza, pero lo harán, si es que quieren permanecer en la Iglesia.

Estamos también proponiendo una participación más activa en la solución de muchos de los problemas que acontecen actualmente en el mundo. Esto hará que la escogencia de los futuros papas no estará solamente basada en sus conocimientos doctrinales y su piedad religiosa, lo cual pensamos que es necesario, pero será muy importante además, su capacidad de liderazgo para poder proponer e influir en las decisiones que se vayan tomando, para el bienestar de la mayoría de los habitantes del planeta.

Trataremos de continuar siendo neutrales hasta donde sea posible, pero si en algún momento la injusticia y la maldad se impusiesen, debemos tomar partido apoyando las fuerzas del bien, sean cuales fueren.

Sabemos que la definición del bien pudiera en ocasiones parecer algo subjetiva, por eso no debemos tomar una posición firme hasta que los valores y principios éticos del caso, hayan sido comprobados. Nuestra participación en este tipo de eventos debe ser el mínimo posible, pero es necesario que demos la cara frente a las grandes injusticias del mundo y tomemos posición para poder ser una gran fuerza moral; de otra manera no representaríamos nada o, inclusive se podría decir que representaríamos al mal por omisión.

A partir de ese comentario, la cena se convirtió en una especie de fiesta en la cual cada uno de nosotros tenía algo que decir. "Entre el español y el italiano todos nos comprendíamos muy bien". El tono se volvió cada vez más festivo y pude contemplar como mi mamá y las otras dos señoras no paraban de hablar y reír ¡Nada poco usual entre mujeres!

Una vez concluida la cena, nos trajeron los abrigos y sin que nadie dijera nada salimos por la puerta, caminando esta vez, por dentro del Museo Vaticano. Pronto llegamos al patio interior a donde salimos todos. Ya no nevaba. El cielo estaba totalmente estrellado y había cantidad de nieve en el piso. Al concluir la primera vuelta en el patio les dije a mis familiares y amigos que el día siguiente seria la víspera de Navidad y que no creía que tuviese tiempo de verlos por la agenda tan apretada que tenía. Lo que si me encantaría, dije, sería que estuvieran conmigo cuando celebrara la misa de Gallo. Para ese propósito ya les habían reservado unos puestos, cerca de mí y del altar.

Capítulo XXV La Víspera de Navidad

Finalmente llegó el 24 de diciembre. Desde muy temprano, a eso de las 7:00 am, comenzó a nevar de nuevo. Sentí la alegría que produce ese evento, sobre todo cuando no se tiene que salir a la calle y se puede observar nevar desde un sitio cálido.

Curiosamente durante esos días, más que en otros, había pensado bastante en Sonia. No había recibido aún ninguna información por parte de Silvio y me sentí tentado a preguntarle, pero conociendo lo eficiente que era, estaba seguro que le habría dado la prioridad debida y concluí que él mismo me informaría tan pronto supiera algo.

Esa mañana tuve algunos eventos relacionados con la víspera de Navidad. Hubo la entrega de juguetes, que tradicionalmente hace la Iglesia para los niños de menos recursos. La Navidad había sido siempre mi época favorita y el solo poder experimentar ver la cara de alegría de los niños, esta vez, al recibir los juguetes de manos del Papa directamente, me conmovía.

Giuseppe, mi eterno cómplice, era quien me hacia la entrega de los juguetes. Normalmente ese acto se llevaba cerca de una hora, pero en esta ocasión teníamos muchísimos juguetes para repartir y por eso se prolongó por casi dos horas. Giuseppe había hecho un gran trabajo. Él y yo habíamos acordado que no quería más de dos horas entre la entrega de juguetes y el discurso. Ese corto tiempo no me daría mucha oportunidad para ponerme nervioso.

Ya lo había planificado todo. Almorzaría con mis tres amigos, hablaríamos de cualquier cosa que no tuviera que ver con el discurso, me vestiría tan solo faltando quince minutos para él. Giuseppe tendría que hacer magia. El maquillaje y peinado solo tomaría dos minutos, el cambio de vestuario otros cinco o diez minutos, así solo tendría que esperar, quizás unos pocos minutos más, para mi salida a la ventana.

Capítulo XXVI El Discurso

La plaza de San Pedro estaba que no cabía un alfiler. La multitud llegaba casi hasta el "Castel San Angelo". Entre las personas no había casi mayor espacio. La cantidad de gente y el frío mantenían a los fieles, como pegados entre sí.

Salí a la ventana. Los vítores y aplausos no me dejaron comenzar a hablar, sino hasta después de haber pasado unos tres minutos...

—Queridos hermanos todos; sacerdotes, monjas, hermanos y hermanas de todas las congregaciones; obispos y cardenales. A todos los fieles e inclusive a todas las personas, independiente del credo que ellas tengan o la ausencia de credo. Estamos todos presentes desde la Plaza San Pedro hasta tan lejos como el rio Tiber. Amamos a Dios y a la Iglesia sobre todas las cosas. Ese amor es consecuencia de nuestro amor al prójimo, que se manifiesta en su esencia con mucha comprensión y la disposición para ayudarnos entre nosotros.

La Iglesia fue creada desde la época de San Pedro, nuestro primer Papa. En esa época los cristianos éramos perseguidos por representar algo diferente a lo cual Roma temía, sin razón y sobretodo sin saber por qué.

El ser humano siempre y en todas las épocas, le ha

tenido miedo a lo desconocido. Muchos han preferido llegar inclusive hasta el crimen, solo por mantener las cosas en el lugar que están. Las malas acciones están siempre inspiradas en el miedo. Si el ser humano logra desprenderse de sus temores y abre su conciencia y el corazón a las cosas nuevas, tendremos un ser humano nuevo, capaz de crear y aceptar las creencias de otros y así estar en disposición de ayudar, y realmente amar al prójimo. Sin lo anterior, no se puede lograr amar a Dios y por más que lo intentemos, será prácticamente imposible.

El miedo es casi siempre, al cambio. Los grandes creadores en la historia del mundo, comenzando por Jesucristo, pasando por todos los artistas, arquitectos y continuando con Galileo, Newton, Darwin, Einstein, hasta Niels Bohr y muchos más, lograron lo que querían, a fuerza de voluntad y lucha para hacer valer sus ideas sobre las tendencias que venían de tiempos atrás, venciendo así el temor al cambio y a lo incierto.

Jesucristo fue crucificado y nunca renunció a sus ideas. Todo eso lo hizo por el verdadero amor al prójimo. Por eso debemos luchar por el bien. Eso no implica ser violento sino todo lo contrario. Luchar cada uno por sus ideales que es lo que vale la pena.

Desde hace, yo diría, unos cincuenta años, la vida y lo que significa para nosotros ha venido cambiando con cada año que pasa, de una forma más acelerada. Si hablamos de los avances técnicos y científicos se nota aún mucho más. Es por eso que no debemos quedarnos parados frente a una tradición o costumbre, la cual no sea compatible con la vida moderna. Sobre todo porque el tipo de vida anterior, que ya ha pasado, no volverá jamás.

Lo advierto, esto no significa que estaremos cambiando como veletas para adaptarnos a las nuevas circunstancias. Las enseñanzas básicas de la Iglesia seguirán vigentes, tal como ha sido la presencia de la Iglesia en la tierra durante siglos.

Muchas de las costumbres que tenemos hoy en día fueron distintas en el pasado y el consejo mejor que podemos tener, hoy en día y en algunos casos, es volver, en esa costumbre particular, al pasado.

Lo que no podemos ser es extremadamente dogmáticos o totalmente cambiantes, ya que los extremos siempre son malos.

Precisamente, además de administrar los sacramentos y muchas otras funciones adicionales, el rol principal de la jerarquía de la Iglesia es manejar la balanza entre lo tradicional y lo nuevo. Por lo que se puede ver, esa función de las autoridades de la Iglesia cobrará cada día más interés.

El progreso del mundo está acelerándose y cada vez se conocen más los misterios del Universo. Nunca llegaremos a Dios por ese camino, pero por lo que se puede ver, cada vez nos acercaremos más. Nuevamente y he de insistir, no debemos temer a esa circunstancia, por amenazadora que parezca. El acercarnos cada vez más a Dios es nuestro objetivo.

Nadie sabe, y a lo mejor faltan más de diez mil años para que llegue el Juicio Final. Durante ese tiempo nuestra descendencia no esperará nuevamente la aparición de Jesucristo en la tierra. Es por eso que debemos mantener nuestra religión Católica actualizada, sin que ello signifique en modo alguno la renuncia a nuestros principios. No, no de lo que estamos hablando es de todo lo contrario.

Nuestros cardenales me eligieron Papa hace poco menos de un año. Mi elección no fue fácil para algunos de ellos, ya que nunca mantuve en secreto mi forma de pensar. Digo lo anterior, no para hablar de mí, ya que solamente soy el instrumento de la decisión ejecutiva otorgada a través de los cardenales y por extensión, por la Iglesia; sino para manifestar que la Iglesia está ya madura para tomar las decisiones que está tomando a través de mí.

Hay cuatro aspectos y costumbres que estamos adaptando a los tiempos modernos y los mencionaré a continuación:

La primera enmienda, es la práctica de la disolución del matrimonio y por ende, la posibilidad que el fiel pueda disolver su matrimonio y volver a casarse si así lo desea. Primero, quiero dejar claro lo que siempre ha sido y esperamos que nunca cambie. El sacramento del matrimonio es quizás el más sagrado de todos, junto al Bautismo y la Comunión. La posición de la Iglesia ha sido que lo que Dios une, no lo desune el hombre. La posición de la Iglesia no cambia en lo fundamental y continuará haciendo cada vez más esfuerzo para que las parejas se preparen cada vez más para el matrimonio y estén conscientes de las condiciones adversas de un divorcio o una separación.

El daño hecho a los hijos es irreparable en la mayoría de los casos. De ahí que el esfuerzo de la Iglesia será mucho mayor de ahora en adelante. Pero también comprende que de ser insostenible una relación matrimonial es preferible darle la oportunidad a las parejas para que rehagan su vida, dándoles a sus hijos mejores oportunidades.

Creemos que ese es el menor de los males y por tanto los trámites para la disolución conyugal serán simplificados y la autoridad recaerá en las parroquias a las cuales los fieles estén adscritos. Los párrocos tendrán la sagrada misión de buscar avenidas mediante las cuales traten de poder salvar el matrimonio. De no poder, a pesar de su esfuerzo, salvarlo, no tendrán más remedio que disolverlo.

Vuelvo a insistir que el proceso previo al matrimonio debe ser lo más completo posible y así darle la oportunidad a las parejas para que puedan detectar incompatibilidades potenciales y no lleguen a celebrar un matrimonio que tenga pocas oportunidades de subsistir.

La segunda enmienda en mi encíclica, enviada a todos los obispos del mundo se refiere al control de la natalidad. Desde hace años la Iglesia ha insistido, con razón, en ese aspecto de las cosas. Se relaciona en gran medida con el anterior y se resume en la responsabilidad conyugal y entre las parejas, en general. Todo esto lo estamos viendo desde un punto de vista pragmático y no doctrinal, Existen razones que aconsejan el uso de prácticas para el control de la natalidad. Por ejemplo, un matrimonio que apenas está comenzando y por alguna razón, sea económica o de preparación entre ellos, necesitan o desean postergar tener hijos, posiblemente el mal menor sea evitarlos temporalmente. La abstención no es una práctica viable. Simplemente no es la solución.

El método aprobado por la Iglesia es el de Billings y aun cuando es estadísticamente bastante efectivo, si se practica bien, no es del todo aceptado por muchos matrimonios, quienes en forma separada o complementaria, usan adicionalmente, otros métodos.

Lamentablemente, hoy en día existe mucha más libertad sexual que en el pasado reciente y en algunos casos hasta promiscuidad. Los hijos requieren de la figura de un padre y una madre para poder lograr un buen balance. El aumento reciente de madres solteras es perjudicial para los hijos. Es preferible que una mujer tenga hijos cuando los pueda compartir con la figura de un padre y mientras tanto evitarlos, preferiblemente mediante la abstención, pero en estos momentos preferimos dejar a juicio de la pareja el método de contracepción que usarán.

Es por eso que estamos siendo prácticos en algo que es de uso común entre muchos fieles y no tiene sentido seguir mirando para el otro lado. Mediante estos cambios, si se quiere prácticos, la Iglesia no está cambiando nada fundamental, sino reconociendo una realidad.

La tercera enmienda, aun cuando pueda parecer un cambio en la doctrina, no lo es. Me refiero a la posibilidad que nuestros religiosos que viven una vida célibe puedan vivir vida marital. Hace cientos de años esto era así, pero con el tiempo muchas congregaciones fueron estableciendo los votos de castidad y la vida célibe se hizo general para todos los sacerdotes y muchos religiosos de la Iglesia.

Tenemos que decir que en los momentos actuales tampoco vemos que esa práctica deba ser obligatoria, aunque si voluntaria. Debemos reconocer que la motivación de los fieles a participar en una vida religiosa ha disminuido sensiblemente. En muchos casos casi únicamente debido a la obligación de mantener el celibato.

Ha habido, si se quiere, deserciones a otras religiones

cristianas, las cuales permiten el matrimonio a los representantes del clero. El celibato ha sido estudiado, casi en forma continua, por representantes de nuestra Iglesia en el Vaticano. Su implementación ha sido impedida por el natural temor al cambio.

El deseo de aprobar el celibato voluntario es inmenso. Pocas personas saben que, y leo textualmente. "El celibato no es esencial para el sacerdocio y no es una ley promulgada por Jesucristo." Estaba claro que había una intención contenida en esas palabras y quien las dijo fue nuestro querido Papa Juan Pablo II, en julio de 1993.

De ahora en adelante, los obispos tienen instrucciones de permitir que estos cambios ocurran, cuando sean solicitados. El Vaticano mantendrá una oficina de consultoría para tratar de mantener cierta uniformidad de criterios.

Un hombre o una mujer pueden decidir, en cierto momento, escoger un patrón de vida célibe y hay que reconocer que a muchos les va bien en su vida religiosa con esa práctica. Las circunstancias de la vida pueden hacer que los sentimientos de individuos pertenecientes a nuestro clero cambien y esto puede suceder con cierta facilidad, ya que todos somos humanos. Sabemos que la vocación religiosa y el deseo de ayudar a los fieles y feligreses para que logren su paz y felicidad en la vida, permanece intacta y no es deseable que ese potencial de hacer el bien sea interrumpido por una práctica que no es de índole doctrinal.

En esta nueva enmienda no deben haber excepciones. Los casos pueden ser manejados cuidadosamente y con la debida consideración. Pero lo anterior no debe ser motivo para trabas dilatorias de tipo burocráticas. Se requerirá de cierto tiempo, dependiendo del caso y de las parejas, para que tengan la oportunidad de repensar y sopesar su decisión.

Habiendo mencionado las nuevas prácticas, me quiero referir a un aspecto vergonzoso y criminalmente grave que trata acerca de algunos de nuestros religiosos que han sido encontrados culpables en los casos de pederastia y abuso sexual. Casi peor todavía es el encubrimiento, por parte de sus superiores, en esos tipos de actos y de las personas incursas en los mismos. De aquí en adelante y ante una mínima sospecha debemos proceder a ponerlos en manos de la Ley y si resultan culpables, expulsarlos de la Iglesia y que las autoridades les apliquen todo el rigor de la Ley. "No es justo que haya habido tanta impunidad en estos últimos años", ¡Queremos una Iglesia de la cual todos nos podamos sentir orgullosos!

La Iglesia es una institución humana para facilitar, a todos los humanos, independiente de su fe, la ayuda necesaria para que puedan resolver sus problemas de índole espiritual y encontrar a Dios.

La institución religiosa es humana, repito, y como tal dirigida a hacer cosas buenas y también, por ser humana puede caer en el pecado. Ya ha salido un instructivo a todos los obispos y jefes de congregaciones para establecer cómo deben ser manejados estos casos. Pero lo fundamental es que no habrá tolerancia para aquellos que caigan en actos de pederastia, abusos sexuales, etc. Debemos actuar de inmediato, denunciando estos casos a las autoridades del país correspondiente.

También deseo compartir con Uds. que la Iglesia,

como un conjunto, cesará de ser una sociedad machista. Y repito la palabra machista para los que puedan creer que no me escucharon bien. Las monjas son parte fundamental de la Iglesia y tradicionalmente se han ocupado primordialmente de aspectos tan importantes como la caridad y la educación de los fieles. Muchas de ellas desearían poder administrar sacramentos o poder ocupar posiciones de importancia en la jerarquía de la Iglesia. En esta oportunidad estamos haciendo el anuncio que esta medida podrá ser implantada en el corto plazo, es decir, menos de un año, cuando los estudios del Comité estén concluidos. Este Comité estará integrado por un mínimo de 30% de religiosas y mujeres seglares.

Nosotros pensamos que nuestra Iglesia saldrá fortalecida como consecuencia de esta encíclica y nuestro deseo es, como parte esencial que son ustedes de la Iglesia, hacerlos partícipes de la misma. Lo estamos haciendo precisamente hoy, en la víspera de la celebración del nacimiento de nuestro Señor Jesucristo, fundador y esencia, por así decirlo, de nuestra religión.

Les deseamos a todos Uds. los reunidos en la plaza San Pedro hasta el rio Tiber y a nuestros queridos televidentes, reunidos también por la magia de la tecnología, una muy feliz Navidad, deseándoles que Dios los ilumine y ayude para que la vida de cada quien le de los frutos que Uds. deseen y los encamine por la senda del bien.

Muchas felicidades y que disfruten mucho la Navidad en unión de sus familiares y amigos.

¡Dios los bendiga a todos!...

De repente se hizo cierto silencio en la plaza San Pedro, como si los fieles ahí reunidos estuvieran tratando de asimilar lo ahí dicho por el Papa. No pasaron diez segundos cuando la multitud comenzó a vitorear al Papa. Todos gritaban, ¡Papa, Papa, Papa!............................. El vitoreo no se extinguió sino hasta cuando el Papa salió nuevamente y saludó a la multitud, la cual estaba totalmente emocionada.

No había duda en la respuesta que había tenido mi discurso. Solo había que ver la muestra que estaba a mis pies. La más grande e instantánea de la cristiandad.

Capítulo XXVII La Evaluación

Me retiré del balcón y me senté con todos mis colaboradores a ver y oír los comentarios que se podían filtrar de las emisoras de televisión más importantes del mundo. Las noticias iban llegando a las diferentes cadenas televisivas con más velocidad de la que el espacio disponible en ellas podía transmitir.

No cabía duda, el impacto inicial no podía haber sido más positivo. Era como si todas las personas del mundo hubieran estado esperando que algo así pasara, sin cada uno saberlo.

Sentí una gran necesidad de estar a solas para agradecer al Señor la benevolencia que había tenido conmigo y con nuestra, (su) Iglesia. Me retiré a mi oficina privada y le pedí a mis asistentes que organizaran una primera reunión de evaluación para dentro de una hora.

No tan lejos estaba el Cardenal Cognotti en su monasterio, viendo la televisión, cual monje cualquiera. Ya no vestía sus hábitos de cardenal, aun cuando todavía no había sido despojado de su título. Para los monjes al igual que para Cognotti, el discurso no había caído de sorpresa.

Desde hacía un mes aproximadamente, el Prior había

sido informado por escrito, al igual que los obispos y los líderes de las demás órdenes religiosas, y notificado a su vez a los monjes. Todos se habían reunido con el Prior y habían examinado el contenido de la encíclica. Para ellos, la encíclica no tenía un gran significado, como hombres acostumbrados a vivir una vida en reclusión. Sin embargo, el Cardenal quien conocía la vida pública un poco más, manifestó, en varias ocasiones, su desagrado y sus razones frente a los demás monjes.

Los monjes escucharon lo que Cognotti tenía que decir y después continuaron sus labores con la mayor indiferencia.

Capítulo XXVIII Sonia y Silvio

No ocurrió lo mismo en Roma, donde una señora que parecía tener unos sesenta años suspiraba y lloraba frente al televisor con todo menos indiferencia.

Sonia y Roland habían concluido su relación pero la llama seguía viva por dentro. Después de la segunda visita a la casa de Chesapeake Bay, y de haberse despedido, solo se habían visto en dos ocasiones más y siempre en sitios públicos. No habían vuelto a hablar y no hacía falta, puesto que sus miradas expresaban todo lo que sentían.

Después de haberse marchado Roland al Vaticano, Sonia vio el último soplo de esperanza extinguirse. Unos años después conoció a un señor llamado John Fox, algo mayor que ella. Abogado y ligado a la más exclusiva sociedad de Washington. Su gentileza, inteligencia y aspecto gallardo terminaron haciendo un hueco en su corazón para permitir que John ocupara un puesto, aunque fuera pequeño, en un sitio, que hasta ahora había sido territorio exclusivo de Roland.

Se casaron al poco tiempo. Toda la aristocracia de Washington fue a la boda para ser testigos de un evento que relacionaba a dos miembros de las familias más influyentes y exquisitas de esa ciudad. La pareja tuvo dos años de felicidad ininterrumpida hasta el momento en que John fue llamado para servir a su país en la guerra de Vietnam. Sonia y John no habían podido tener hijos hasta ese momento y ella ansiaba el regreso de John para estar con él y poder tener su ansiada descendencia.

No transcurrieron tres meses, cuando sonó el timbre de la puerta de casa de Sonia. Dos señores vestidos elegantemente en uniforme militar y con porte adusto, estaban frente a la puerta. A Sonia se le estremeció el corazón. No había que ser un genio para comprender que esos señores no eran portadores de buenas noticias. Por suerte y justo en ese momento llegaron los padres de Sonia y pudieron al menos, tratar de consolarla.

En los últimos cinco años el destino, pareciendo ser generoso, se le había presentado a Sonia con la felicidad, en dos ocasiones. Se preguntó que había hecho ella para ser merecedora de tanta crueldad. "Nunca llegaría a comprenderlo".

No pasó mucho tiempo, cuando el vacío dejado por John, pronto fue ocupado nuevamente por Roland. Otra vez Darwin, pensó Sonia. "La capacidad del ser humano, para adaptarse, es asombrosa".

Sonia se entretenía intensificando su actividad en las labores sociales. Tenía buenas amistades y sus padres siempre estaban con ella. Trataban de compartir juntos y darle toda la felicidad que podían. La vida pasó a ser, dentro de su vacío, algo bonito y que valía la pena. Pasaron los años y Sonia perdió a su padre. Su madre y ella cayeron en tal tristeza, que solo alcanzó a aliviarlas la proximidad de ellas dos. Ya por ese tiempo Roland había pasado a ser el Cardenal Nowak, hecho este que le dio mayor visibilidad, lo cual le permitió a Sonia poder ver fotos y leer artículos y noticias acerca de él, sobre todo en el Internet.

"Con qué poco se entretiene el ser humano cuando no tiene mucho". Dijo Sonia para sí misma. ¡Qué tristeza!

Desde su casa en Washington pudo observar, orgullosa, la elección de su Roland, como Papa. Le parecía que para estar cerca de los setenta años lucía formidable. Se le estremecía el corazón cada vez que lo veía, pero prefería eso que dejarlo vacío.

A partir de ese momento no había un día en que no pasara al menos, un par de horas siguiendo su pista, leyendo sus escritos y, en fin, viviendo su vida con él y a distancia.

Esa vida de amor puro a distancia y sin esperanza, desde Washington, fue interrumpida por una llamada telefónica. Quien hizo la llamada se identificó como el Cardenal Ponti, amigo íntimo de Roland, a quien Sonia recordaba someramente, por referencia de Roland, al haberle hecho una visita, cuando todavía él vivía en esa ciudad.

—Lo recuerdo, su Eminencia, dijo Sonia. Aun cuando han pasado más de cuarenta años desde que oí su nombre por primera vez. Siempre sé de Ud. a través del Internet, cuando sigo las noticias del Vaticano, quizás con demasiada frecuencia.

—La llamo por solicitud de su Santidad, quien me pidió que la ubicara. No me pidió que la contactara, pero me tomé la libertad de hacerlo. Espero que haya hecho bien. —En lo que a mí respecta puede estar seguro que sí, dijo Sonia.

Una conversación que se suponía debía durar como

máximo cinco minutos, se prolongó por más de una hora. Tanto Sonia como Silvio eran grandes conversadores y al parecer su interés en común, los unía. Ese preciso día en que hablaban Sonia y Silvio, marcaba que solo faltaban cinco días para la víspera de Navidad y por ende para el discurso del Papa.

Capítulo XXIX El Encuentro

Roland se despertó de su siesta extendida, a las cinco de la tarde. No debía dormir demasiado en una noche como esta, pero sus asistentes le cuidaron el sueño como Ángeles Custodios, ya que comprendían que el peso de las emociones y tensiones en estos últimos días había sido muy grande. Por otra parte, esa noche debía oficiar la Misa de Gallo y no volvería a ver la cama sino hasta el día siguiente en la madrugada.

Había pautado para esa tarde una reunión con el Comité de Doctrina con el propósito de conocer los resultados depurados sobre la encíclica y el discurso. "Es increíble, pero tengo nuevamente que insistir en que la capacidad de las personas para asustarse con las cosas que no han sucedido y que cuando suceden no pasa nada nefasto, es desproporcionada". El miedo al cambio en el ser humano y mucho más en los grupos, es asombroso. Pareciera que el temor es reforzado entre los unos y los otros… Cuantas cosas buenas se hubieran podido haber hecho antes, si no hubiese sido por el miedo de hacerlas.

Los resultados continuaban estando en línea con los iniciales. La acogida había sido total. El comentario central de la mayoría de las personas, a nivel mundial, era que la Iglesia Católica se había incorporado al mundo moderno. —Gracias a Dios hicimos lo correcto, no hay nada que temer… dijo el

Papa.

Esa noche cenaría algo ligero en compañía de sus tres amigos y su familia, excepto por Luciano que se había ido ya, por tener sus responsabilidades en Santa Benedetta y Orvieto.

A eso de las siete de la noche Giuseppe le anunció que el Cardenal Ponti lo estaba esperando en la antesala de su oficina. Le intrigó esa visita, más aun sabiendo que cenarían juntos en tan poco tiempo. Salí, lo más rápido que pude a la antesala y vi a una dama muy elegante a quien no tuve ninguna dificultad en reconocer.

Muchos años habían pasado, pero cuando nos miramos, sentimos que el tiempo no había transcurrido. No había rastro de Silvio en la antesala, pero no me podía imaginar cómo hubiese podido haber hecho él un mejor trabajo. Me acerqué a Sonia lentamente, le tomé sus manos y la besé en la mejilla. Esta operación se tomó su tiempo y al concluir, procedimos a sentarnos. Estuvimos contemplándonos por espacio de un minuto, que nos pareció una hora. Sonia rompió el silencio. —Roland, no sé si es porque hemos envejecido los dos al mismo tiempo, pero te veo cómo te he imaginado a través de los años y sobre todo luces mucho mejor que en la televisión. —Tú sigues tan preciosa como siempre, dijo Roland. —Nunca imaginé que volvería a verte. "Regresó el silencio, no era posible expresar para ninguno de los dos, lo que ambos sentían".

Al fin Roland preguntó. —¿Estás sola en Roma? —Sí. Mis padres desgraciadamente murieron ambos. Ya desde hace muchos años no tengo esposo, soy viuda, y lamentablemente la vida no nos dio tiempo para tener hijos.—No sabes cuánto lamento la muerte de tus padres, a quienes respetaba y apreciaba muchísimo. —No estamos muy diferentes, dije con una cierta sonrisa triste. Yo a diferencia de ti, aún tengo a mi madre. La conocerás esta noche en la cena. Espero que no tengas otros planes. —¿Y cómo me presentarás? Dijo Sonia —Como una amiga que tuve en Washington y que vino a visitar Roma. Nadie tiene que saber que Roma soy yo. Dijo con cierta picardía y su usual falta de modestia.

—Roland, no te puedo expresar la alegría que tengo. Al principio, cuando hablé por teléfono con el Cardenal Ponti pensé que lo más conveniente era que te llamara y conversáramos, pero que no viniera a verte al Vaticano. —Me entristece darte la mala noticia que desde hace un año me encontraron un cáncer, el cual traté de curar con quimioterapia y radioterapia pero tan solo se logró reducir el tamaño del tumor. Aun sigue ahí. El tumor no es operable y según me dicen los médicos, parece que crecerá muy lentamente hasta que me llegue el final. —¿Cuánto tiempo? Preguntó Roland de inmediato. —Te tengo que admitir, Roland, que ni ellos mismos saben con certeza. Deduzco por lo que he oído por aquí y por allá que puede ser entre dos y cuatro años, siempre que continúe con mi tratamiento cada seis meses, quizás con suerte, algo más. No quise dejar de verte aunque fuese una vez más, así que aquí estoy. A Roland se le salió una lágrima y Sonia le agarró la mano. "Quedaron nuevamente mudos, hasta que el mismo Roland trató, con un balbuceo, de romper el silencio". —Roland, por favor, te pido que no digas nada en estos momentos, a menos que puedas mejorar el silencio…

—Quizás ya es tarde para vivir como lo hubiésemos soñado años atrás y el tiempo en que no estuvimos juntos, nos parece ahora perdido, pero creo que para el tiempo precioso que nos queda, desearía con todas mis fuerzas, que nos pudiéramos ver con frecuencia.

—Ahora mismo se me ocurre, si quieres permanecer en Roma, que con tu capacidad podrías ayudarnos en muchos de los asuntos que tenemos por resolver y esto es solamente un ejemplo: sugiero que seas parte integrante, como seglar, del comité que deberá resolver la nueva participación de la mujer en la jerarquía y las funciones que tendrá la Iglesia. Creo que tienes el conocimiento y posees el liderazgo para contribuir a lograr algo concreto en los pocos meses que nos hemos establecido de plazo. Si eso no te gusta o conviene, en fin, ya veremos si podemos juntos pensar en algo que esté más de acuerdo con tus deseos.

—Sonia, Roma no fue creada en un día, ya veremos. El tiempo por sí mismo resuelve algunos problemas, sin que tengamos que apresurarlo.

Sonia me lo hizo saber todo, tan solo con su gesto. Quizás ya el tiempo se había acabado... "Nuevamente nos invadió la tristeza".

Cambié de tema tan rápido como pude y le dije. —Cenaremos a las 8:00 pm con mi familia y amigos y tú estarás sentada a mi izquierda, justo al lado de mi corazón.

—Ahora dame un segundo para que arregle que el automóvil te lleve al hotel, te espere y te traiga un poco antes de las 8:00 pm. Mi chofer es rápido, pero no te inquietes si se retrasan un poco. En una noche como la de hoy el tráfico en Roma debe de estar terrible.

—No te preocupes Roland, el Hotel en que me estoy quedando es el más cercano al Vaticano que pude encontrar.

Sonia se despidió con una tierna mirada y un hasta pronto.

Capítulo XXX Confiar y Esperar

El tío Tomasz lucía rejuvenecido. Lo embargaba la alegría, que según dijo, le producía la situación de haber sido testigo de la transformación de Roland y de su Iglesia a través de los años. Su esposa Olga también lucia magnífica.

Al llegar todos nos sentamos a la mesa y solo ubiqué a Sonia y mi madre al lado mío. Los demás comensales encontraron sus puestos por ellos mismo. La mesa era redonda y los ocho cabíamos perfectamente bien. —Esta noche es especial por muchos motivos, dijo Roland. Lo más esencial es que la Iglesia ya dio los pasos para incorporarse al mundo moderno, satisfacer a sus fieles y poder estar en mayor igualdad de condiciones con las otras Iglesias del mundo y frente al escepticismo. Yo personalmente no puedo estar más feliz, tengo junto a mí a casi todas las personas que quiero. A mi izquierda, tengo a Sonia Mc Donald, que creo solo la conoce el Cardenal Ponti. Ella, sin saberlo, ha significado una fuente de gran inspiración para mí en estos años, aun cuando tenía unos cuarenta años que no la veía ni sabía de ella.

—He previsto cenar algo bastante ligero ya que esta noche, dentro de unas dos horas voy a oficiar La Misa de Gallo. Espero que todos puedan asistir. Mi influencia les proporcionará buenos puestos, dijo con cierta picardía y una sonrisa franca.

Quisiera que rezaran mucho por la Iglesia, ya que el año próximo será también bastante difícil. Vamos a tratar de bajar un poco el énfasis en el dogma y aumentar la ayuda efectiva al prójimo. También podemos fortalecer el ritual, que es lo que hace que la gente se inspire y eleve su espíritu. Voy a dar una breve explicación de lo que pensamos.

Vamos caminando por la calle, nos tropezamos con un desamparado y nos pide una limosna. Si se la damos, puede que con ese dinero compre algún alimento y lo consuma para él o para compartir con algún miembro de su familia. O puede ser, que sea para el consumo de alcohol barato, o peor aún, droga. Después de unas pocas horas estará en su mismo sitio pidiendo nuevamente limosna. En realidad, le hemos dado una limosna que constituye un acto caritativo, pero eso no resuelve el problema para nada. Creo más bien, que todo lo contrario.

Los católicos, en realidad, debemos ir más lejos que eso. Debemos crear centros para que esas personas puedan asistir. Voluntarios le darán las clases preparatorias de lo que necesiten, o se les enviará a las escuelas adecuadas. Debemos crear empresas intensivas en mano de obra donde podremos emplear a estos desdichados, que con un poco de voluntad y suerte, dejarán de serlo en poco tiempo. Dichas personas lograrán finalmente incorporarse a la sociedad y sentirse orgullosas de sí mismas. Seguramente habrá un efecto de cascada en todo esto, una vez comencemos.

Mis tres amigos cardenales, aquí presentes, y yo, hemos conversado detalladamente estas ideas, solo que ahora ha llegado el momento de ponerlas en práctica. —Si, si, dijo mi madre Claudia. "Todo se queda en palabras. Tu reinado como Sumo Pontífice será conocido, en la posteridad, como el Papa de la acción". Esto último dicho en volumen alto arrancó los aplausos de todos mis comensales.

Faltando apenas cuarenta minutos para La Misa de Gallo, comenzaron a irse los invitados escoltados por Silvio, Rizzo y Bergonzi, tal como Tres Reyes Magos cualesquiera.

Giuseppe, quien ya había asomando su cabeza al comedor varias veces, lucía aterrado. El Papa tenía que estar abajo en la basílica en no más de veinte minutos.

La titánica operación de vestir al Papa con tan ceremoniosa indumentaria se le manifestaba como algo casi imposible, en tan poco tiempo. Le pedí cinco minutos a Giuseppe, prometiéndole no demorarme más de diez minutos en toda la operación de la investidura.

Aprovechando el silencio y que no había nadie, Roland le tomó las manos a Sonia, diciéndole: —Sonia, sabes que te he querido toda mi vida y no ha pasado un solo día en que no piense, aunque sea un instante, en ti. Desearía con todo mi corazón que siempre estés muy cerca de mí. Además, quisiera ayudarte y ser tu apoyo en este momento tan difícil y pienso que si lo compartimos será más fácil para ambos.

Nuevamente se hizo el silencio, el cual interrumpió Sonia. —Roland, he pasado la mayor parte de mi vida en Washington, donde tengo muchas amistades y además inicié varios programas educativos como a los que te referiste durante la cena. Me gustaría pasar el tiempo escaso que me queda, cerca de ti, ayudándote con tu importante causa, en la que creo como si fuera la mía propia. La verdad es que nada me haría más feliz y no veo ninguna dificultad para que pase la mayor parte de mi tiempo en Roma. Roland sonrió, esta vez sin traslucir más nada que alegría.

—Ahora Sonia, ya habiendo estado solo contigo y habiéndonos dicho, todo lo que nos dijimos, me vienen las palabras que Edmundo Dantes, el Conde de Montecristo, le escribió a Maximiliano y Valentina en su carta de despedida: "Toda la sabiduría humana está contenida por completo en estas tres palabras, Confiar y Esperar", a lo cual yo debo añadir, y luchar, sobre todo con fe, para que suceda lo que deseamos…